Elena Conrad
Das Strandfliederhaus

Weitere Titel der Autorin:

Der Jasminblütengarten
Der Jasminblütensommer
Das Strandfliederhaus
Das Strandfliederglück (in Vorbereitung)

Über die Autorin:

Elena Conrad, geboren 1972 in Frankfurt am Main, lebt mit ihrer Familie im malerischen Nahetal. All ihre Urlaubsfahrten führen sie immer ans Meer. So reist sie seit vielen Jahren auch regelmäßig an die Nordseeküste, um auf Spiekeroog die wunderbare Kombination aus Sonne, Strand und frischer Brise zu genießen. Dort findet sie Energie und Ideen für ihre nächsten Romane.

ELENA CONRAD

DAS STRANDFLIEDER HAUS

ROMAN

lübbe

Dieser Titel ist auch als E-Book erschienen.

Die Bastei Lübbe AG verfolgt eine nachhaltige Buchproduktion.
Wir verwenden Papiere aus nachhaltiger Forstwirtschaft und verzichten darauf, Bücher einzeln in Folie zu verpacken. Wir stellen unsere Bücher in Deutschland und Europa (EU) her und arbeiten mit den Druckereien kontinuierlich an einer positiven Ökobilanz.

FSC www.fsc.org MIX Papier aus verantwortungsvollen Quellen FSC® C014496

Originalausgabe

Dieses Werk wurde vermittelt durch
die Literarische Agentur Thomas Schlück GmbH, 30161 Hannover.

Umschlaggestaltung: www.buerosued.de unter Verwendung
von Illustrationen von © fhm/getty-images; © Trevillion Images/
Marie Carr und © www.buerosued.de
Satz: Dörlemann Satz, Lemförde
Gesetzt aus der Proforma Book
Druck und Verarbeitung: GGP Media GmbH, Pößneck
Printed in Germany
ISBN 978-3-404-18591-7

2 4 5 3 1

Sie finden uns im Internet unter luebbe.de
Bitte beachten Sie auch: lesejury.de

ERSTES KAPITEL

Maike stand auf der großzügigen Dachterrasse des Penthouse ihrer Gastgeber und sah über die Häuser hinweg in Richtung Skyline – Mainhattan, Bankfurt, Frankfurt. Hinter ihr, durch die geschlossene Glastür, waren gedämpft die Geräusche der Party zu hören. Gut gekleidete lachende Menschen sprachen angeregt miteinander, bewunderten die Wohnung und ließen sich erzählen, wie Kaja und Sven es geschafft hatten, an dieses Objekt zu kommen, und wie viel sie ausgegeben hatten. Qualität hatte eben ihren Preis.

Höher, schneller, weiter. Mein Auto, mein Haus, meine Yacht.

Maike warf einen Blick hinein, sah Sven gestikulierend im Gespräch mit zwei anderen Anzugträgern. Wahrscheinlich ging es um irgendetwas, das die offene, in Grautönen gehaltene Küche betraf, den Quooker, der auf Knopfdruck heißes, kaltes oder sprudelndes Wasser spendete, oder den extragroßen Herd, denn die drei schauten immer wieder in diese Richtung. Vielleicht ging es auch um die Durchbrüche. Sven hatte anfangs ausführlich geschildert, wie Kaja und er sie da und dort hatten ausführen lassen, um die beiden Wohnungen im obersten Stock des Gebäudes zu einer einzigen zu verbinden. Kaja wiederum hatte von endlosen Sitzungen mit ihrem Innenarchitekten erzählt, damit Raumaufteilung und Farbkonzept und so vieles mehr bis ins letzte Detail stimmten.

Nichts wird dem Zufall überlassen.

Maikes Blick wanderte von Sven und seiner Gruppe hinüber zu Kaja in ihren schwindelerregend hohen High Heels und dem smaragdgrünen Seidenkleid, das sich an ihren Körper schmiegte wie ein Versprechen und doch nichts offenbarte. Kaja hatte nach der Geburt ihres Sohnes Dylan gleich ihr vorheriges Gewicht wiedergehabt. Sie selbst hingegen wurde seit der Geburt ihrer Tochter Tessa die letzten fünf Kilo nicht mehr los.

Sven stand plötzlich hinter seiner Frau, ebenso gut gebaut und trainiert, das nachtblaue Hemd maßgeschneidert, das mit silbergrauen Strähnen durchzogene, leicht wellige Haar nach hinten frisiert. Er berührte sanft ihre zartweißen Schultern. Kaum möglich, sich vorzustellen, dass Sven während ihres gemeinsamen Studiums einmal Rastalocken getragen hatte und *Keine Macht für Niemand* skandiert hatte oder dass Kaja sich die Haare mit Henna gefärbt hatte.

Sie waren mittlerweile alle Anfang, Mitte vierzig. Sie hatten zusammen studiert und arbeiteten jetzt für dieselbe international agierende Rechtsanwaltskanzlei. Kaja, Sven und Maikes Ex-Mann Florian waren Anwälte, sie selbst war Büroleiterin. Zweimal in der Woche verbrachten Kaja und sie gemeinsam Zeit im Fitnessstudio und tranken danach im angeschlossenen Café einen Cappuccino oder einen Proteindrink.

Maike wandte sich wieder um. Ihre Augen verengten sich. Von der Straße her waren Stimmen zu hören. Ein Auto fuhr vorüber, ein anderes drehte endlose Runden auf der vergeblichen Suche nach einem Parkplatz, von irgendwo drangen vereinzelt Töne eines Musikstücks zu ihr herüber.

Sie warf unvermittelt einen Blick auf die schmale goldene Uhr an ihrem Handgelenk. Sie hatte sie sich kürzlich selbst geschenkt, genau wie den silbergrauen Einteiler aus kühler Seide mit dem Wasserfallkragen, den sie an diesem Tag trug und der ihren dunkelbraunen, gut schulterlangen Haaren schmeichelte. Damals hatte sich der Kauf gut angefühlt, inzwischen löste der Anblick nichts mehr in ihr aus. Das passierte in letzter Zeit häufiger. So kannte sie sich eigentlich nicht. Was geschah da mit ihr?

Es muss nicht immer mehr sein, immer und immer mehr ...

Sie sah noch einmal zur Skyline hinüber. Sie war kurz vor Sonnenuntergang hinausgegangen, hatte zugesehen, wie das Abendrot zuerst die Spitzen der höchsten Häuser berührte. Es war ein schöner Anblick gewesen.

Seufzend lehnte sie sich mit dem Rücken an die Brüstung. Auch wenn es in der großzügigen Wohnung Platz genug für die Gäste gab, so hielten sich die meisten doch in einem Bereich des Wohnzimmers auf. Kaja stand im Mittelpunkt. Sie konnte sehr mitreißend erzählen, wie immer hingen die anderen geradezu an ihren Lippen.

Vielleicht erzählte sie von ihrem letzten Shoppingtrip nach Paris ... Eigentlich hatten sie gemeinsam fahren wollen, doch dann war etwas dazwischengekommen. Maike war für eine Kollegin eingesprungen und hatte absagen müssen. Doch wenn sie ehrlich war, hatte ihr das nichts ausgemacht. Diese Dinge waren ihr nicht mehr so wichtig. Schleichend, zuerst unbemerkt, hatte sich etwas geändert.

Was ist mit mir los? Warum stehe ich allein hier draußen und nicht drinnen bei den anderen?

Sie wusste doch, wie das lief. Gesehen und gesehen werden, darum ging es. Networking war das Zauberwort, und das hier war eine super Gelegenheit, aber sie brauchte einfach für einen Moment Ruhe.

Zeit zum Nachdenken.

Ob sie jemand vermisste? Sie kannten sich alle, entweder aus der Firma oder von Tagungen oder aus dem Studium. Man wusste, welche Autos zu Hause in den Vorstadtgaragen standen, wer sich eine Yacht geleistet hatte, wer ein Pferd besaß, wer schon mal zum Heliskiing gewesen war und wer seine Hochzeitsreise weit, weit weg an einem besonderen Ort verbracht hatte. Man hatte Spaß miteinander und versuchte dennoch, einander zu übertrumpfen.

Komisch, dass Florian nicht da ist, dachte sie. Für ihren Ex-Mann war das Mithalten immer besonders wichtig gewesen, doch dieses Mal war er in Berlin geblieben, wo er seit ihrer Trennung in der dortigen Dependance der Kanzlei arbeitete und mit Nathalie, seiner Neuen, zusammenlebte. Seit Kurzem in einem riesigen Loft.

Unten war ein helles Bellen zu hören. Maike schaute über die Brüstung. Nun gut, inzwischen waren Florian und sie seit fünf Jahren getrennt und seit Kurzem endgültig geschieden. Neu war das falsche Wort für Nathalie. Es war auch nicht mehr so, dass sie ihren Ex-Mann trotz allem vermisste, aber im Moment hatte sie noch das Gefühl, dass es nie einfach werden würde, ihm irgendwo zu begegnen. Weshalb sie sich auf jedes Treffen mit ihm vorbereitete. Wie an diesem Nachmittag.

War sie eigentlich enttäuscht gewesen, als Kaja ihr gleich am Anfang von der Absage erzählt hatte? In den ersten Wochen des Trennungsjahres hatten sie sogar noch zusammengewohnt und einander fast täglich gesehen. Sie hatten manches Alltägliche zusammen erledigt, waren Eltern gewesen. Dann war Florian umgezogen, und die Dinge hatten sich geändert. Maike wusste natürlich, wer diesen Umzug vorangetrieben hatte: Nathalie, die Neue, zwanzig Jahre jünger als Florian.

Was für ein Klischee!

Maike schaute zu Kaja und Sven. Die beiden waren fast zur selben Zeit zusammengekommen wie Florian und sie. Damals waren sie vier sehr eng befreundet gewesen: Kaja, Sven, Florian, sie ... Jo Metzler fehlte noch, eigentlich waren sie also sogar fünf gewesen. Jo hatte auch Rastalocken getragen. Sie hatten zusammen studiert, gemeinsam gefeiert, waren essen gegangen und in den Urlaub gefahren. Sie hatten gemeinsam erste Schritte ins Berufsleben gemacht. Die Urlaube waren mit jedem Jahr exklusiver geworden, doch Exklusivität verlor irgendwann ihren Reiz.

Sven und Kaja hatten als Erste Nachwuchs bekommen – drei Monate nach Dylan war Tessa geboren worden. Bis auf das letzte Mal hatten die beiden sich eigentlich immer gut verstanden. Inzwischen ging Dylan in England auf ein exklusives Internat, und der Kontakt war mehr oder weniger abgebrochen. Maike bedauerte das, Tessa zuckte lediglich mit den Schultern. Derzeit war es ohnehin schwer, mehr als ein Schulterzucken aus ihrer pubertierenden Tochter herauszubekommen.

Der Klingelton ihres Handys riss sie aus den Gedanken.

Eilig versuchte sie, es aus ihrer Clutch zu fummeln, in der es kaum mehr Platz gab als für Schlüssel, Kreditkarte und Handy. Das exklusive Teil war von Chanel. Florian hatte ihr die kleine Unterarmtasche vor Jahren geschenkt und natürlich eine entsprechende Bemerkung gemacht: »So eine Tasche, ein Smartphone, eine Kreditkarte ohne Limit. Was braucht der Mensch mehr?« Florian waren solche Sachen immer sehr wichtig gewesen, sie selbst war stets davon ausgegangen, dass es ihr ebenso ging. Aber stimmte das?

Endlich hielt sie das Handy in der Hand. Das Klingeln hatte aufgehört, fing aber gleich wieder an. Entweder hatte der Anrufer Geduld, oder er oder sie wusste, dass sie, Maike, manchmal nicht ganz so schnell war. Sie warf einen raschen Blick aufs Display und meldete sich.

»Tessa?«

»Hi, Mum. Wo bist du denn?«

Vor Kurzem war ihre fünfzehnjährige Tochter dazu übergegangen, sie Mum zu nennen. Maike wusste nicht recht, was sie davon halten sollte. Sie hatte Mama immer ganz in Ordnung gefunden, aber für eine Jugendliche war das in der heutigen Zeit wohl nicht mehr so. Sie wusste nicht, warum, aber sie stellte sich Tessa jetzt in ihrem Jumpsuit mit den Regenbogen pupsenden Einhörnern vor und musste lächeln. Wenn man lächelte, konnte man entspannter sprechen.

»Sag schon, Mum, wo bist du?«

»Ich bin auf der Party bei den Bergmanns. Ich hatte dir doch davon erzählt.«

»Kann sein.«

Tessa sprach etwas langsamer. Es klang, als bearbeitete sie dabei einen Kaugummi, und Maike hätte ihr am liebsten gesagt, dass sie ihn aus dem Mund nehmen solle, doch sie schluckte die Worte herunter. Es gab genügend Missklänge zwischen ihrer Tochter und ihr. Da musste sie nicht wieder das Kaugummikauen am Telefon aufbringen. *Pick your battles*, so hieß es doch – entscheide dich, um was du kämpfen willst.

»Warum rufst du an?«

Maike warf einen Blick auf ihre Uhr. Es ging auf Mitternacht zu, und Tessa war offenbar nicht im Bett. »Solltest du nicht bereits schlafen? Wir haben noch keine Ferien, morgen ist Schule, wenn ich mich recht erinnere«, fügte sie automatisch dazu.

Tessa seufzte. Maike sah quasi vor sich, wie sie die Augen verdrehte.

»O Mann, Mum, das ist die letzte Schulwoche. Da läuft eh nichts mehr.«

Maike schwieg. Sie wusste nicht, was sie sagen sollte. Klar, die letzte Schulwoche vor den Ferien. Sie erinnerte sich selbst daran. Meistens hatten sie Filme geguckt oder Spiele gespielt. Sie sah wieder durch die Terrassentür, das Partyvolk stand in kleineren Grüppchen zusammen. Sven köpfte gerade eine neue Flasche Veuve Clicquot. Im Hintergrund stand Kaja mit ein paar Frauen und gestikulierte lebhaft, während sie sprach.

Tessa räusperte sich. Offenbar hatte sie, ihre »Mum«, zu lange geschwiegen. Sie schlang den rechten Arm um den Körper und umgriff den Ellenbogen ihres linken Arms. Sie hörte jetzt sehr deutlich, wie Tessa Luft holte.

»Ich will zu Papa ziehen«, sagte sie dann sehr ruhig. »Der hat ja jetzt Platz ohne Ende, wo sie in das Loft gezogen sind.«

ZWEITES KAPITEL

Maike hatte verdammt lange gebraucht, um einzuschlafen. Nach dem Gespräch mit Tessa hatte sie noch eine Weile gute Miene zum bösen Spiel gemacht. Zuerst einmal war sie zurück in die Wohnung gegangen und hatte sich von Kaja ein paar der neuen Gadgets zeigen lassen: den Quooker, die Klimaanlage, das Lichtsystem im Schlafzimmer, auf das Sven ziemlich stolz war, das Badezimmer, das an eine Wellnessoase erinnerte. Kaja hatte wie immer ununterbrochen geredet und dann von den nächsten gemeinsamen Spa-Ausflügen gesprochen. Maike hatte ihr geduldig zugehört. Zuhören ging komischerweise immer, so viel sie auch im Kopf hatte und obgleich ihr manchmal alles gewaltig auf die Nerven ging. Zusammen mit Florian war das von Vorteil gewesen. Es hatte Spaß gemacht, gemeinsam seine Fälle zu besprechen, ihm zu lauschen, wenn er eine Strategie vor ihr ausbreitete. Sie vermisste das tatsächlich. Schließlich hatte sie auch Jura studiert, immerhin bis zum Ersten Staatsexamen.

Ich bin die Einzige, die es nicht durchgezogen hat.

Maike starrte noch einen Moment gegen die Decke, bevor sie sich aufrichtete und gähnend auf den Bettrand setzte.

Mittwoch, ihr freier Tag. Sie dachte unwillkürlich daran, dass sie es nie bedauert hatte, das Jurastudium abgebrochen zu haben. Jura war nichts für sie gewesen, die Gespräche mit Florian vermisste sie dennoch. Es war die Herausforderung, die ihr fehlte, neben ihrer Arbeit im Büro. In letzter Zeit hatte sich dort leider einiges geändert. Ihr alter Chef war in eine andere Abteilung gewechselt, mit dem neuen lief es mäßig. Anfangs hatte sie gedacht, dass sie sich einfach aneinander gewöhnen mussten. Inzwischen bezweifelte sie das.

Wir gewöhnen uns jetzt schon drei Monate aneinander, und es hat sich nichts geändert.

Maike riss ihren Blick von der Wand los, an die Tessa vor zehn Jahren in einem unbeobachteten Moment einen ungelenken Smiley gemalt hatte. Tessa ... Jetzt wollte sie also zu ihrem Vater ziehen.

Nach dem mitternächtlichen Gespräch hatte sie selbst bald Müdigkeit vorgeschützt und sich verabschiedet. Kaja hatte sie zur Tür begleitet, und während sie in ihren Mantel geschlüpft war, hatte sie lässig mit ihrem Champagnerglas dagestanden, eine Schulter gegen die Wand gelehnt. Das glänzende blonde Haar war ihr über die rechte Schulter nach vorne gefallen. Sie hatte wie einem Werbefoto entsprungen ausgesehen.

Ihr Gespräch lief wie ein Film vor ihren Augen ab.

»Ich hab dich draußen telefonieren sehen«, sagte Kaja unvermittelt. Maike tat so, als suchte sie nach ihren Autoschlüsseln. »Wer war es denn?«, fragte die Freundin neugierig.

»Tessa ...« Maike bemühte sich, es nebenbei zu sagen, als wäre es nicht wichtig. »Ah, da sind sie ja ...« Sie klimperte mit den Schlüsseln.

Kaja nickte. »Hab davon gehört«, sagte sie dann unvermittelt.

Maike nahm wahr, dass sie sich in diesem Moment sehr gerade aufrichtete. »Wovon hast du gehört?«

Kaja sah sie ungerührt an. Falls ihr gerade klar wurde, dass sie etwas Falsches gesagt hatte, so ließ sie es sich nicht anmerken. Es gelang ihr gut. Sie hatte immer das beste Pokerface gehabt, Kaja war die ungeschlagene Queen beim Glücksspiel.

»Na ja, Florian hat so etwas erzählt, als wir uns das letzte Mal getroffen haben. Dass Tessa nach Berlin ziehen will. Kann man ja irgendwie verstehen. Das Loft muss der Hammer sein. Wenn ich jung wäre und nicht so eine geile Bude hätte ...«

»Er war hier?«

»Klar, du weißt doch, dass er immer mal wieder mit Nathalie zu Besuch kommt. Nichts für ungut, aber sie ist echt nett und witzig. Vielleicht gibst du ihr mal eine Chance?«

Nathalie, schon wieder, hübsch und klug, Einserexamen.

Ja, sie wusste, dass Florian öfter kam. Er arbeitete ja noch für dieselbe Firma. Sie waren immer noch Kollegen. Manchmal bekam sie mit, dass er vor Ort war. Manchmal erfuhr sie später davon. Manchmal hatte sie es vermutlich gar nicht erfahren. Wie oft Tessa ihren Vater traf, konnte sie nicht sagen. Ihre Tochter war ein Teenie mit allen Facetten und äußerst variabel in ihren Launen – dazu nicht besonders gesprächig ihr gegenüber.

Ob Florian bewusst war, was es für ihn bedeutete, wenn Tessa nach Berlin zog? Maike bezweifelte das.

Sie gab sich einen Ruck und stand endlich auf, ging ins

Bad, wo sie sich gut zehn Minuten das Wasser über den Kopf brausen ließ. Früher hätte sie das nie getan. Zehn Minuten lang zu duschen war Wasserverschwendung, und ihre Mutter hatte streng darauf geachtet, nichts zu verschwenden. Auch beim Telefonieren hatte sie jedes Mal nach kurzer Zeit dagestanden und auf ihre Armbanduhr getippt. Vielleicht fielen Maike deshalb auch heute noch längere Telefonate schwer. Kindheitserfahrungen eben, so etwas wurde man nicht so leicht los.

Fertig, die letzten Shampooreste waren aus den Haaren gespült. Sie stellte das Wasser ab und wickelte ein Mikrofaserhandtuch um den Kopf. Dann trocknete sie sich ab und schlüpfte rasch in bequeme Kleidung. Noch zwei Tage, und ihr Urlaub begann. Drei lange Wochen hatte sie dieses Mal beantragt. Es hatte keine Einwände gegeben, ihr neuer Chef fand also, dass man sie durchaus so lange entbehren könne.

Sollte mich das verunsichern?

Gab es eine Anwärterin auf ihren Platz? Wahrscheinlich hatte sie zuletzt zu wenig Zeit mit Bürotratsch verbracht. Das rächte sich jetzt. Maike musterte sich im Spiegel. Andererseits hatte es sich einfach nicht richtig angefühlt.

Sie cremte sich sorgfältig ein, legte ein leichtes Make-up auf und widmete sich anschließend ihrem Haar. Die Mikrofasern hatten einen Gutteil der Feuchtigkeit aufgesogen, sie bürstete es einmal durch. Erst kürzlich war sie beim Friseur gewesen und hatte es ein ganzes Stück kürzen lassen. Florian hatte immer auf langem Haar bestanden, sehr langem Haar. Fast bis zur Hüfte hatte sie es wachsen lassen – er hatte ihre eleganten Hochsteckfrisuren geliebt. Natürlich hatte sie es nicht seinetwegen abschneiden lassen. Als sie noch in einer

Beziehung gewesen waren, hatte sie einfach nur gedacht, dass es nicht wehtat, ihm den Gefallen zu tun, es lang zu tragen. Inzwischen waren sie kein Paar mehr, und irgendwann würden weitere Entscheidungen getroffen werden.

Tessa hat eine Entscheidung getroffen.

Maike öffnete das Fenster und verließ das Bad. Im Flur war es still. Auf dem Weg in die Küche räumte sie ein Paar von Tessas Chucks beiseite und warf einen Blick ins Zimmer ihrer Tochter, in dem die Vorhänge noch zugezogen waren, das aber dennoch leer war. Es hatte eine Zeit gegeben, da hätte Maike die Vorhänge problemlos öffnen können. Auch das war nicht mehr so, wollte sie keine Abfuhr riskieren. Maike ließ also nur einen kurzen Blick über das Chaos wandern und zog die Tür dann energisch zu. Tessa legte viel Wert auf ihre Privatsphäre. Nächster Abschnitt, fuhr es ihr durch den Kopf, Gespräch mit Tessa, Thema Verschiedenes.

Sie ging in die Küche, schaltete den Vollautomaten an und ließ sich einen Cappuccino zubereiten, mit dem sie dann eine Weile am Fenster stand und auf die Straße hinausschaute. Die Wohnung war zu groß für zwei, das winzige Stückchen Garten, das ihnen gehörte, dagegen zu klein für mehr als eine Person. Während Florian und sie zusammen gewesen waren, hatte er unbedingt etwas Größeres gewollt. Bis zur Trennung hatten sie immer wieder darüber nachgedacht. Jetzt würde sie sich wohl verkleinern, spätestens, wenn Tessa mit der Schule fertig war ...

Sie will nach Berlin, weg von dir. Du kannst jetzt schon umziehen.

Der Gedanke durchfuhr sie scharf wie ein Messer. Sie hatte immer versucht, sich bewusst zu machen, dass so etwas passieren konnte. Sie hatte immer gedacht, dass sie souverän damit umgehen würde, wenn es einmal so weit war.

Die Realität sah offenbar anders aus – und überhaupt, was war mit Tessas Asthma? Irgendwo inmitten der vielen Gedanken, die ihr seit dem vorabendlichen Gespräch mit ihrer Tochter stetig durch den Kopf wirbelten, war auch dieser schon gewesen. Als sie noch eine Familie gewesen waren, hatte Florian oft gesagt, dass sie diesbezüglich lockerer werden müsse, dass sie sich zu viele Sorgen mache und man die Sache doch gut im Griff habe.

Für sie, Maike, war das Asthma einer der Gründe, aus denen heraus es ihr schwerfiel loszulassen, aber es stimmte natürlich: Tessa war diejenige, die damit lebte, und sie hatte ihren Eltern nie den Eindruck vermittelt, dass sie nicht damit umgehen konnte. Sie wusste, dass sie während eines Anfalls Ruhe brauchte. Sie alle kannten die Sprays, die bei akutem Husten und Atemnot eingesetzt wurden, auch die Medikamente, die der chronischen Entzündung der Bronchien entgegenwirkten und dadurch solchen Anfällen allgemein vorbeugen sollten.

Der Weg dorthin war nicht einfach gewesen. Maike erinnerte sich an Nächte, in denen sie panisch auf die Pfeifgeräusche gehorcht hatte, die Tessas Atmen begleitet hatten. Auf den kleinsten Husten. Es war schwierig gewesen, den Phasen zu vertrauen, die vollkommen beschwerdefrei waren.

Mit einem banalen Husten hatte alles angefangen. Später hatte ihnen der Arzt gesagt, dass Husten häufig das erste Zeichen für Asthma bei Kindern war, aber natürlich hatten nur wenige Kinder, die husteten, dann auch Asthma. Bis der richtige Umgang mit der Krankheit gefunden worden war, hatte es gedauert. Hin und wieder hatte ein heftiger Anfall sie ins Krankenhaus genötigt. An den letzten konnte Maike sich weniger konkret erinnern als an den ersten. Dennoch würde sie keine der Stunden vergessen, die sie an Tessas Krankenbett verbracht hatte.

Sie nahm einen letzten bedächtigen Schluck aus ihrem Kaffeeglas und verzog das Gesicht, weil der Cappuccino schon beträchtlich abgekühlt war. Die Müllabfuhr kam um die Ecke. Ein Auto fuhr laut hupend dicht auf. Einer der Müllmänner drehte sich um und sagte etwas, der Fahrer reckte den Kopf aus dem Wagen und wurde laut.

Es klingelte.

»Das wurde wohl versehentlich bei mir eingeworfen.« Frau Hausen, die neue Nachbarin, lächelte sie freundlich an.

Maike nahm einen dicken Briefumschlag entgegen, warf einen kurzen Blick darauf und hob unwillkürlich fragend die Augenbrauen. Ein Schreiben von einem Notar irgendwo aus dem Norden. Sie wandte sich wieder ihrer Nachbarin zu.

»Vielen Dank! Sind Sie inzwischen gut angekommen in der Heimat?«

»Es wird besser. Ich gewöhn mich langsam wieder an Deutschland.«

Frau Hausen lächelte. Sie war kürzlich aus Südkorea zurückgekehrt, wo sie mit ihrer Familie einige Jahre gelebt hatte. Bald würde ihr Mann mit den beiden Kindern nachkommen. Diese hatten, nach Abschluss des Schuljahres, noch ein paar Wochen Ferien anhängen wollen, auch um sich von ihren Freunden zu verabschieden. Bis zu ihrer endgültigen Rückkehr nach Deutschland musste natürlich alles vorbereitet sein. Einige Zeit war es deshalb etwas lauter in der Nachbarwohnung vorgegangen. Handwerker hatten sich die Türklinke in die Hand gegeben. Der Lärm hatte Maike erst ziemlich genervt, aber das hatte tatsächlich mehr an ihr selbst als an Frau Hausen und den Vorgängen in der Nachbarwohnung gelegen.

Die neue Nachbarin war von Anfang an freundlich gewesen, hatte sich gleich persönlich vorgestellt und Maike sogar eine Art landestypisches Getränk mitgebracht, das man mit Wasser aufgoss und das – laut der mit einem leichten Schmunzeln vorgetragenen Erklärung Frau Hausens – anscheinend gut gegen so ziemlich alles war. Die anfänglich schlechte Stimmung hatte also eher an ihr selbst gelegen. Ganz sicher war es die Scheidung gewesen, die die fünf Jahre Trennung, für die Florian und sie sich gemeinschaftlich entschieden hatten, in diesem Jahr besiegelt hatte.

Man sollte wirklich glauben, ich wäre nach so langer Zeit darüber hinweg, aber na ja ...

»Jetzt stehen die Sommerferien vor der Tür«, bemerkte Frau Hausen.

»Ja.«

»Haben Sie etwas vor, wenn ich das fragen darf?«

Man konnte Frau Hausens Stimme anhören, dass sie interessiert war, Maike aber auch nicht zu nahe treten wollte.

»Leider nicht.«

Maike unterdrückte einen Seufzer. Tatsächlich spürte sie das »leider« aus vollem Herzen. So viel Urlaub hatte sie sich genommen und wusste jetzt eigentlich gar nicht, was sie mit dieser Zeit anfangen sollte. Und dann würde Tessa sie auch noch verlassen.

Das werden lange Ferien …

Vielleicht würde sie einfach endlich einmal ausmisten, das Schlafzimmer und das Badezimmer mit einem neuen Anstrich versehen, den absurd teuren anthrazitgrauen Toilettensitz austauschen, den Florian damals gekauft und der ihr nie gefallen hatte.

Und natürlich Tessas Umzug planen: Schulen in Berlin anschauen, neue Ärzte suchen und sich dem ganzen Rattenschwanz widmen, den die töchterliche Entscheidung mit sich brachte. Vor allem mussten sie einen Arzt suchen, der sich mit Tessas Asthma auskannte und den sie umfassend über die Vorgeschichte ihrer Tochter informieren konnten. Maike riss sich aus ihren Gedanken.

»Haben Sie denn Pläne, Frau Hausen?«

»Zuerst meine Familie endlich wiedersehen. Sie kommt in zwei Wochen, und dann schauen wir mal. Ich bin jetzt schon so lange mit der Wohnung beschäftigt, trotzdem summieren sich die Kleinigkeiten. Plötzlich habe ich den Eindruck, ich werde einfach nie fertig. Jedenfalls wird es nicht perfekt sein. Aber natürlich kann ich es kaum erwarten, meine Lieben wieder in die Arme zu schließen. Und dann werden wir wohl als Erstes unsere Eltern besuchen und endlich einmal wieder deutschen Sonntagsbraten essen. Ich freu mich schon sehr darauf.«

»Das kann ich mir vorstellen! Ich wünsche Ihnen alles Gute für die kommende Zeit«, sagte Maike.

»Danke, das wünsche ich Ihnen auch. Noch einen schönen Tag!«

»Ihnen ebenso.«

Maike ging zurück in ihre Wohnung. In der Küche warf

sie einen Blick auf die Uhr. Tatsächlich schon halb elf. Hatte sie so lange geschlafen? Sie hatte jedenfalls nicht gehört, wie Tessa das Haus verlassen hatte, um zur Schule zu gehen. Ob ihrer Tochter wohl bewusst war, dass sie bei einem Umzug nach Berlin nach den Sommerferien auf eine neue Schule gehen musste? Eigentlich hasste sie Neuanfänge.

Warum hat sie mir nichts von ihren Plänen gesagt?

Maike runzelte die Stirn. Hatten sie sich so weit auseinanderentwickelt? Okay, Tessa war in der Pubertät, aber sie verstanden sich doch eigentlich gut, von kleinen Schwierigkeiten hier und da abgesehen.

Sie nahm das Kaffeeglas von der Fensterbank, auf der sie es abgestellt hatte, als es an der Tür geklingelt hatte, und trug es zur Spüle. Dann besah sie sich den Umschlag, den sie beim Hereinkommen auf den Küchentisch geworfen hatte, genauer, studierte die Schrift. Nein, sie hatte sich nicht verlesen, das Schreiben kam von einem Notariat. Ihr Magen zog sich zusammen, rasch setzte sie sich. Was hatte sie denn mit einem Notar zu tun? Kam das von Florian? Aber die Scheidung war vollzogen. Er konnte seine neue, jüngere Freundin heiraten. Sie legte ihm keine Steine in den Weg. Ging es vielleicht um den Unterhalt? Damit hatte es doch bisher keine Probleme gegeben. Sie gingen beide vernünftig mit diesen Dingen um. Und mit so was lief man nicht zum Notar.

Maike öffnete kurzerhand das Kuvert. Sie würde sich anschauen, was man ihr geschickt hatte. Es brachte schließlich nichts, den Kopf in den Sand zu stecken.

Sie las zuerst das Anschreiben: *Sehr geehrte Frau Schuster … möchten wir Sie darüber in Kenntnis setzen, dass Frau Hilde Nowak an den Folgen einer schweren Lungenentzündung verstorben ist …* Sie stockte, las dann rasch weiter. Da stand etwas, das ihr von einem Moment auf den anderen einen Schauer über den Rücken rieseln ließ.

Tante Hilde ist tot …

Die Welt hielt kurz an und begann dann, sich umso schneller zu drehen. Wie konnte das sein? Rund um die Scheidung wenige Monate zuvor hatten sie doch noch miteinander telefoniert. Hilde war es nicht so gut gegangen – sie hatte in ein Pflegeheim auf dem Festland umziehen müssen –, aber sie hatte Verständnis dafür gehabt, dass sie selbst gerade den Kopf voller anderer Dinge gehabt hatte. Maike erinnerte sich, gefragt zu haben, ob es denn in Ordnung in dem Heim für sie sei, und Hilde hatte geantwortet: »Es ist ja nur vorübergehend, nur so lange, bis ich meinen Alltag wieder bewältigen kann.«

Danach hatten sie sich nicht mehr gesprochen. Zu viel war passiert, zu viel dazwischengekommen.

Ich hätte mir die Zeit nehmen sollen. Jetzt ist es zu spät.

Ob Florian schon Bescheid wusste? Hatte er auch ein solches Schreiben bekommen? Hilde war immerhin die Schwester seines Vaters gewesen. Allerdings war Florians Verhältnis zu seiner Tante in den letzten fünf Jahren deutlich abgekühlt – Hilde hatte sich in der Trennungssache eindeutig auf ihre, Maikes, Seite geschlagen.

Ihre Gedanken schweiften von der Nachricht ab.

Wie oft werde ich Tessa wohl sehen, wenn sie nach Berlin zieht?

Berlin war viel zu weit entfernt für regelmäßige Besuche. Das würde nicht einfach sein. Es sei denn, sie zog um.

Sie schaute in den Umschlag. Da war noch ein Kuvert, auf dem in Hildes Schrift ihr Name stand.

Minuten später saß Maike immer noch reglos am Tisch. Sie konnte nicht glauben, was sie da gerade gelesen hatte. Hilde, Florians Tante Hilde, hatte ihr das Anwesen auf Spiekeroog, in dem sie seit ihrer Hochzeit gelebt hatte, vererbt. Der Notar bat um baldige Vorlage des Testaments, das in Hildes Haus auf der Insel hinterlegt sei.

Maike starrte das Schreiben an. War das möglich? Hilde hatte keine Geschwister mehr und nie Kinder gehabt, ihr verstorbener Mann hatte auch keine Nachfahren, aber immerhin war da doch Florian als ihr direkter noch lebender Verwandter. Warum also sollte sie, die sie im letzten Jahr nicht einmal für Hilde da gewesen war, als Erbin eingesetzt worden sein?

Wie oft hab ich an sie gedacht, überlegte sie. Wie oft hatte ich den Telefonhörer in der Hand, um sie anzurufen? Wahrscheinlich konnte sie das an fünf Fingern abzählen. Maike schämte sich.

Sie griff nach Hildes Brief, um ihn noch einmal zu lesen. Ihr Herz schlug schneller.

Tessa war nicht direkt nach der Schule nach Hause gekommen. Maike hatte Hildes Brief so oft gelesen, dass sie ihn fast auswendig kannte. Irgendwann hatte sie ihn sichtbar gegen die Vase auf der Kommode im Flur gelehnt. Das Schreiben war eine Einladung nach Spiekeroog. Es war ein ungewöhnliches Schreiben, ganz so wie Hilde eine ungewöhnliche Frau gewesen war.

Wann soll ich fahren?

Ihr erster Impuls war gewesen, die Einladung zu ignorieren. Alles auf sich beruhen zu lassen. Um ihre Gedanken zu ordnen, hatte sie sich ablenken müssen. Also hatte sie die Küche aufgeräumt und das Geschirr gespült, das ihre Tochter benutzt stehen gelassen hatte, obwohl sie das eigentlich nicht mehr tun wollte.

Jetzt ging es auf acht Uhr zu. Vor der Tür war endlich ein Geräusch zu hören. Das musste Tessa sein. Maike stand aus dem Sessel im Wohnzimmer auf, in dem sie es sich gemütlich gemacht hatte, in der Hoffnung zu entspannen. Trotz der Aufregungen dieses Tages fühlte sie sich gewappnet für die Begegnung mit ihrer Tochter. Sie lief in den Flur, als sie den Schlüssel im Schloss hörte. Tessa schlüpfte herein, die Kapuze ihres viel zu großen Hoodies tief in die Stirn gezogen.

»Hallo.«

Maike verschränkte die Arme vor der Brust und ließ sie im nächsten Moment wieder sinken.

Tessa fuhr kurz zusammen, fing sich jedoch gleich wieder. Offenbar war sie in Gedanken gewesen.

»Hi, Mum.«

»Ich bin im Wohnzimmer.«

Maike drehte sich um und kehrte zu ihrem Sessel zurück. Im Flur rumpelte es. Sie stellte sich vor, dass Tessa jetzt aus ihren Docs schlüpfte. Es brauchte natürlich seine Zeit, bis die Schnürsenkel gelöst waren. Maike nippte an ihrem Tee und wartete. Sie hatte den Tag über Zeit gehabt, sich auf dieses Gespräch vorzubereiten, und doch hatte sie jetzt wieder den Eindruck, dass sie keine Ahnung hatte, was sie sagen sollte.

Tessa kam herein und setzte sich auf die Lehne des Sofas, dem Sessel gegenüber. Im Gegensatz zu ihrer schwarzen Kleidung waren ihre Socken schreiend bunt. Maike schwieg noch einen Moment länger, dann räusperte sie sich.

»Hattest du einen schönen Tag?«

»Klar.«

Tessas Antwort fiel wie immer knapp aus. Waren eigentlich alle Fünfzehnjährigen so?

»Wie war die Schule?«

»Wir haben einen Film geguckt. *Final Destination.*«

»Das ist doch ein Horrorfilm, oder?«

Tessa hob die Schultern. »So eine Art, aber Herr Grube wusste das nicht.«

Herr Grube war einer der Lehrer, die kurz vor der Pension standen. Ein gutmütiger Mensch mit etwas längeren Haaren, der immer noch seine alternativen Klamotten aus den Achtzigern tragen würde, wenn die nicht inzwischen das Zeitliche gesegnet hätten. An den ersten Elternsprechtagen, erinnerte Maike sich, hatte er sie sogar noch getragen. Tessas Verhältnis zu ihm war nicht schlecht, aber auch nicht gut.

»Und hat er es gemerkt? Was hat er gemacht?«

»Nix.«

Tessa betrachtete ihren rechten Daumennagel. Maike tat Herr Grube leid. Sie konnte sich vorstellen, wie überfordert er sich von diesen Vierzehn-, Fünfzehn-, manchmal schon Sechzehnjährigen fühlte, die sich jedes Jahr weiter von ihm entfernten. Sie wünschte sich etwas mehr Verständnis von ihrer Tochter.

»Also gut«, Maike klopfte sich auf die Knie und kam sich gleich albern vor, »reden wir über Berlin.«

»Was soll's denn da noch zu reden geben?«

»Na ja, da gibt es schon ein paar Sachen zu bedenken.«

»Ich will zu Dad.«

»Und warum?« Sie hatte nicht fragen wollen. Jetzt war es ihr doch rausgerutscht. Tessa presste die Lippen fest aufeinander. Fühlte sie sich verletzt? Ja, bestimmt. Und auch wenn das nicht sonderlich erwachsen war, so war es doch irgendwie menschlich ... »Vergiss meine Frage. Klar kannst du zu Papa, aber hast du überhaupt abschließend über alles mit ihm gesprochen? Über das, was es zu organisieren gibt, meine ich. Eine neue Schule müssen wir suchen, einen neuen Arzt wegen des Asthmas und, und, und ...« Sie war sich sicher, dass es insbesondere die Sache mit dem Asthma war, die dafür sorgte, dass sich die Augenbrauen ihrer Tochter über der Nasenwurzel zusammenzogen. Hin und wieder haderte Tessa mit ihrer Krankheit. Maike trank einen Schluck Tee, um etwas Zeit zu gewinnen, und fragte dann noch einmal: »Okay, was ist mit Papa?«

»Dad weiß über alles Bescheid. Er kümmert sich schon.«

»Hat er dir auch wirklich zugehört?«

»Mum!« Tessa wickelte ein Bändel der Kapuze ihres Hoodies um ihren rechten Zeigefinger und musste den Kopf dann etwas schief halten, bis sie es wieder abgewickelt hatte. »Weißt du, dass Dad gerade das immer an dir genervt hat? Diese ständigen Unterstellungen, dass du alles besser weißt und kannst!«

Maike schwieg. Jede Reaktion war ohnehin die falsche.

»Gut«, sie seufzte, »dann werde ich deinen Vater anrufen und die Sache mit ihm abschließend besprechen.«

»Danke, Mum.« Tessa wartete noch einen Moment, bevor sie aufstand und sich auf die Tür zubewegte. »Kann ich dann gehen?«

»Kannst du. Oder nein, warte noch einen Augenblick.«

Tessa war schon halb durch die Tür, als Maike sie noch einmal zurückhielt. »Ich fahre demnächst nach Spiekeroog, vielleicht hast du ja Lust ...«

»Nein, Mum, hab ich nicht.«

DRITTES KAPITEL

Maike nahm den Zug nach Norden, die nordwestlichste Stadt auf dem Festland, und von dort, nach kurzem Aufenthalt, den Bus nach Neuharlingersiel. Eine Zeit lang hatte sie den Atem anhalten müssen, ob der Umstieg wohl klappen würde, aber letztlich blieben ihr sogar zehn Minuten, und sie musste nicht, wie befürchtet, über den Bahnhofsvorplatz sprinten. Da es sich um den ersten Halt auf der Strecke handelte, konnte sie sogar einen Sitzplatz auswählen. Ein paar Reisende mussten dem Bus tatsächlich noch hinterherrennen, sie schafften es trotzdem alle an Bord.

Die Strecke führte zunächst ein Stück durch die Stadt, am Schlosspark Lütetsburg vorbei, den sich Maike immer schon mal gerne angesehen hätte, im Weiteren dann durch Hage, Dornum, Holtgast, Esens, Bensersiel. Immer wieder passierten sie kleinere und größere Gehöfte, von denen manche Ferienunterkünfte vermieteten. Bei den ersten Besuchen bei Hilde waren Florian und sie auch immer mit dem Zug gefahren. Maike fragte sich, ob sie sich vielleicht deshalb dieses Mal dafür entschieden hatte. Andererseits fuhr sie einfach gerne mal Zug und hatte das viel zu lange schon nicht mehr getan ...

Als sie nach knapp zwei Stunden in Neuharlingersiel ankamen, war noch ein wenig Zeit, bevor die Fähre ablegte. Maike kaufte sich als Allerserstes einen Kaffee und spazierte dann durch den Hafen. Sie hatte nicht vor, lange zu bleiben, und dementsprechend wenig Gepäck dabei. Während der Busfahrt war es ziemlich bedeckt gewesen, an der Küste riss die Wolkendecke nach und nach auf. Es war seltsam, aber der Anblick ließ Maikes Herz von einem Moment auf den anderen leichter werden. Fast war es so, als ob ihr Körper sich an frühere Aufenthalte erinnerte. Als sie schließlich anstand, um auf die Fähre zu gelangen, brach ein Sommerschauer los, wenig später kam schon wieder die Sonne hinter den Wolken hervor, und der Himmel war so weit, das Licht so strahlend, wie es nur im Norden sein konnte.

Die ersten Fahrgäste verschwanden im Schiff. Maike schnappte sich ihre lederne Reisetasche, die sie gerne auf Kurztrips dabeihatte, weil eine Ersatzgarnitur Wäsche und das Nötigste dort gut hineinpassten. Dummerweise hatte sie nur eine Unterkunft etwas weiter im Landesinneren bekommen. Es war Hochsaison. Direkt an der Küste war alles belegt. Sie musste also mit der letzten Fähre zurück aufs Festland.

Warum übernachte ich eigentlich nicht auf der Insel?, überlegte sie, während sie aufs offene Meer hinausblickte. Aber es war einfach zu wenig Zeit gewesen, besser zu planen, sie fühlte sich immer noch völlig überrumpelt von den Ereignissen, der Einladung einer Toten und ihren eigenen Schuldgefühlen.

Vielleicht bin ich auch einfach zu feige, in Hildes Haus zu übernachten. Vielleicht habe ich Angst vor Erinnerungen oder damit konfrontiert zu werden, was ich zu tun versäumt habe.

Sie dachte an Florian. Sie hatte ihn nicht gefragt, ob er ebenfalls ein Schreiben von Hilde erhalten hatte. Möglicherweise hatte sie gar kein Anrecht auf das Erbe oder nur ein Teilrecht, und sie würden Hildes Anwesen am Dorfrand – es bestand aus einem größeren und einem kleineren Haus, einem Schuppen und einem großzügigen Garten – gemeinsam verkaufen müssen. Das würde sicher nicht einfach werden.

Und wenn sie ihn nicht bedacht hat? Die beiden haben sich zuletzt nicht gut verstanden.

Nun, zuerst einmal musste sie herausfinden, wo dieses ominöse Testament war. Wahrscheinlich befand es sich in Hildes Sekretär.

Wie fühlte sich das wohl an, ein Anwesen auf Spiekeroog zu besitzen? Sicherlich wie in einem fernen, irritierenden Traum.

Und so ein Mensch bin ich nicht. Ich bin keine Träumerin.

Sie hatte ihren Beruf. Sie hatte ihr Leben, ihr Lebensmittelpunkt befand sich am Anfang ihrer Reise, nicht an deren Ende ... Aber war sie glücklich? Jedenfalls nicht unglücklich. So war es doch, oder nicht?

Maike schaute auf ihre Armbanduhr. Sie würde ihre Zeit auf der Insel jedenfalls gut nutzen müssen. Einmal mehr hatte sie ihre Privatangelegenheiten chaotisch geplant – um nicht zu sagen gar nicht.

Sie drehte sich um und sah in Richtung Neuharlingersiel zurück. Ihre verwirrenden Gefühle verwunderten sie, zugleich war sie jetzt doch auch voller Vorfreude. Sie war schon viel zu lange nicht mehr auf Spiekeroog gewesen.

Maike ließ sich doch Zeit mit dem Aussteigen. Niemand erwartete sie. Für sie gab es nur eine Sache auf der Insel zu erledigen, anders war das bei den anderen, die es wahrscheinlich nicht abwarten konnten, zu ihren Ferienwohnungen zu kommen. Sie hatte zum Glück kein Gepäck in den Containern, in denen Koffer und Reisetaschen während der Überfahrt transportiert wurden, sondern nur ihre kleine Reisetasche und eine Handtasche.

Ein paar der anderen Fahrgäste scharten sich bereits um eine Imbissbude, als sie schließlich an Land kam. Einige Familien waren mit beträchtlichen Mengen an Koffern mit Laufrädern, Rollern und Ähnlichem unterwegs in Richtung Dorf. Ein Kuscheltier drohte ins Wasser zu fallen und wurde im letzten Moment gerettet. Die vielen Bollerwagen, die ringsherum auf ihre Nutzer warteten oder schon energisch in Richtung Unterkünfte gezogen wurden, gaben dem Hafen einen eigenen Anblick. Einen Moment noch blieb Maike stehen, legte den Kopf leicht in den Nacken, schloss die Augen, ließ Sonne und Wind über ihr Gesicht spielen. Dann machte sie sich auf den Weg. Allzu weit entfernt war ihr Ziel nicht. Nichts auf dieser Insel war weit entfernt.

Spiekeroog war nur gut achtzehn Quadratkilometer groß, bei einer Länge von zehn und einer Breite von zwei Kilometern. Auf irgendeiner Party hatte mal jemand gesagt, Spiekeroog sei flächenmäßig kleiner als der Frankfurter Flughafen oder der Bodensee. Daran musste sie denken, als sie jetzt noch einmal über das Meer hinwegblickte. Man konnte das Festland ausmachen, es war nur sechs Kilometer entfernt.

Der Weg führte auf der breiten gepflasterten Straße vom Hafen einen Hügel aufwärts, vorbei an den violett blühenden Richelwiesen. Als sie den höchsten Punkt erreichte, blieb Maike noch einmal stehen. Von hier aus konnte man das Dorf sehen, ringsherum die Wiesen, grasende Pferde und natürlich das Meer.

Ins Dorf hinein ging es abwärts, vorbei an den ersten Häusern und Restaurants mit ihren verlockenden Angeboten. Die Straßen wurden schmaler, der Gepäckdienst mit seinen Anhängern überholte sie leise rumpelnd. Auf Spiekeroog gab es keinen Autoverkehr, nur wenige Elektromobile fuhren hier, Fahrräder und natürlich Bollerwagen.

Im Dorfinneren verteilte sich der Besucheransturm noch nicht ganz. Hier und da bildeten sich kleinere Menschentrauben, die Schlange vor dem Eisladen wurde stetig länger. Von hier aus war es nicht mehr weit.

Maike lief langsamer, bewunderte die kleinen, typisch ostfriesischen Häuser und die knorrigen Bäume. Auch die bunte Blumenpracht in gepflegten Gärten lud auf diesem Stück des Weges immer wieder zum Innehalten ein. Viele Häuser waren aus rotem Backstein, manche waren gestrichen, keines verputzt. An einem Haus weckte ein Blumenkasten mit besonders üppig wachsenden Geranien ihre Aufmerksamkeit, dahinter ein Sprossenfenster mit grünen Fensterläden. Sie entschied sich, doch nicht den direkten Weg zu nehmen, sondern spazierte an der Alten Inselkirche vorbei, die sich zwischen den Sträßchen Süderloog und Norderloog befand.

Anders als viele Orte auf den anderen Ostfriesischen Inseln lag das einzige Dorf auf Spiekeroog nicht direkt am Strand, sondern im Inselinneren. So hatte man immer eine

Strecke Weg zu bewältigen, um einen der großzügigen Strände zu erreichen, und kam in den Genuss eines wirklich alten Ortes. Die letzte zerstörerische Sturmflut, die Allerheiligenflut, lag schon länger zurück.

Jetzt waren es nur noch wenige Meter, und sie hatte ihr Ziel erreicht. Maike blieb angesichts des doch eigentlich so vertrauten Anblicks erstaunt stehen. Hatte sie sich verlaufen? Nein, sie kannte das Anwesen gut. Verwirrt betrachtete sie das Schaufenster im Untergeschoss des Vorderhauses. Sie konnte sich nicht erinnern, es schon einmal gesehen zu haben – ein großes, bodentiefes Fenster ja, aber einen Laden dahinter? Hier war doch immer eine Ferienwohnung gewesen.

Strandfliederhaus stand auf dem Schild oberhalb der Ladentür. Und darunter die Öffnungszeiten: *Dienstag- bis Freitagnachmittag von 14:30–18:00 Uhr. Samstag und Sonntag von 10:00–14:00 Uhr. Montag Ruhetag.* Offenbar hatte sich in den vergangenen anderthalb Jahren doch etwas geändert. Damals hatte sie das letzte Mal einen Kurztrip auf die Insel gemacht. Florians und ihre letzte gemeinsame Reise lag sogar sechs Jahre zurück. Ihr Ex-Mann hatte eigentlich nach Sylt zu Freunden gewollt, sie hatte ihn mit einiger Mühe dazu überreden können, Hilde vorher wenigstens kurz zu besuchen. Die Tante hatte sich den Arm gebrochen, und sie hatte nach ihr schauen wollen, während Florian das für überflüssig gehalten hatte. »Sie meldet sich schon, wenn sie uns braucht«, war sein Kommentar gewesen. »Aber gut, wenn's sein muss, Süße.«

O ja, hin und wieder hatte er sich in dieser Zeit noch bemüht, sich nach ihren Wünschen zu richten.

Tessa war damals nicht mitgekommen. Sie war mit einer

Freundin und deren Eltern unterwegs gewesen. Florian hatte das ganz gut in den Kram gepasst. Er hätte das Kind ohnehin als störend empfunden, weil sie danach auf Sylt hatten feiern wollen, und laut ihm war eine Party ja nun gar nichts für Kinder. Maike erstaunte es, wie bitter diese Erinnerung nach all den Jahren noch schmeckte. Gut möglich, dass das an all den »Wahrheiten« lag, die sie einander seit der Trennung an den Kopf geworfen hatten.

Von der anderen Seite des Schaufensters sah sie mit einem Mal eine Frau an, die sie einige Jahre jünger schätzte, als sie selbst es war. Maike zuckte zusammen und richtete den Blick unvermittelt auf die Auslagen, um deren scharfem Blick auszuweichen. Da gab es kleinere Schmuckstücke, Ketten, Windspiele aus Treibholz und Muscheln, die aber wahrscheinlich eher als Deko dienten und nicht zum Verkauf standen. Jedenfalls konnte sie keine Preisschilder ausmachen. Neben Postkarten mit modernen Sinnsprüchen gab es auch ein paar, die sie mit ihren Motiven an Bilder erinnerten, die Hilde gemalt hatte ... Maike las die Sprüche und musste lächeln.

Ich habe immer noch Angst, dass Kaffeetrinken kein Hobby ist.

Sticky floors, happy kids.

Achtung, ich hatte noch keinen Kaffee.

Im nächsten Moment kündigte ein Signalton eine Nachricht auf ihrem Handy an. Sie nahm es aus ihrer Handtasche. Tessa hatte ihr geschrieben: *Vermiss dich, Mum.*

Maike lächelte. Tessa konnte so schroff sein und dann wieder so sanft. Noch immer wurde sie durch die Scheibe beobachtet. Sie war kurz irritiert, dann gab sie sich einen Ruck und trat näher. Ihre Beobachterin wich in den hinteren Teil des Ladens zurück. Maike entdeckte mehr hübsche Kleinigkeiten: glasierte Keramikbecher und -teller, auf denen ihr unbekannte Pflanzen abgebildet waren, kunstvoll bemalte Steine, gepresste Blüten und Blätter, zwischen zwei Glasscheiben arrangiert.

Maike zögerte kurz und entschied einzutreten. Eine sehr leise Klingel war zu hören. Sie zog die Tür hinter sich zu, ließ die Tasche vorsichtshalber von der Schulter gleiten – es war doch ziemlich eng im Laden – und stellte sie ab. Dann schaute sie sich um.

Der Laden war vollgestopft, aber was sie hier sah, gefiel ihr. Zwei Vitrinen flankierten eine runde Ladentheke. Sie nahm eine Bewegung wahr. Die Frau, die sie bereits durch die Scheibe gesehen hatte, tauchte hinter der Theke auf. Sie hatte ein fein geschnittenes, hellhäutiges Gesicht, sehr schwarze Haare und blaue Augen. Durch den Pixie Cut wirkte sie fast etwas maskulin.

»Kann ich Ihnen helfen?«

Da war etwas Misstrauisches in ihrer Stimme, das sich Maike nicht ganz erklären konnte. Sie beschloss, zuerst einmal ihren Namen zu nennen. Vielleicht fiel sie so auch mit der Tür ins Haus.

»Ich bin Maike Schuster.«

Einen Moment blieb es still.

»Ah, Frau Schuster«, sagte die Fremde dann. Offenbar hatte sie den Namen tatsächlich schon gehört, denn sie fuhr fort: »Hilde hat immer mal wieder erzählt, dass Sie bald kommen würden. Aber da hat sie sich wohl geirrt, denn sie ist mittlerweile tot, und Sie waren niemals hier.«

Das waren scharfe Worte, sie trafen Maike bis ins Mark.

»Darf ich fragen, wer Sie sind?«

»Famke Wilken.«

»Und was machen Sie hier?«

»Was denken Sie denn? Mir gehört der Laden.«

»Ihnen gehört der Laden?«

Maike vernahm den Tonfall ihrer Stimme und dachte unwillkürlich, dass das Gespräch eine mehr als seltsame Richtung nahm.

Famke Wilken verschränkte die Arme. »Ja, mir gehört der Laden. Hilde Nowak hat mir die Räumlichkeiten zur Verfügung gestellt. Vor gut einem Jahr.«

Kurz nachdem ich zum letzten Mal hier gewesen bin.

Aber warum hatte Hilde nichts davon erzählt?

Sie wechselten erneut Blicke. Maike konnte ihr Gegenüber nur angriffslustig nennen. Was war hier los? Und wie war das Ganze geregelt? Bezahlte diese Famke Miete für den Laden, oder hatte sie die alte, vielleicht hilflose Hilde ausgenutzt?

Maike runzelte die Stirn. Das musste die Büroleiterin sein, die da in ihr sprach ... »Ich bin etwas überrascht, dass ich nie davon gehört habe.«

Famke zog die Stirn in Falten. »Ist es nicht eher so, dass Sie sich nicht dafür interessiert haben, was mit Hilde war? Warum hätte sie Ihnen denn über irgendetwas Rechenschaft ablegen müssen, wenn Sie sich doch nie gemeldet haben? Nicht mal bei der Bestattung waren Sie. Ich war's, die sie noch kurz vor ihrem Tod besucht hat, die ihre letzten persönlichen Dinge aus dem Heim geholt und die sich mit Jarik um den Garten und die Formalitäten hier gekümmert hat.«

Maike zuckte erneut zusammen. Es ging doch nicht darum, dass sie Rechenschaft forderte. Sie versuchte zu verstehen.

Und warum war diese Frau eigentlich so angriffslustig? Sie holte tief Luft.

»Gut. Ich denke, wir werden einiges besprechen müssen. Hilde hat mir diese Immobilie nämlich vererbt.«

Famke Wilken stutzte nicht eine Sekunde lang. »Ja, das hab ich befürchtet. Aber da können Sie sich auf was gefasst machen. Ich geb nicht kampflos auf.«

Maike verschränkte die Arme ebenfalls. In diesem Moment hätte sie sich gerne an ihrer Reisetasche festgehalten, aber die hatte sie ja vorne abgestellt, um im Laden nur nichts herunterzureißen. Sie umklammerte stattdessen den schmalen Schulterriemen ihrer Handtasche.

Was erwartete diese Frau von ihr? Sie wollte sich nicht streiten, und trotzdem waren sie jetzt schon mitten in der Auseinandersetzung. Sie verstand nicht ganz, was da passierte. Ein Wort gab das andere, und jetzt wollte sie eigentlich nur noch weg und sich den Kopf freilaufen.

Sie schaute auf ihre Armbanduhr, als ob sie noch etwas vorhätte, und sagte dann: »Ich muss ... etwas erledigen ... Wir sollten zu einem späteren Zeitpunkt in Ruhe über alles sprechen.«

Famke Wilken erwiderte nichts, doch ihr Blick sprach Bände.

Obwohl sie sich weiterhin um Ruhe bemühte, wäre Maike fast aus dem Laden gestürmt. Sie lief einfach los. Den Blick in die Ferne gerichtet, nahm sie ihre nächste Umgebung nicht wirklich wahr, aber es gelang ihr immerhin, den Leuten, die ihr entgegenkamen, auszuweichen. Gedanken jagten unablässig durch ihren Kopf: Hildes Tod, ihr schlechtes Gewissen, der Streit mit dieser blöden Frau, die angeblich Anspruch auf das Ladenlokal hatte ... Doch, sie war ärgerlich, ärgerlich und verwirrt. Sie konnte es nicht fassen, dass sie sich mit dieser Wildfremden gestritten hatte und dass sie jetzt rannte, als wäre sie auf der Flucht.

Sie versuchte, langsamer zu laufen. Es ging vorbei an einem Restaurant, dann wurde der Weg schmaler, führte zu einem Spielplatz, einem Kindergarten, schließlich stieß sie auf den Vorplatz der Neuen Evangelischen Kirche. Am Ende des Weges musste sie sich für eine Richtung entscheiden. Sie dachte an früher und wählte den Weg nach links, bog gleich wieder nach rechts ab.

Es tat gut, zu laufen. Maike beschleunigte ihre Schritte wieder ein wenig, die linke Hand am Riemen ihrer Handtasche. Fast im selben Moment fiel ihr auf, dass sie ihre Reisetasche im Laden zurückgelassen hatte. Na prima! Die würde sie dann blöderweise noch bei dieser wild gewordenen Meckerziege abholen müssen. Aber gut, darüber grübelte sie jetzt nicht nach, denn da war mit einem Mal auch wieder die Insel mit ihrem Zauber, waren Erinnerungen, die ihr Herz berührten ...

Es ging einen kleinen Hügel hinauf. Oben angekommen führte linker Hand ein ungepflasterter, von Pferdehufen zertrampelter Pfad durch eine Baumgruppe. Dann ging es wieder ein Stück nach unten. Kurz darauf passierte Maike ein älteres Ehepaar, das Händchen haltend auf einer Bank im Schatten eines kleinen Wäldchens saß. Im nächsten Moment ließ sie das Wäldchen auch schon hinter sich. Auf dem gepflasterten Weg ging es weiter in einem leichten, kurvenreichen Auf und Ab durch die Dünenlandschaft, vorbei an niedrigem Buschwerk, dann wieder durch eine kleinere, von Bäumen, Büschen und Sträuchern bewachsene Sohle. Ein Fasan tauchte aus dem Dickicht auf und wechselte auf die andere Seite des Weges. In der Nähe einer Herberge bog der Weg zum Strand ab, hier standen – auch das hatte sich nicht geändert – ein paar Fahrräder.

Maike lief weiter. Der Weg war nun weitaus schmaler und sandiger. Eine Familie mit drei Kindern kam ihr entgegen. Ein Junge zog seine Geschwister im Bollerwagen hinter sich her. Maike ging vorüber an einer Abzweigung, die auf eine weitere Erhöhung führte, die eine noch bessere Aussicht versprach. Sie wollte aber erst einmal ans Meer, dorthin, wo sie schon so viele herrliche Stunden verbracht hatte: mit Florian und Tessa, mit Hilde, die gerne irgendwo an dem fünfzehn Kilometer langen Strand ihre Staffelei aufgebaut und gemalt hatte.

Ihr Herz klopfte nun ruhiger. Sie entdeckte einen Sanddornstrauch. Maike mochte diese Pflanze mit den grau-silbrigen Blättern, den gelblichen Blüten im Frühling und den leuchtend orangefarbenen Früchten im Sommer. Die weite, helle Strandfläche tat sich vor ihr auf, und etwas weiter vorne war das Meer zu sehen. Maike atmete unwillkürlich tiefer durch. Dann lief sie entschlossen weiter, durch den an dieser Stelle tieferen, weicheren Sand, dachte wieder an früher, an Urlaube am Meer, Gespräche mit Hilde. An einem Volleyballnetz, das dort seinen Platz hatte, solange sie denken konnte, wurde gespielt.

Maike überquerte den breiten Strand. Es dauerte eine

ganze Weile, bis sie das Meer erreichte. Je näher sie der Uferlinie kam, desto mehr Menschen hatten sich rechts und links niedergelassen, aber der Strand war immer noch so groß, dass man sich nicht in die Quere kam, wenn man das nicht beabsichtigte. Sie sah sich nach Muscheln um, die es hier in großen Mengen gab. Austernschalen hatten es ihr besonders angetan.

Schließlich suchte sie sich ein sonniges Fleckchen und ließ sich fallen. Für eine Weile schaute sie nur aufs Meer hinaus, beobachtete und dachte gar nichts. In der Ferne, am Horizont, warteten Schiffe auf die Einfahrt in die größeren Häfen der Nordseeküste. Ein Hund fegte den Strand entlang. Ein Vater ließ mit seinen Kindern Drachen steigen, andere waren damit beschäftigt, Sandburgen zu bauen. Wieder andere planschten im Wasser.

Maikes Fingerspitzen berührten ihre Handtasche. Hildes Brief befand sich darin, sie hatte sich vorgenommen, ihn noch einmal in Ruhe zu lesen. Vielleicht tat sie das ja gleich hier, wo sie so viel Zeit miteinander verbracht hatten und wo sie sich Hilde besonders nahe fühlte. Sie zog ihre Beine eng an den Körper und schlang die Arme um die Knie. Nach einer Weile öffnete sie ihre Handtasche, nahm den Brief hervor und las erneut.

Als sie geendet hatte, blieb sie noch einen Moment sitzen. Weitere Begegnungen mit Hilde waren ihr während des Lesens in den Kopf gekommen – ihre Unterstützung nach der Trennung von Florian, ihre stets guten Ratschläge, die sie ihr jedoch nie aufgedrängt hatte.

Das erste halbe Trennungsjahr war besonders schwierig gewesen, auch wenn Florian ihr keine Steine in den Weg gelegt hatte. Aber Maike hatte für mehr Arbeitsstunden sorgen und gleichzeitig allein für Tessa da sein müssen, die sich schwer mit der neuen Situation tat.

Sie verstaute den Brief und schaute auf ihre Uhr. Oh, jetzt war es doch später, als sie gedacht hatte. Sie musste sich auf den Rückweg machen, wenn sie die letzte Fähre noch erwischen wollte. Inzwischen hatte sich der Strand ziemlich geleert, und die Sonne stand schon recht tief. Maike lief los und verspürte zum ersten Mal seit ihrer Ankunft Hunger. In ihrer Tasche fand sie einen Müsliriegel, den sie im Gehen verschlang. Blöderweise hatte sie so gar nichts geklärt, weil sie vor dieser Famke weggelaufen war. Oder wie konnte man das anders nennen? Sie war noch nicht in Hildes Wohnhaus gewesen und hatte nach dem Testament geschaut, das sie dem Notar vorlegen sollte. Was hatte sie sich nur dabei gedacht?

Zurück ging es auf dem gepflasterten Weg, wieder durch die Dünen, die man nicht betreten durfte, weil sie unter Naturschutz standen. Wenig später passierte sie eine Herberge, vor der ein paar Gäste in der Sonne saßen. An der einen Seite des Hauses flatterte Wäsche im Wind. Als sie einen neuerlichen Blick auf die Uhr warf, wurde ihr klar, dass sie die letzte Fähre nicht erreichen würde. Zähneknirschend gestand sie sich ein, dass ihr das eigentlich schon früher bewusst gewesen war.

Als Maike Hildes Anwesen erreichte, war der Laden bereits geschlossen. Kurz fragte sie sich, was sie ohne ihre Reisetasche tun sollte, dann entdeckte sie sie neben der Eingangstür. Famke Wilken musste sie einfach dort abgestellt haben. Maike wurde kurz warm, dann schluckte sie den Ärger herunter und suchte in ihrer Handtasche nach dem Schlüsselbund für Hildes Häuschen. Einer der Schlüssel, stellte sie fest, war mit dem Hinweis *Laden* gekennzeichnet. Maike lächelte unwillkürlich zufrieden. Vielleicht würde sie sich nachher einfach einmal dort umsehen, schließlich gehörte das Anwesen nun ihr und damit wohl auch dieses Strandfliederhaus.

Aber möglicherweise hatte Frau Wilken das mit der Tasche gar nicht böse gemeint. »Hier auf der Insel stiehlt niemand etwas«, hatte Hilde immer gesagt. Nein, Maike schüttelte innerlich den Kopf, Famke Wilken hatte es gewiss genau so gemeint, wie es bei ihr angekommen war: Sie hatte ihr die Tasche vor die Tür gesetzt, um ihr damit zu demonstrieren, dass sie nicht erwünscht war, und das würde sie sich nicht bieten lassen.

Jetzt ging sie erst einmal um das vordere Haus, das sich wunderbar in die Umgebung einfügte, herum, vorbei am Eingang zu den Ferienwohnungen. Unten, dort, wo jetzt der Laden war, war eine große Wohnung gewesen. Im ersten Stockwerk hatte es zwei weitere Gästeunterkünfte gegeben, darüber ein großzügiges Dachgeschoss, das aber, soweit Maike wusste, nie genutzt worden war. Hinter dem Haus tat sich eine Rasenfläche auf. Dort stand der Schuppen, in dem Hilde ihre Gartengeräte, Blumenübertöpfe und Pflanzerde aufbewahrt hatte. Dann fiel ihr Blick auf Hildes kleine »Villa«.

Maike schob den Schlüssel ins Schloss, öffnete und trat in den Flur. Gleich neben dem Eingang befand sich ein kleiner Raum für die Waschmaschine, der Geruch nach Waschpulver war unverkennbar. Dahinter war das Duschbad mit Toilette, dann das Gästezimmer, in dem Florian und sie, später sie allein, immer übernachtet hatten. Dessen Tür gegenüber stand eine hohe, schmale Kommode mit einer dunklen Vase und einem silbergrauen Trockengesteck auf Treibholz dekoriert. Darüber an der Wand hing eins von Hildes Aquarellen, seitlich ging die schmale Treppe nach oben ins erste Stockwerk zum eigentlichen Wohnbereich. Eine Tür neben der Treppe führte in einen großen Raum, der aber unbenutzt war. Hier stand jede Menge Gerümpel – Möbel, die nicht mehr gebraucht wurden, Kisten mit allem möglichen Kram. Wäre interessant, mal darin zu stöbern, dachte sie unwillkürlich. Da fand sich bestimmt noch das eine oder andere brauchbare Teil. Eine Glastür am Ende des Flurs führte auf Hildes Terrasse.

Maike betrat die erste Stufe der Treppe. Der Handlauf fühlte sich glatt und ebenmäßig unter ihren Fingern an. Die Wand war weiß gestrichen mit hellblauen Streifen in nicht ganz ebenmäßigen Abständen. Als sie das obere Stockwerk erreichte, ließ sie die Reisetasche direkt am Treppenabsatz fallen. Von hier aus konnte man durch ein größeres rundes Fenster auf das Vorderhaus blicken. Maike bemerkte eine kleine Terrasse gegenüber, die ihr früher nicht aufgefallen war. Sie musste neu angebaut worden sein. Auf Hildes Terrasse wiederum hatte sie schon viele Stunden lesend, dösend oder mit Hilde, Florian oder sogar Tessa quatschend verbracht – so manche Stunde auch am Feuer des Außenkamins gesessen und die abendliche Stille genossen.

Sie ging ein paar Schritte weiter über honigfarbenes Parkett, dessen Maserung sich in den Deckenbalken wiederfand, in das großzügige Wohnzimmer mit Essecke, von wo aus alle anderen Räume abgingen. Es hatte sich einiges verändert, die

Farben waren jetzt in Weiß, Grau und Blau gehalten. Seit ihrem letzten Aufenthalt waren neue Gemälde und ein paar Fotos hinzugekommen – insbesondere großformatige Fotos vom Meer, das sich mal sanft, mal aufgewühlt zeigte. Hilde hatte viel und gerne fotografiert, wenn sie auch lieber gemalt hatte.

Sogar ein neues Möbelstück gab es – Maike vermisste die alte braune Cordcouch, die bei ihrem letzten Besuch noch hier gestanden hatte. Jetzt stand da ein modernes Sofa. Sie schnupperte. Es roch vertraut, angenehm und immer noch nach Hilde, immer noch nach dem Parfüm, das sie jahrelang benutzt hatte und das sie, Maike, ewig mit ihr verbinden würde: Terre d'Hermès.

Maike schaute als Nächstes ins Badezimmer, das sich vollkommen unauffällig hinter einer Schiebetür verbarg. Hier hatte sich nichts geändert: die blaugraue Badewanne, das Waschbecken in derselben Farbe, weiße Wände, dunkelblaue Handtücher. Maike schob die Tür behutsam zu, als müsste sie es vermeiden, jemanden zu stören. Natürlich war niemand darin, aber sie fühlte sich dennoch ein wenig wie ein Eindringling.

Sie sah in die kleine, aber feine Küche, die ebenfalls durch eine Schiebetür vom Wohnraum abgetrennt war. Eine zweiflügelige Glastür führte auf den Balkon hinaus. Die beiden hellen Korbsessel mit den blau-weiß karierten Kissen, ein Korbtisch mit Glasplatte und ein Sonnenschirm standen dort, solange sie denken konnte. Die Geranien in den Kästen, die an der Brüstung hingen, blühten üppig. Der Blick, den man von hier aus über einen Teil der Insel hatte, war besonders jetzt, in der Abendstimmung, bezaubernd.

Maike stand einfach nur da und versank im Anblick der orangerotgoldenen Abendtöne, während etwas entfernt Stimmen zu hören waren und hin wieder ein paar Vögel aus einem der Bäume aufflogen. Dann löste sie sich wieder aus ihrer Reglosigkeit und öffnete die Tür zum Schlafzimmer. Auch hier gab es bis auf ein Bild und eine ihr unbekannte Tagesdecke keine Veränderung. Die Vorhänge vor dem kleinen Fenster waren zugezogen, ließen aber gedämpftes Licht herein. Auf dem Bett lag Hildes hellgrauer Bademantel, als wollte sie ihn gleich anziehen.

Von einem Moment auf den anderen durchfuhr Maike ein neuerliches Gefühl von Verlust, die Erkenntnis, dass Florians Tante tatsächlich von ihnen gegangen war und nicht zurückkommen würde. Sie hatte dieses Gefühl noch nicht in dieser Intensität gehabt, seit sie den Brief erhalten hatte. Jetzt setzte es mit voller Wucht ein, als verstünde sie erst in diesem Augenblick, was geschehen war. Tränen rannen über ihr Gesicht. Sie ließ ihnen freien Lauf und fühlte sich danach etwas leichter. Eigentlich fühlte es sich doch gut an, hier zu sein, diese Nacht auf der Insel zu verbringen, in Hildes Wohnung, und sich darüber klar zu werden, was sie als Nächstes tun wollte.

Maike trocknete ihre Tränen und beschloss, sich für einen Moment auf den Balkon zu setzen. Hilde und sie hatten auch hier viele Gespräche geführt, zuletzt über die Trennung und was danach geschehen sollte. Und dass es sich nicht lohnte, ein schlechtes Gewissen Florian gegenüber zu haben.

»Versteh mich nicht falsch, ich mag meinen Neffen«, hatte Hilde einmal gesagt. »Ich weiß aber auch, wozu er in der Lage ist.«

Maike stand wieder auf und kochte sich eine Tasse Früchtetee. Vor der Reise hatte sie ihre Mutter kurz über alles informiert und sie gebeten, während ihrer Abwesenheit einen Blick auf Tessa zu werfen, was ihre Mutter natürlich für vollkommen unnötig hielt. Sie schaute auf das Display ihres Handys. Keine Nachricht. Kurzerhand rief sie ihre Tochter an.

»Hi, Mum!«, meldete die sich.

»Hallo, Tessa!«

Pause.

»Bist du gut angekommen?«

»Ja, und du, was machst du?«

»Warum? Spionierst du mir etwa nach, Mum?«

Maike presste die Lippen aufeinander. Warum drifteten ihre Gespräche nur schon nach kurzer Zeit in solche Richtungen ab? Das war doch albern! Was war nur zwischen ihnen geschehen? Es hatte Zeiten gegeben, da hatten ihre Tochter und sie sich gut verstanden. Wann hatte sich das geändert und warum?

»Ich sitze gerade auf Tante Hildes Minibalkon und schaue über die Insel«, bemühte sie sich, die Stimmung aufzulockern.

»Hm.«

»Das Wetter ist super, und der Blick ist wie immer einfach unübertrefflich. Es ist etwas spät geworden, also werde ich heute Nacht wohl hierbleiben. Du kannst Oma anrufen, wenn du etwas brauchst, okay? Ich wünschte, du wärst auch hier.« Tessa machte ein undefinierbares Geräusch. Hatte sie wirklich gedacht, dass ihre Tochter in ihre Träumereien einstimmen würde? Kurz versuchte Maike, sich vorzustellen, wo sie wohl gerade war: in der Wohnung oder irgendwo draußen allein unterwegs in der Großstadt, weil ihr ja gerade niemand etwas sagen konnte? Wie würde das in Berlin sein? Würde Florian ein Auge auf sie haben? »War Oma heute schon da?«

»Rita?« Seit Neuestem nannte Tessa ihre Oma beim Vornamen, weil es, wie sie ihr erklärt hatte, ja nicht deren einzige Aufgabe auf der Welt sei, Großmutter zu sein.

Weißt du was, Mum, sie hatte ein Leben ...

»Ja, wir haben zusammen Dosenravioli gegessen.«

»Ah, das haben wir früher ...«

»Musste mir nicht erzählen«, würgte ihre Tochter sie entschlossen ab. »Hat sie schon gemacht.« Wieder war es still. »Warum waren wir in letzter Zeit eigentlich nicht mal wieder da?«, war dann Tessas Stimme zu hören.

Maike war überrascht. »Hier? Auf Spiekeroog, meinst du? Ich hatte nicht den Eindruck, dass du unbedingt auf einer abgelegenen Insel Urlaub machen willst.«

Tessa schnaubte. »Hast du mich je gefragt? Du denkst immer, du weißt, was ich will, aber das ist nicht so. Du weißt nichts von mir«, brach es dann aus ihr heraus.

Maike unterdrückte ein Seufzen. Was war nur los, verdammt?

»Habt ihr zwei, dein Vater und du, inzwischen ausgemacht, wann du zu ihm fährst?«

Tessa gähnte. »Ich dachte, du wolltest das machen.«

Maikes Augen verengten sich. »Wieso sollte ich?«

»Ist doch deine Sache, Mum, oder? Ihr entscheidet über mein Leben. Dad hat 'ne Neue und zieht weg, du willst jetzt offenbar auf eine Insel ...«

»Das will ich nicht. Ich bin zu Besuch hier, bis morgen höchstens. Um ein paar wichtige Dinge zu klären.«

»Wie gesagt, ich hab eh nix zu melden.«

Maike schluckte. Mist, sie wollte sich wirklich nicht streiten. Sie hatte doch eigentlich nur ein paar Worte mit ihrer Tochter wechseln wollen, auf eine gemeinsame Ebene kommen. Das war gründlich misslungen.

Anstatt sie zu fragen, was sie am Abend vorhatte, sagte sie also nur: »Okay, ich ruf ihn an. Ist noch etwas?«

»Nee, du hast angerufen.«

»Gut.«

Tessa sagte nichts mehr, sondern legte im nächsten Moment einfach auf. Maike starrte noch einen Moment fassungslos auf ihr Handy. Nun gut, dann würde sie eben in Zukunft Florian anrufen.

Zu ihrer Überraschung entspannte sie sich rasch wieder. Wahrscheinlich war es einfach so, dass Tessa erwachsen wurde. Natürlich war das nicht einfach, aber da mussten sie wohl alle durch. Und was hatte Tessa eben zu ihr und der Insel gesagt? Ja, vielleicht würde sie genau das tun. Sie würde ihren Urlaub genau hier verbringen. Zu Hause wartete ohnehin bald niemand mehr auf sie.

Maike stand auf. Und jetzt hab ich Hunger, dachte sie und trank ihren Tee aus. Sie würde etwas essen gehen.

VIERTES KAPITEL

Maike wachte gegen acht Uhr am nächsten Morgen auf und entschied, noch einen Moment im Bett liegen zu bleiben. Sie starrte gegen den champagnerfarbenen Betthimmel aus leichtem Stoff, und erneut kamen Erinnerungen an Hilde hoch, jene schlanke, stets elegant gekleidete kleine Frau mit dem weißen Bubikopf, die sie kurz nach dem recht frühen Tod ihres Mannes Josef kennengelernt hatte. Sie waren damals rasch ins Gespräch gekommen. Hilde hatte erzählt, wie Josef und sie sich auf einer beruflichen Veranstaltung, auf die sie ihren damaligen Chef begleitet hatte, kennen- und bald auch lieben gelernt hatten. Kurz darauf schon waren sie zusammen nach Hamburg gezogen, später hatten sie sich die Immobilie auf Spiekeroog gekauft und waren dort, das hatte Maike den Erzählungen entnehmen können, sehr glücklich gewesen. Hilde hatte nach Josefs Tod jedenfalls nicht mehr geheiratet. Nein, es war nicht so, dass sie nicht gerne verheiratet gewesen war, aber, so hatte sie einmal auf Maikes Nachfrage gesagt: »Mir gefiel der Gedanke eben doch, in Zukunft stets vollkommen allein entscheiden zu können. Außerdem wusste ich, dass ich Glück mit meinem Mann hatte. Ich wollte das nicht aufs Spiel setzen.«

Das Erbe hatte es ihr schon damals ermöglicht, sich zur Ruhe zu setzen. Hilde hatte sich also ihren Hobbys, dem Malen und Fotografieren, hingegeben, sich karitativ betätigt und ihr Geld umsichtig verwaltet. Sie hatte Florian während des Studiums unterstützt und auch ihr, Maike, immer mal etwas zugesteckt oder gemeinsame kleine Kurztrips finanziert. Florian hatte hin und wieder gemeint, sie müsse mehr aus sich machen, sie solle ihre Bilder und Fotografien verkaufen. Hilde hatte abgelehnt. Ein paar Jahre später hatte sie das Vorderhaus auf Spiekeroog umbauen lassen und die Ferienwohnungen, die sie jahrelang nicht mehr vermietet hatte, modernisiert. Ab da waren wieder regelmäßig Gäste gekommen – wie zu der Zeit, als ihr Mann noch gelebt hatte. Finanziell war es nie nötig gewesen, die Wohnungen zu vermieten, doch Hilde hatte argumentiert, dass die Insel so schön sei, dass sie es auch anderen ermöglichen wolle, auf Spiekeroog zu entspannen.

Maike gähnte und stand auf. Im Bad putzte sie sich die Zähne und duschte rasch. Sie schlüpfte in die Hose vom Vortag und nahm sich ein neues Oberteil aus ihrer Reisetasche. Während sie sich die Schuhe schnürte, knurrte ihr Magen mit einem Mal. Es war wohl die frische Luft, die ihr einen solchen Appetit machte. In jedem Fall freute sie sich auf einen Kaffee und ein Gebäckstück in einer der Bäckereien.

Leichtfüßig lief sie die Treppe hinunter. Dass sich ihre Stimmung so sehr verbessert hatte, lag zu einem gewissen Teil an dem Ort, an dem sie sich befand: Hildes Haus, aber auch am Zauber, den die Insel auf sie ausübte, diese Kraft und Ruhe, die es ihr ermöglichte, sich selbst besser hören, fühlen und einschätzen zu können.

Als sie um die Ecke des Vorderhauses kam, wäre sie fast mit Famke Wilken zusammengestoßen, die gerade vor dem Schaufenster stand und die Auslagen begutachtete. Die schaute sie entgeistert an.

»Was machen Sie denn noch hier?«

Maike gelang es, ruhiger zu bleiben als am Vortag.

»Guten Morgen, Frau Wilken!«

Famke Wilken reagierte nicht. Aber Maike würde sich nicht aus dem Konzept bringen lassen, an diesem Morgen nicht. Sie hatte genügend Zeit gehabt nachzudenken.

»Wie schon gesagt, habe ich dieses Haus geerbt, aber wir werden sicherlich beide noch Zeit haben, uns ausführlich zu besprechen, und eine hoffentlich gütliche Lösung finden. Richten Sie sich schon mal darauf ein.«

Famke Wilkens Gesichtsausdruck verdüsterte sich. Treffer, versenkt, dachte Maike und fragte sich, ob sie selbst gerade wohl wie einer der Anwälte aus der Kanzlei geklungen hatte, umgänglich und warnend zugleich? Nun, das war ihr gleichgültig, sie hatte nicht vor, sich weiter alles bieten zu lassen.

Sie wünschte knapp noch einen guten Tag und bog dann auf die Straße ab. Sie war ruhig geblieben und freute sich darüber. Nach einem Cappuccino und einem Gebäckstück in einem Café spazierte sie schließlich zum Utkieker. Die über drei Meter hohe Bronzeskulptur des in Köln lebenden Bildhauers Hannes Helmke blickte seit 2007 über die Insel hinweg. Das letzte Mal war ich wahrscheinlich mit Tessa hier oben, dachte Maike. Sie beide hatten sich damals im Gipfelbuch verewigt. Mit Tessa war der Utkieker immer ein Ziel gewesen. Maike erinnerte sich gerne daran. Vom Utkieker aus hatte sie auch zum ersten Mal deutlich das Dünenband wahrgenommen, welches das Dorf umschloss, die älteren Dünen, die näher zur Siedlung hin lagen, und die jüngeren in Richtung Strand.

Zwischen dem Studium und Tessas Geburt, als verheiratetes, noch kinderloses berufstätiges Ehepaar, waren sie eine Weile nicht auf der Insel gewesen. Florian hatte andere Urlaubsziele vorgezogen: Flugreisen in exotische Länder, exklusive Städtereisen oder abenteuerliche, aber bis ins Detail durchgeplante Wanderungen, die man natürlich nicht so nannte, denn das erinnerte ja vielleicht an Sonntagsausflüge mit der Familie. Als Eltern waren sie wiedergekommen. Maike hatte gefunden, dass die Insel das richtige Ziel für Kinder war. Florian hatte sich gefügt, war aber zum Ausgleich danach regelmäßig noch zwei Wochen mit seinen Kumpels Sven und Jo unterwegs gewesen.

Maike lief wieder nach unten, entschied sich, vom Utkieker aus weiter zum Strand zu laufen und dann am Meer entlang noch einmal zu der Stelle zu wandern, an der sie Hildes Brief gelesen hatte. Ihre Haut spannte ein wenig, deshalb hatte sie sich am Morgen gut eingecremt. An der Küste, wo fast ständig der Wind wehte, unterschätzte man die Sonneneinstrahlung rasch. Eine Weile sammelte sie Muscheln, danach legte sie sich in den sonnenwarmen Sand. Die Geräusche ringsum hatten etwas Beruhigendes: Wind, Meeresrauschen, die Schreie der Möwen, sogar die Stimmen der Touristen ...

Als sie wieder aufwachte, stellte sie fest, dass sie fast eine Stunde geschlafen hatte. Der Strand hatte sich gefüllt. Vorne bei den Prielen spielten Eltern mit kleineren Kindern. Ältere Kinder stromerten allein umher. Ein Golden Retriever stürmte selbstvergessen und wie eins mit der Natur über die weite Sandfläche.

»Käthe!«, rief jemand. »Käthe, Käthe, Käthe!«

Maike bedauerte es kurz, keine Badesachen dabeizuhaben, während sie beobachtete, wie der Hund mit großen Sprüngen durchs Wasser tobte. Allerdings war es wahrscheinlich viel zu kalt, und sie wollte sich ohnehin um die Rückfahrt kümmern, eine zweite Nacht konnte sie wirklich nicht auf der Insel bleiben.

Wieder ging es am Utkieker vorbei und hinüber ins Dorf, wo sie sich ein Mittagessen gönnte und danach noch ein Eis. Während sie in der Schlange am Eisladen stand, checkte sie auf dem Handy die Abfahrtszeiten der Fähre. Sie konnte sich Zeit lassen. Mit dem Eis in der Hand entschied sie sich, zum Abschied eine weitere Runde durch den alten Dorfkern mit seinen schmalen Gassen, den niedrigen Backsteinhäusern und den grünen Fenstern zu drehen. Ihr Weg führte sie dieses Mal am 1705 gebauten Historischen Alten Inselhaus vorbei. Angeblich war es mit einem Schwimmdach versehen. Maike stand einen Moment lang da und versuchte, sich das Konzept vorzustellen. Bei einer katastrophalen Sturmflut, so hatte sie gelesen, sollte sich das Dach vom Haus lösen und als rettendes Floß dienen, das der Nordwestwind irgendwann ans Festland trieb. Sie war nicht sicher, ob sie das glauben sollte.

Dann ging es weiter, vorbei am Inselmuseum, vor dem zwei uralte Bäume Spalier standen, und danach über den Noorderpad zur Touristeninformation Kogge. Dahinter wartete das InselBad & DünenSpa auf Gäste, denen die Nordsee zu kalt oder das Wetter zu schlecht war.

Etwas weiter den Weg entlang lud das Trockendock, der Spiekerooger Indoorspielplatz, Kinder zum Spielen ein.

Ich freu mich drauf, bald wieder hier zu sein.

Zuerst aber musste sie nach Hause, ein paar Dinge organisieren und ausreichend Anziehsachen für drei Wochen packen. Das, was sie eigentlich an diesem Wochenende geplant hatte zu tun, würde sie dann ganz in Ruhe erledigen können. Die lange Reise noch einmal innerhalb so kurzer Zeit anzugehen, war zwar etwas aufwendig, aber die Mühe lohnte sich, da war sie ganz zuversichtlich. Allmählich machte sich Vorfreude in ihr breit.

Ohne es recht zu bemerken, hatte sie die Anhöhe erreicht, von der aus man über die Richelwiesen und zum Hafen hinübersehen konnte. Sie ließ den Blick schweifen. In der Ferne sah man eine Fähre vom Festland in Richtung Hafen kommen. Kurz entschlossen lief Maike den Leuten, die sich auf dem Weg zum Hafen befanden, hinterher: Pärchen, jüngere Leute, sehr viele Familien mit Kindern, Bollerwagen und zu viel Gepäck, für die der Urlaub leider vorbei war. Sie würde jetzt schon ein Ticket für die nächste Fähre kaufen, bevor sie zurück zu Hildes Haus ging, ein wenig aufräumte und ihre Tasche holte.

Die Fähre war inzwischen ein ganzes Stück näher gekommen, die Geschäftigkeit auf dem Schiff und an Land nahm zu. Wenig später legte das Schiff an, und die ersten Passagiere gingen von Bord, während fast zugleich mit dem Entladen der Gepäckcontainer begonnen wurde. Die neuen Gäste erreichten festen Inselboden. Manche schauten sich suchend um, andere wurden stürmisch begrüßt. Maike fiel ein schmaler, sehr blonder Junge auf, der das Schiff, gefolgt von einem großen schlanken Mann, verließ. Einen Moment verfolgte sie die beiden mit den Augen, bevor sie den Kopf ruckartig in eine andere Richtung drehte. Himmel, was dachte sie sich denn dabei, wildfremde Menschen anzustarren? Ja, sie musste zugeben, dass der Mann gut aussah, aber ...

Die ersten Gäste verließen den Hafen samt Gepäck in Richtung Dorf, andere warteten noch auf den richtigen Container. Wieder kamen der Mann und der Junge in ihr Blickfeld. Der Mann strich sich eben mit einer Hand durch sein braunes Haar. Zu Jeans und Sweater trug er knallgrüne Chucks, schulterte jetzt eine Tasche und nahm eine weitere zur Hand, bevor er sich suchend umsah. Maike wandte den Blick rasch ab, sah aber kurz darauf doch wieder hin und erstarrte.

Das konnte ja nicht wahr sein! Das war doch Famke Wilken, die da bei dem Mann und dem Jungen stand. Sie wollte sich wegdrehen, doch in diesem Moment hatte die unangenehme Ladenbesitzerin sie auch schon entdeckt und kam auf sie zu. Der Mann und der Junge folgten ihr.

Famke Wilken lächelte sie an – oder war es mehr ein Zähneblecken? »Darf ich dir die neue Hausbesitzerin Maike Schuster vorstellen, Jarik?«, fragte sie herausfordernd. »Wir sind schon alle sehr gespannt, was sie mit Hildes Besitz anfangen wird. Vielleicht ergreift sie ja ihre Chance und verkauft das Anwesen, so rasch es geht.«

Maike ärgerte sich darüber, dass ihr wieder die Worte fehlten, dann fiel ihr auf, dass sie der Mann freundlich anlächelte. Aus der Nähe konnte sie sehen, dass er ziemlich dunkle braune Augen hatte, offen und sehr vertrauenerweckend.

»Sei doch nicht so unfreundlich, Famke«, sagte er. »Ich

bin mir sicher, dass sich eine gute Lösung für uns alle finden lässt.« Er streckte Maike die Hand hin. »Hallo, ich bin Jarik Martens.«

»Hallo, Herr Martens!«, sagte Maike.

Famke Wilken schaute düster drein.

»Nennen Sie mich einfach Jarik. Und das da drüben«, fuhr Jarik fort, »ist mein Sohn Nils.«

»Ich bin Maike.«

Maike folgte seiner Handbewegung und sah den blonden Jungen, der sich in seinem ganz eigenen Bewegungsmuster durch die langsam lichter werdende Menge bewegte, ein wenig wie die Kugel in einem Flipperspiel, ohne darauf zu achten, ob er irgendjemandem in den Weg geriet oder mit jemandem zusammenstieß. Maike wandte sich wieder Jarik zu. Er schaute sie neugierig an.

»Sie haben also Hildes Haus geerbt? Das muss ziemlich überraschend gekommen sein. Ich kann mich gar nicht erinnern, Sie schon mal dort gesehen zu haben.«

Er klang interessiert und kein bisschen vorwurfsvoll.

»Ich war länger nicht mehr da«, murmelte sie.

Persönliche Schwierigkeiten, ergänzte eine leise Stimme in ihrem Kopf, aber das ging die beiden doch wohl gar nichts an.

»Ah, das erklärt es. Wissen Sie denn schon, was Sie mit Ihrem Erbe vorhaben?«

»Nein ...« Maike wappnete sich zur Abwehr, bevor sie bemerkte, dass Jarik die Frage, anders als Famke Wilken am Vortag, gar nicht als Angriff meinte. »Nein ...«, wiederholte sie langsamer. »Es kam wirklich sehr überraschend. Ich konnte mir noch gar keine Gedanken machen.«

Sie brach ab. Zu viel war da plötzlich in ihrem Kopf, zu viel, was sie noch sortieren musste. Sie räusperte sich, sagte dann doch nichts. Jariks Sohn hüpfte singend näher heran – offenkundig vergnügt.

Jarik wandte sich dem Kind zu, und Famke Wilken trat unvermittelt an seine Seite. »Ist schon okay. Ich guck nach ihm. Brauchst dich nicht zu kümmern.«

Jarik nickte. »Danke. Du hast was gut.«

»Ach was.«

Er wandte sich wieder Maike zu. »Famke sagte, Sie hätten unseren Laden bereits kennengelernt?« Kennengelernt war übertrieben. Maike nickte dennoch. »Ich hoffe, wir werden uns bald zusammensetzen können«, sprach Jarik nach kurzem Zögern weiter. »Uns ist an einer guten Lösung gelegen.«

»Klar«, entgegnete Maike. Etwas mechanisch, wie sie selbst fand.

Es blieb natürlich die Frage, wie Florian wohl auf die Neuigkeiten reagieren würde.

Wüsste er etwas, hätte er längst angerufen. Ich muss ihm Bescheid sagen.

Sie gab sich einen Ruck. Ja, die Dinge mussten geklärt werden, so war es eben.

»Wie wäre es mit kommender Woche? Ich müsste noch einmal kurz nach Hause. Meine Tochter ist erst fünfzehn. Sie wollte allerdings in den Ferien zu ihrem Vater.« Jetzt weiß dieser Jarik gleich über alles Bescheid, fuhr es ihr durch den Kopf. »Wie gesagt, das kam alles sehr plötzlich ...«

Sie verstummte. Warum erzählte sie diesem Wildfremden das eigentlich? Das ging ihn doch gar nichts an.

»Natürlich.«

Jariks Lächeln war sehr einnehmend. Seine dunklen Augen strahlten. Sein Sohn hatte ähnliche Augen. Das sah sie jetzt, da er sich zu ihnen gesellte. Im Kontrast zu den hellen Haaren wirkten sie sogar noch dunkler.

»Na dann.« Maike nickte in Richtung der Hafengebäude. »Ich muss mich um die Rückreise kümmern. Wir sehen uns kommende Woche ... Dienstag oder Mittwoch?«

»Beides in Ordnung. Melden Sie sich einfach.«

»Okay.«

Ehe sie sichs versah, streckte sie Jarik die Hand hin. Der ergriff sie und schüttelte sie mit festem, warmem Griff. Für einen Moment konnte sie den Blick nicht abwenden, und es schien mit einem Mal ganz unmöglich, ruhig weiterzuatmen. Dann ließen sie einander los.

»Bis kommende Woche«, wiederholte er noch einmal.

Maike nickte. Als sie den Blick hob, sah sie, dass sich Famke Wilken und Nils schon entfernt hatten. Irgendwie war sie froh darum.

Maike lief über den Deich zu Hildes Anwesen zurück, brachte dort alles in Ordnung und erkundigte sich im Internet nach Rückreisemöglichkeiten weg vom Hafen in Neuharlingersiel. Sie würde wohl ein Taxi nehmen müssen, um einen Bahnhof zu erreichen, von dem aus sie so schnell wie möglich nach Frankfurt kam, aber das war okay. Sie versuchte, ihre Gedanken zu ordnen. Dieser Jarik ging ihr einfach nicht mehr aus dem Kopf.

An Bord der Fähre, die sie von Spiekeroog wegbrachte, blieb Maike auf dem oberen Deck und verfolgte, wie sie sich langsam von der Insel entfernten. Die weitere Reise verlief ohne Hindernisse. Gegen elf Uhr abends kam sie in Frankfurt an. Die Wohnung war leer.

FÜNFTES KAPITEL

Maike ließ ihre Tasche im Flur fallen und schaute in Tessas Zimmer. Ihr erster Eindruck hatte sie nicht getrogen. Das Zimmer war leer, das Bett ihrer Tochter unbenutzt. Allerdings standen die Türen vom Kleiderschrank offen, davor lagen Kleidungsstücke auf einem wilden Haufen. Auf dem Weg zur Tür lagen überall Schuhe.

Maike machte einige vorsichtige Schritte in den Raum, bevor sie den aus irgendeinem Schulheft herausgerissenen Zettel auf dem Schreibtisch bemerkte: *Hi, Mum, bin bei Dad.* Tessas Schrift war krakelig.

Sie ließ sich auf das Bett fallen, den Zettel in der Hand, und atmete ein-, zweimal tief durch. Himmel, was hatte ihre Tochter sich dabei gedacht? Sie konnte doch nicht einfach ...

Maike schaute auf die Uhr. Nach Mitternacht inzwischen. Sollte sie in Berlin anrufen? Was für eine Frage, sie musste anrufen! Wie sollte sie sonst erfahren, ob Tessa überhaupt angekommen war? Sie entschied sich für das Festnetz, falls Florian sein Handy lautlos geschaltet hatte. Während sie eine Ewigkeit den Freizeichen lauschte, beschlich sie ein eigentümliches Gefühl. Dann ging endlich jemand ans Telefon.

»Schuster.«

»Florian?«

»Natürlich. Bist du das etwa, Maike? Warum rufst du um diese Uhrzeit noch an?«

Sie fragte nicht, ob sie ihn geweckt hatte. Sie wusste, dass das nicht so war. Florian ging frühestens gegen ein Uhr nachts ins Bett. Zumindest am Wochenende.

»Ja, ich bin's. Ist Tessa bei dir?«

»Himmel, deswegen meldest du dich? Ja, sie ist heute Nachmittag angekommen. Sag mal, hast du sie tatsächlich allein gelassen? Du wärst auf Spiekeroog, meinte sie.«

»Es ging lediglich um eine Nacht, Florian, und ich hatte alles genau mit ihr besprochen. Meine Mutter war informiert. Angeblich hat sie mit ihr Ravioli gegessen. Tessa fand es in Ordnung, dass ich fahre.«

Warum rechtfertige ich mich eigentlich?

Bemüht ruhig setzte sie hinzu: »Unsere Tochter ist fünfzehn. Sie schafft das schon. Warum hast du mir nichts gesagt?«

Florian reagierte nicht auf ihre letzte Bemerkung.

»Offenbar schafft sie es doch nicht, sonst wäre sie ja nicht hier, Maike.« Er machte eine Pause. »Könnte es vielleicht sein, dass du den Zugang zu unserer Tochter verloren hast? Und überhaupt, was ist mit ihrem Asthma? Das bringst du doch sonst zu jeder Gelegenheit aufs Tapet. Was, wenn sie in deiner Abwesenheit einen Anfall gehabt hätte?«

»Es geht ihr gut. Sie hatte schon lange keinen Anfall mehr und wird auch allein damit fertig. Ich verfolge sie hier ja auch nicht auf Schritt und Tritt. Und meine Mutter stand auf Abruf bereit, wie gesagt.«

Maike wusste einen Moment nicht, was sie noch sagen sollte. Warum musste sie sich solche Vorwürfe nur immer so zu Herzen nehmen? Eigentlich machte Florian sich keine Sorgen um Tessas Asthma, aber er wusste eben zu gut, wie er sie triggern konnte.

Verdammt.

»Okay, wir überlassen Fünfzehnjährige jetzt also ihrer eigenen Verantwortung?«

»Hat sie wegen des Umzugs schon mit euch gesprochen?«

Sie wechselte einfach das Thema. Sie wusste nicht, ob das richtig war, aber es fiel ihr nichts Besseres ein, und sie wollte sich nicht weiter in die Enge treiben lassen.

»Weswegen?«

»Tessa will nach Berlin ziehen. Hat sie euch das nicht gesagt? Natürlich hat sie das. Kaja wusste es ja sogar schon.«

»Ah ... Nein. Stimmt. Vielleicht.«

Florians Antwort reizte sie über Gebühr. Wahrscheinlich lag das daran, dass sie übermüdet war. Aber es waren Dinge, über die gesprochen werden musste. Was dachte er sich denn? Die ganze Schulzeit über war er nie für seine Tochter da, nahm sich dagegen heraus, Maikes Verhalten zu bewerten. Und dann war da noch die Sache mit Hilde ... Aber Mitternacht war höchstwahrscheinlich nicht der richtige Zeitpunkt, auch das noch anzusprechen. Das würde sie sich für später aufheben.

»Was hat sie denn zu dir gesagt?«

»Dass sie sich allein gefühlt hat und deshalb gekommen ist.«

Maike wollte etwas Scharfes erwidern, biss sich dann aber lieber auf die Zunge.

»Und mir hat sie gesagt, dass sie sich auf ein paar Stunden allein für sich freue, bevor ich weggefahren bin ...«

»Tja, das ist unsere Tochter, was?« Florian schwieg kurz, dann räusperte er sich. »Okay, sie will also nach Berlin umziehen. Darüber sollten wir in den nächsten Tagen noch mal sprechen. Es ist dir ja wohl klar, dass das nicht leicht für mich wird mit der Arbeit und so ... Ich bin jetzt Partner, weißt du?«

»Weiß ich. Glückwunsch noch mal. Ich arbeite übrigens auch.«

Es klang schrill-vorwurfsvoll, weniger souverän, als sie es sich erhofft hatte.

»Ich weiß, dass du arbeitest.« Florian schien zu überlegen, aber sie wusste nur zu gut, dass er diese kleinen Pausen einstreute, um seinen nächsten Worten mehr Gewicht zu verleihen. »Na ja, wahrscheinlich ist es schon besser, wenn sie nach Berlin zieht. Nathalie und ich können uns die Erziehungsaufgaben teilen. Dann wird immer jemand für Tessa da sein. Nathalie mag Tessa sehr, sie ist natürlich jünger und damit näher an ihr dran, das merke ich immer wieder. Die beiden haben einfach einen super Draht zueinander.«

Maike war sich nicht sicher, ob sie richtig hörte. Was bildete sich der Kerl ein! Waren sie wirklich einmal verheiratet gewesen? Inzwischen hatte sie manchmal den Eindruck, dass sie sich stetig weiter voneinander entfernten. Wenn sie ganz ehrlich war, glaubte sie nicht, dass Nathalie begeistert darüber sein würde, Mutter eines Teenagers zu werden. Und sie wusste auch, dass Tessa nicht begeistert von Nathalie war.

Sie konnte sich ein Grinsen nicht verkneifen, als sie sich

an ein kürzlich erst geführtes Gespräch mit ihrer Tochter erinnerte.

»Die macht immer einen auf *bff*, dabei ist sie Dads Freundin, du meine Güte. Das eine schließt das andere ja wohl komplett aus.«

»*Bff?*«

»Na, *best friends forever …*«

Tessa hatte sehr eindrücklich die Augen verdreht.

Florian räusperte sich wieder. »Jetzt sind ja erst mal Sommerferien. Tessa kann gerne die nächsten zwei, drei Wochen bei uns bleiben, dann muss ich noch mal an ein wichtiges Projekt, und danach haben Nathalie und ich Karibik gebucht. Das Jahr war hart, Erholung ist nötig.«

Maike schluckte die spitze Bemerkung herunter, dass das nicht ihre Sache war und dass sie Tessa dann wohl auf ihren Wellness-Abenteuer-Exklusivtrip mitnehmen müssten. Erholung hatte sie selbst außerdem auch nötig.

»Okay. Besprich es mit ihr«, sagte sie stattdessen. »Sie soll mich anrufen, wenn sie sich entschieden hat.«

»Ja, kein Problem. Und was hast du vor? Ich hab gehört, du hättest dir dieses Jahr drei Wochen Urlaub genommen.«

»Hab ich. Woher weißt du das?«

»Von eurer Sekretärin. Ich hab sie vor ein paar Tagen angerufen. Wir haben ein bisschen gequatscht. Wie früher.«

»Ah ja.« Maike ging mit dem Telefon zum Fenster und sah auf die Straße hinunter, wo gerade ein Auto hielt.

Früher als das Maß aller Dinge.

Menschen stiegen aus, Lachen war zu hören. Man hatte offenbar einen schönen Abend verbracht und schwelgte in Erinnerungen.

»Deine Tante Hilde ist gestorben«, sagte sie jetzt doch unvermittelt. »An einer Lungenentzündung.« Dann hatte sie das immerhin hinter sich.

»Das ... das ist ja furchtbar. Warst du deshalb oben? Ich hab mich schon gefragt, warum du für ein Wochenende nach Spiekeroog fährst, aber Tessa hat ahnungslos getan.«

Das sieht unserer Tochter ähnlich.

»Hilde hat mir das Anwesen vererbt.«

»Ihr Anwesen? Du meinst die beiden Häuser und das Grundstück? Ist das so?« Die Pause am anderen Ende der Gesprächsleitung war dieses Mal so kurz, dass sie kaum wahrnehmbar war. »Das kommt überraschend«, sagte Florian dann. »Ich mochte Hilde immer so gern.«

Sie ging nicht weiter auf diese Bemerkung ein. Seltsamerweise wechselten sie rasch das Thema, besprachen noch ein paar Dinge. Sosehr sie sich auch bemühte, konnte Maike die Stimmung ihres Ex-Mannes nicht erfassen.

Kurz nach dem Telefonat ging sie zu Bett.

Wenn Maike befürchtet hatte, wieder zu viele Gedanken zu wälzen und nicht einschlafen zu können, hatte sie sich geirrt. Vielleicht war sie einfach zu müde. Jedenfalls schlief sie innerhalb von Minuten ein, dafür wachte sie unerwartet früh auf. Durch das gekippte Fenster drangen Vogelgezwitscher und das Geräusch eines Rasenmähers. Stimmen waren zu hören. Dieser Tag versprach sehr schön zu werden, also waren einige ihrer Nachbarn offenbar früher aktiv. Sie meinte kurz, Frau Hausens Stimme zu hören.

Sie stand auf und ging in die Küche, um sich, wie immer, zuerst einmal einen Kaffee zu zapfen. Mit dem Becher in der

Hand öffnete sie ein Fenster, um noch einen Rest frischer Morgenluft hereinzulassen. Die Laute von draußen klangen sommerlich, sprachen von Leichtigkeit und Urlaubsplänen. Jemand lachte, eine Frau sang inbrünstig Helene Fischers *Atemlos durch die Nacht*. Ein Gartentor öffnete sich quietschend und wurde wieder geschlossen. Sie überlegte, ob sie Tessa in Berlin anrufen sollte, aber dafür war es ganz sicher noch zu früh.

Im Kühlschrank fand sie einen Joghurt und eine Banane, die sie als Frühstück zu sich nahm. Später wollte sie eine Kleinigkeit einkaufen gehen fürs Abendessen, sonst nur Reiseproviant. Sie würde sich ja ohnehin bald wieder auf den Weg auf die Insel machen.

Die Insel ...

Maike hielt inne. O ja, sie freute sich darauf, Spiekeroog so rasch wiederzusehen. Bei allem, was gerade herausfordernd war, war sie gespannt auf diese Reise. Sie würde jetzt alles Nötige klären, dann konnte es ihretwegen am kommenden Morgen auch schon wieder losgehen. Sie musste die Ferien schließlich nutzen. Unvermittelt dachte sie an das Gespräch mit Famke und Jarik und bemerkte, wie ihr Herz schneller schlug.

Nach einem zweiten Kaffee ging Maike in Tessas Zimmer und räumte die Kleidung doch zurück in den Schrank. Eigentlich hatte sie das nicht tun wollen, aber es brachte wohl nichts, darauf zu warten, dass Tessa wiederkam und es selbst erledigte. Ihre Tochter war erst einmal in Berlin.

Sie überlegte kurz, ein paar Vorräte mit auf die Insel zu nehmen. Der Kühlschrank gab allerdings nicht viel her. Drei Wochen Spiekeroog – eigentlich konnte sie sich sogar eine noch längere Zeit vorstellen, aber ...

Was waren das denn für Gedanken? Wollte sie vor etwas davonlaufen? Und plötzlich wurde ihr etwas bewusst: Sie hatte sich schon lange nicht mehr gespürt, aber auf Spiekeroog, da war das anders gewesen.

Tessa sah zu, wie Nathalie sich einen Cappuccino an dem exklusiven Vollautomaten zubereitete. Alles in diesem Loft, in dem sie und ihr Dad seit einiger Zeit lebten, war exklusiv, dennoch wirkte ihr Dad nicht entspannt – oder so, als würde er sein Leben genießen.

Nathalie warf ihr langes blondiertes Haar affektiert nach hinten und sah zu ihr hin. »Willst du auch einen Kaffee?«, fragte sie. »Oder einen Cappuccino oder einen Latte macchiato? In deinem Alter hab ich damit angefangen.«

»Danke, nein, ich find, Kaffee schmeckt scheußlich, egal, welcher«, sagte Tessa und fügte innerlich hinzu: Und mit dir trinke ich schon mal gar keinen.

Sie sah aus dem Fenster, obgleich sie von ihrer Position aus gar nichts sehen konnte. Immerhin versuchte Nathalie inzwischen nicht mehr allzu sehr, einen auf *best friends* zu machen. Sie versuchte auch nicht mehr, eine Mutter zu sein – oder ihre Vorstellung davon zu verfolgen. Allerdings wollte Nathalie bestimmen, das ja, so jemand war sie einfach.

Tessa holte sich einen Orangensaft aus dem Kühlschrank und nippte daran. Er war sehr kühl. Dann musste sie plötzlich husten. Manchmal war es normal, zu husten, dieses Mal war es anders. Das spürte sie. Sie war noch keine vierundzwanzig Stunden in Berlin, und ihr Asthma meldete sich zurück. Es war nicht schlimm, sie hatte es im Griff, aber sie musste den Tatsachen ins Auge sehen.

Diese verdammte Enge in der Brust. Nathalie sagte etwas zu ihr. Tessa verstand es nicht, weil sie so beschäftigt mit sich selbst war. Natürlich machte das Nathalie sauer. O ja, Dads Neue hatte gewiss geglaubt, sie schneller in den Griff zu bekommen. In ihrem Freundeskreis war sie bestimmt immer die Anführerin gewesen, die, deren Wort galt.

»Du könntest mir antworten«, ätzte sie.

»Chill«, stieß Tessa hervor.

Der Hustenreiz ließ nach. Jetzt merkte auch Nathalie, dass etwas nicht stimmte.

»Ist was? Sonst hör damit auf und lass die Show.«

Tessa zog das Spray aus ihrem Notfalltäschchen.

»Klar, alles okay.« Sie warf Nathalie einen langen Blick zu. »Mach dir keine Sorgen.«

»Mach ich nicht.«

Maike stand im Supermarkt und schaute sich um. Was benötigte sie für den ersten Abend auf der Insel? Sie würde am Mittwochmorgen einkaufen gehen. Es gab schließlich alles, was man für die Ferien brauchte, auf Spiekeroog. Plötzlich stellte sie sich vor, wie es wäre, nicht nur den Urlaub dort zu verbringen, sondern für immer auf die Insel zu ziehen. Ganz früher hatte sie solche Gedanken öfter mal gehabt.

Aber jetzt könnte ich das wirklich in die Tat umsetzen, oder? Tessa wird bei ihrem Vater leben. Mein Job ist sowieso nicht krisensicher …

Außerdem wollte sie ohnehin nicht mehr für dieselbe Firma arbeiten wie Florian. Was war, wenn er eines Tages nach Frankfurt zurückkäme und ihr Boss sein würde? Nicht auszudenken.

Jemand hinter ihr forderte sie ungeduldig auf, endlich den Gang freizugeben. Normalerweise, zumindest in letzter Zeit, hätte das ihre Stimmung sofort kippen lassen. Jetzt war dem nicht so. Sie zog sich einfach zwischen zwei Körbe voll abgepacktem Brot zurück und musste unwillkürlich grinsen, als sie sich vorstellte, wie Famke Wilken wohl reagieren würde, wenn sie nicht nur wieder auftauchte, sondern auch noch bekundete, bleiben zu wollen. Diese Famke war ihr nicht besonders zugetan, offenbar fürchtete sie fremde Einmischung. Vielleicht hatte sie auch andere Vorstellungen davon, wie es nach Hildes Tod weitergehen würde. Maike fragte sich, welcher Art Hildes und ihre Beziehung wohl gewesen war. Und ob das Ladenlokal von ihrem Erbe ausgeschlossen war, ob sie vielleicht auf Dauer mit Famke Wilken würde auskommen müssen.

Ach, Tante Hilde, ausgerechnet jetzt hätte ich dich so gerne an meiner Seite!

Nach der Trennung von Florian war Hilde so etwas wie ein Rettungsanker für sie gewesen. Auf Hildes alter Couch mit dem braunen Bezug aus grobem Cord hatte sie häufig gesessen, Pfefferminztee getrunken und geredet. Aus Hildes Keramikzuckerdose hatte Tessa derweil braunen Zucker genascht, den es nur bei Hilde gab. Bei Hilde hatte sie sich fallen lassen können in Zeiten, in denen man anderes von ihr erwartet hatte. Es gab Fotos von Hilde und Tessa aus dieser Zeit, wie sie beide auf dieser Couch saßen. Tessa noch mit Zöpfen, in dicken Strumpfhosen und einem blau-weißen Ringelpullover.

Florian und sie hatten sich im Winter getrennt, wo einem ohnehin alles aufs Gemüt schlug. In zwei Weihnachtsferienwochen hatten Tessa und sie sich an der Küste durchpusten lassen, und während sie selbst lange Spaziergänge unternommen hatte, um sich über ein paar Dinge klar zu werden, hatte Hilde nach dem Kind geschaut und sich abends und nachts geduldig angehört, was sie, Maike, zu sagen gehabt hatte.

Hilde selbst hatte niemals Kinder bekommen wollen, aber sie war die Beste im Umgang mit ihnen. Das hatte sich damals gezeigt.

Und jetzt werde ich sie nichts mehr fragen können, fuhr es Maike durch den Kopf, ich werde ihr nichts mehr sagen können. Für einen Moment musste sie sich doch sehr anstrengen, nicht mitten im Supermarkt in Tränen auszubrechen. Dann schob sie ihren Wagen energisch weiter, räumte eine Dose Tomaten hinein, Nudeln, Butter und Marmelade und H-Milch. Für das Abendessen stellte sie sich eine Auswahl an Sushi von einem Stand im Markt zusammen, der kürzlich neu aufgemacht hatte. Dann kaufte sie noch Kaffee. Ostfriesentee und Kandis würde sie selbstverständlich vor Ort besorgen. Das gehörte einfach dazu. Maike freute sich schon darauf. Bei allen widerstreitenden Gefühlen konnte sie es kaum erwarten, wieder loszufahren. Schon in der kurzen Zeit, die sie auf der Insel verbracht hatte, war ihr bewusst geworden, wie sehr sie Spiekeroog vermisst hatte.

Maike nutzte den weiteren Tag, um aufzuräumen. Sie überlegte kurz, was sie noch organisieren musste, wenn sie drei Wochen weg war, und fragte dann Frau Hausen, ob sie in ihrer Abwesenheit nach den Pflanzen schauen könne.

»Ich stelle sie alle auf den Küchentisch, dann haben Sie es leichter«, sagte sie.

»Natürlich!« Frau Hausen freute sich über das Vertrauen und bot an, auch einen Blick auf den Garten zu werfen.

»Das wäre natürlich wunderbar. Sie dürfen ihn gern nutzen während meiner Abwesenheit.« Maike zeigte ihr, wo sie die Liegestühle aufbewahrte. »Viel Platz ist allerdings nicht«, merkte sie mit einem bedauernden Lächeln an.

Am Abend rief sie endlich Tessa an. Ihre Stimme klang mürrisch wie immer, als sie sich meldete. Wahrscheinlich hatte sie die Nummer ihrer Mutter auf dem Display ihres Handys gesehen. Maike rechnete ihr hoch an, dass sie immerhin drangegangen war.

»Hi, Mum!«

»Hallo, Tessa! Geht's dir gut?«

»Weißt du doch. Hast bestimmt schon mit Dad geredet.«

Dass sie ihn Dad nannte, war immer noch gewöhnungsbedürftig.

»Wir haben nicht über dich geredet.« Maike versuchte, ihrer Stimme einen ruhigen Tonfall zu geben, aber sie konnte nicht sagen, ob das bei Tessa ankam. Ihre Tochter schwieg. »Du hast dich also entschieden, jetzt schon nach Berlin zu gehen?«, sprach Maike nach einer kurzen Pause vorsichtig weiter.

»Na und? Es sind Ferien.«

»Ja, schon, aber ich dachte, wir verbringen noch ein bisschen Zeit miteinander und bereiten ein paar Dinge vor.«

Natürlich war es das Falsche, aber Maike wollte einfach nicht jedes Wort auf die Goldwaage legen. Immerhin habe ich sie nicht mit Fragen nach ihrem Zeugnis genervt, fuhr es ihr unvermittelt durch den Kopf. Sie räusperte sich.

»Ach, Mum, komm schon, ich bin kein Kleinkind mehr.«

Maike schluckte die Bemerkung darüber herunter, dass sie von einem Kleinkind kaum erwarten würde, dass es sich an den Überlegungen zu einem Umzug beteiligte.

»Wäre dennoch schön gewesen, wenn du mir Bescheid gegeben hättest«, sagte sie dann.

»Ich bin übrigens versetzt worden.«

»Na, das ist gut zu hören.«

»Wir können ja meinetwegen öfter mal telefonieren.«

Tessa schien sich nicht sicher, wie sie sich geben sollte, aber ihr Tonfall war weicher geworden.

Maike beschloss, ihre Chance zu nutzen. »Gut. Dann reden wir noch einmal in Ruhe über alles andere, ja?«

Tessa zögerte, dann stimmte sie zu.»Okay, machen wir, Mum.«

»Ist es gut in Berlin?«

»Es ist eine Großstadt. Was denkst du denn?« Tessa schnaufte genervt. »Aber ganz ehrlich, ich vermisse Arwen ...«

»Deine Freundin?«

»Klar, wen denn sonst? Und Nathalie geht mir so was von auf die Nerven ...« Bestimmt war es gemein, sich darüber zu freuen, dass ihre Tochter die Neue ihres Vaters nicht mochte ... Sie konnte es nicht verhindern. »Und ich merke halt, dass die Luft hier schlechter ist. Die beiden wohnen ja mittendrin. Da ist verdammt viel Verkehr.«

»Du hast doch deine Medikamente dabei?«

»Klar, Mum, ich bin keine Anfängerin.«

»Ich weiß, entschuldige. Du machst das schon richtig.« Maike spürte, wie sich ihr dennoch der Magen zusammenzog. Würde sich dieses Gefühl je ändern? »Warum hat Oma mir eigentlich nichts von deinen Plänen berichtet?«

»Ich hab Rita gesagt, dass ich dir Bescheid gebe.«

»Okay.«

Maike beschloss, nichts weiter dazu zu sagen. Zu ihrer Verwunderung verabschiedete sich Tessa nun doch nicht gleich von ihr, sondern erzählte noch dies und das. Sie hörte zu und war froh, dass sie wieder einmal miteinander im Gespräch waren.

SECHSTES KAPITEL

Am Dienstag frühmorgens machte Maike sich erneut auf den Weg in Richtung Norden, dieses Mal mit ihrem Wagen. Im Kofferraum ihres Renault Clio befanden sich ihr Reisegepäck sowie ein Rucksack mit Proviant. Während das Wetter bei ihrem Aufbruch noch bedeckt gewesen war, wurde der Himmel nach Norden hin immer weiter und heller. Auch die Wolken wirkten weniger drückend. Sehr bald war es warm genug, die Scheibe ein Stück herunterzulassen. Maike summte leise vor sich hin. Es dauerte ein bisschen, bis ihr auffiel, dass es Lieder waren, die sie einst gemeinsam mit Hilde gesungen hatte. *Über den Wolken ... Das Narrenschiff ...* Hilde war ein großer Reinhard-Mey-Fan gewesen.

In Neuharlingersiel brachte sie das Auto zu einem Dauerparkplatz, kehrte dann samt Gepäck mit einem Shuttlebus zurück und beschloss, sich ein zweites Frühstück zu gönnen. Am Morgen hatte es schnell gehen müssen. Sie fand einen freien Tisch auf der Terrasse des Restaurants, das sie von früher kannte, nahm sich Zeit mit der Auswahl und ließ es sich schmecken. Es fühlte sich an, als hätte sie seit Tagen nicht mehr einen so guten Appetit gehabt. Ganz sicher spielte hier die Vorfreude mit hinein, bald wieder auf der Insel zu sein.

Vielleicht war es auch die frische Luft. Vielleicht war es beides. Von ihrem windgeschützten Tisch aus konnte sie aufs Meer hinaussehen. Sie war erstaunt, wie frei und entspannt sie sich in diesem Moment fühlte, allen Schwierigkeiten und allen Dingen zum Trotz, die vor ihr lagen – besonders Florian und die Sache mit der Erbschaft lagen ihr im Magen.

Danach war noch Zeit, bis die nächste Fähre fuhr, und so machte sie, nachdem sie ihr Gepäck endlich in einem der Transportcontainer untergebracht hatte, einen Spaziergang entlang des Hafenbeckens. Eine Weile setzte sie sich auf eine Bank und ließ den Blick schweifen. Niemand wollte etwas von ihr, und das tat gut. Auf dem Weg zurück in Richtung Schiff kam sie an den Stautoren vorbei und über eine Fußgängerbrücke. In Höhe eines Imbisswagens fiel ihr eine vertraute Person auf. Maike hielt unwillkürlich inne. Das war doch dieser Jarik. Sein Anblick nahm ihr kurz den Atem. Was war das denn schon wieder? So hatte sie sich ja ewig nicht gefühlt. Sie war eine über vierzigjährige Frau, du meine Güte, ehemals verheiratet, jetzt geschieden, Mutter einer Tochter. E-R-W-A-C-H-S-E-N. In diesem Moment entdeckte auch Jarik sie und kam kurz entschlossen auf sie zu.

»Maike? Das war doch Ihr Name, oder? Wie schön, dass Sie schon wieder da sind.«

»Wie abgemacht. Es ist Dienstag.«

»Ja, das stimmt.« Maike schüttelte die Hand, die ihr entgegengestreckt wurde. Bevor sie selbst etwas fragen konnte, fuhr er fort: »Ich habe gerade meinen Sohn zu seiner Mutter gebracht und fahre nun auf die Insel zurück. Famke braucht meine Unterstützung.«

»Sie leben gar nicht auf Spiekeroog?«

Noch während sie ihre Frage stellte, fragte Maike sich, ob es richtig war, so direkt zu sein, aber ihr Gegenüber schien nicht verstimmt darüber zu sein.

»Ich habe ein Bett dort, für den Fall, dass es spät wird, ich die letzte Fähre verpasse oder so etwas, aber nein, ich habe bislang nichts Passendes gefunden. Famke hat es da leichter, die wohnt bei ihren Eltern.«

Maike fragte sich unwillkürlich, ob das in Famkes Alter wohl noch so erstrebenswert war, andererseits hatte sie keine Ahnung. Gut möglich, dass Famke Wilken eine besonders enge Beziehung zu ihren Eltern hatte. Sie kannte die Frau ja nicht.

»Sie wohnt also nicht hinter dem Laden? Dort war ja früher eine Ferienunterkunft. Die Voraussetzungen wären also gegeben.«

»Nee, da ist nur die Werkstatt mit einer Liege, das war die ehemalige Wohnküche, Spüle und Kühlschrank stehen dort noch, eine Abstellkammer gibt es, ein Bad und ein Zimmer mit meinem Bett. Ich hoffe, das können wir vorerst so lassen ...« Maike war erstaunt, wie freimütig Jarik all das erzählte. Von den Norddeutschen war man doch etwas anderes gewöhnt. Vielleicht wollte er ihr aber auch nur klarmachen, wie das hier alles organisiert war. Er nickte in Richtung Fähre. »Gehen wir? Es dürfte bald so weit sein.«

Maike nickte nur und folgte ihm. Er fragte sie nach ihrem Gepäck. Sie bestätigte, dass sie sich bereits darum gekümmert hatte. Jarik trug nur eine kleinere Reisetasche. Wohl für den Fall, dass er doch auf der Insel übernachten musste, wie sie jetzt wusste.

Die ersten Passagiere gingen an Bord.

»Gehen wir aufs obere Deck?«, fragte Jarik.

»Klar.«

Oben war es etwas kühler, sodass Maike den Reißverschluss an ihrer Jacke schließen musste. Jarik trug ein Langarmshirt, unter dem sich seine breiten Schultern abzeichneten. Er fror offenbar nicht.

Einen Moment lang schauten sie beide schweigend über das Wasser hinweg.

»Ich liebe diesen Anblick«, sagte Maike unvermittelt. »Für Sie ist das sicherlich normal, aber mich erinnert es an die Zeiten, als ich hier öfter im Urlaub war.«

Er warf ihr einen interessierten Blick zu. »Wann war das?«

»Ist schon etwas länger her, fürchte ich. Es war vor meiner Scheidung. Hilde war übrigens die Tante meines Ex-Mannes.«

Und dass sie ihn nicht bedacht hat, wird noch Ärger geben.

»Aber jetzt sind *Sie* hier?« Um was zu machen?, klang in seiner Stimme mit.

Sie nickte, obwohl sie das eigentlich gar nicht wusste.

Maike dachte über ihren unverhofften Begleiter nach. Sein Sohn lebte also auf dem Festland bei seiner Mutter und ging dort zur Schule, und er reiste jeden Tag auf die Insel? Wie war das wohl im Winter, wenn die Stürme tobten und die Passage mitunter unmöglich war? Waren seine Frau und er eigentlich auch geschieden, oder lebten sie zusammen? Er hatte bei ihrem Gespräch mit Famke von »unserem Laden« gesprochen. Betrieben sie ihn gemeinsam?

Geht mich das überhaupt etwas an?

»Darf ich Sie fragen, worüber Sie gerade nachdenken?«, riss Jarik sie aus den Gedanken.

»Ach, über dies und das ...« Maike versuchte, sich etwas

zurechtzulegen, während sie sprach. Wahrscheinlich war sie nicht besonders geschickt darin. »Na ja, es gibt einfach ein paar Dinge im Zusammenhang mit diesem Erbe, die die ganze Sache nicht ganz leicht machen.«

»Verstehe.«

Er sah sie abwartend an.

»Ihrem Sohn gefällt es doch sicherlich auch auf der Insel, oder?«, fragte sie, das Thema wechselnd.

»O ja, das tut es.« Wenn Jarik überrascht über die Wendung war, zeigte er das nicht. »Nils hat immer seinen Spaß, wenn er hier ist. Sobald die Ferien anfangen, nehme ich ihn häufig mit. Manchmal bleibt er ein paar Tage auf der Insel. In meinem Zimmer ist es zwar eng, aber das ist okay für ein, zwei Wochen.« Er machte eine Pause. »Sagten Sie nicht, dass Sie eine Tochter haben?«

»Ja, Tessa wird zu ihrem Vater nach Berlin ziehen.«

Wahrscheinlich hatte sie ihm das auch schon gesagt. Wieder verwunderte Maike die eigene Offenheit. Gleichzeitig fühlte es sich überhaupt nicht falsch an.

Als sie sich umschaute, stellte sie fest, dass das Schiff den Hafen der Insel fast erreicht hatte. Bedauern stieg in ihr hoch bei dem Gedanken, dass ihr Gespräch gleich beendet war. Sie hätte gerne noch etwas mehr über ihn erfahren und natürlich über Famke, über das Geschäft und so vieles mehr. Waren die beiden eigentlich Geschäftspartner oder war da mehr?

Die Fähre steuerte auf die Kaimauer zu. Immer mehr Passagiere verließen ihre Plätze, die Urlauber erkannte man an ihrer Ungeduld. Jarik machte keine Anstalten, sich ihnen anzuschließen.

»Wir warten noch etwas, oder?«, sagte er und warf ihr ein Lächeln zu, das ihre Knie weich werden ließ.

»In Ordnung.«

Sie war erleichtert, dass ihre Stimme fest klang. Jarik stützte sich bald darauf auf die Reling und sah zu, wie die ersten Fahrgäste das Schiff verließen. Maike konnte kaum den Blick von ihm nehmen. Es war seltsam. So hatte sie sich in Gegenwart eines Mannes schon lange nicht mehr gefühlt.

Dann war es auch für sie beide so weit. Über die Gangway verließen sie die Fähre und standen endlich wieder auf festem Boden, beide für einen Moment etwas unschlüssig.

»Ich schaue nach meinem Gepäck«, sagte sie dann. »Sie können ruhig schon vorausgehen.«

»Oder ich könnte warten und Ihnen helfen«, erwiderte er mit einem Lächeln.

»Nein, nein, ist schon okay. Man wartet sicherlich schon auf Sie.«

Er warf einen Blick auf seine Uhr. »Das könnte allerdings sein«, sagte er dann. »Ich bin spät dran.« Dennoch zögerte er. »Sind Sie sich wirklich sicher?«

»Klar, gehen Sie nur.«

Maike hoffte, dass ihr Lächeln nicht misslang. Alles war irgendwie sehr verwirrend: ihre Gefühle, die körperliche Reaktion auf Jarik ... Ja, sie reagierte körperlich auf ihn. Sie brauchte einfach ein wenig Zeit, um allein nachzudenken.

Ich wüsste gerne, ob er und Famke ein Paar sind ...

Sicherlich muss ich mir nichts darauf einbilden, dass dieser Mann so charmant ist, dachte sie. Vielleicht war er es einfach, vielleicht hatte er seine Gründe. Plötzlich musste sie daran denken, was Tessa wohl sagen würde, wenn sie ihre Mutter so sehen könnte. Man war ja so schnell peinlich für Teenies.

Jarik stand immer noch unschlüssig da. »Irgendetwas scheint Sie gerade ziemlich zu erheitern«, sagte er dann – überraschenderweise ein wenig unsicher.

»Tatsächlich?« Maike hatte nicht gewusst, dass ihr Ausdruck erheitert wirkte. Sie gab sich einen Ruck. »Ich musste grad an meine Tochter denken. Teenies können sehr speziell sein.«

»Man hört das immer wieder. Für uns liegt es noch in der Zukunft, auch wenn ich manchmal fürchte, dass es nicht mehr so weit hin ist.« Jarik warf einen kurzen Blick über ihre Schulter. »Die Container sind alle entladen. Sie können sich auf die Suche nach Ihrem Gepäck machen. Soll ich wirklich gehen?«

»Ja, gehen Sie nur. Ich wollte mir Zeit lassen und vielleicht noch ein paar Besorgungen auf dem Weg machen.«

Eigentlich war das unnötig, aber irgendeine Begründung brauchte sie wohl. Er nickte. Sie fragte sich kurz, ob sie zu schroff geklungen hatte, doch er lächelte sie an.

»Gut, bis gleich dann. Bestimmt sehen wir uns heute noch.«

Maike lächelte zurück. »Bestimmt.«

Sie sah ihm noch einen Moment hinterher, dann suchte sie ihr Gepäck. Sie gehörte zu den Letzten, die sich auf den Weg aus dem Hafen in Richtung Dorf machten. Als sie die ersten Häuser erreichte, war ihr unter dem Gewicht des Rucksacks warm geworden. Was hatte sie nur alles mitgenommen?

Ihr Arm schien vom Ziehen des Koffers länger geworden zu sein.

Maike blieb stehen und hielt einen Augenblick inne. Hätte sie die Gelegenheit vielleicht doch nutzen sollen, ein paar Dinge mehr von Jarik zu erfahren? Sie überlegte. Nein, es war die richtige Entscheidung gewesen, ihn vorausgehen zu lassen. Sie brauchte Zeit, um sich vorzubereiten auf das, was kommen würde.

Sie rückte den Rucksack neu zurecht. Viel half es nicht. Dann ging sie weiter. Sie kam an dem kleinen Park rechter Hand und an dem großen Sandkasten auf der gegenüberliegenden Seite vorbei, in dem einige Kleinkinder mit bunten Sonnenhüten mit Schäufelchen spielten. Sie bog nicht in den Süderloog ein, sondern ging weiter, vorbei am Restaurant Teetied in't Witthus bis zum Rathaus, wo sich ein Briefkasten und die alte Laube befanden und es links in den Westerloog und rechts in den Norderloog ging. Maike mochte den Weg durchs Dorfzentrum. Ein Laden bot Fischbrötchen an, und sie überlegte, sich vielleicht später eines für das Abendessen zu holen. Kurz darauf kamen der Waffelladen, in dem auch Eis verkauft wurde, dann der Supermarkt, die Eisdiele, vor der, wie eigentlich immer, eine lange Schlange wartete. In den Restaurants saßen Leute beim Mittagessen.

Ihre Arme und die Schultern schmerzten. Ein Bollerwagen wäre jetzt angenehm gewesen, aber den konnte man nur in der Kogge leihen, wenn einem der Vermieter keinen im Hafen bereitstellte.

Als Maike beim Haus ankam, traf sie Famke Wilken mit einer jungen Familie vor der Tür an. Die Eltern hatten mit ihren drei Kindern offenbar die größere der beiden Ferienwohnungen im oberen Stockwerk gemietet und mussten mit ihr auf dem Schiff gewesen sein. Durch das Schaufenster nahm sie eine Bewegung im Laden wahr. Sicherlich war Jarik dort.

Als die Ladenbesitzerin sie entdeckte, lächelte sie ein wenig zu strahlend.

»Ah, da ist ja die neue Chefin. Vielleicht möchten Sie unsere Gäste persönlich willkommen heißen und die Sache gleich klären?«

Die Sache ...?

Maike schaute die Familie, wie sie hoffte, freundlich an. Man sah erwartungsvoll zurück. Dann stellte sie zuerst einmal ihren Koffer ab und ließ den Rucksack von ihren Schultern gleiten.

»Ich ... äh ... Sie können das sicherlich besser lösen, Frau Wilken. Ich habe mich noch nicht in diese Dinge eingearbeitet, ich ...«

»Ah, okay, aber wissen Sie, Frau ...« Famke tat so, als hätte sie ihren Nachnamen vergessen.

»Schuster ...«

»Frau Schuster ... Es gab offenbar einen Fehler in der Buchung, die Ihre Tante vor ihrem Tod noch selbst vorgenommen hat. Es wurde ein Tag zu wenig geplant, und unsere Gäste sind in der letzten Nacht quasi obdachlos ... Was sollen wir denn da machen?«

Maike fühlte sich kurz überfordert, bemühte sich aber, höflich und souverän zugleich zu wirken. Es war nur zu deutlich zu merken, dass Famke Wilken ihr das Leben nach Möglichkeit schwer machen wollte. Aber das würde sie nicht zulassen.

»Ich bin mir sicher, Sie machen das gut, Frau Wilken, und

wir finden eine Lösung«, unterbrach sie die andere und lächelte die Familie aufmunternd an. »Kommen Sie erst einmal an und entspannen Sie sich. Freuen Sie sich auf Ihren Urlaub auf dieser wunderschönen Insel. Es ist unsere Schuld, und wir werden uns kümmern. Frau Wilken, würden Sie unsere Gäste dann bitte nach oben in ihre Wohnung begleiten?«

Maike wandte sich ab, sah noch, wie Famke den Mund öffnete, sich dann aber entschied, nichts mehr zu sagen. Sie schulterte ihren Rucksack und griff nach dem Rollkoffer. Entschlossenen Schrittes lief sie am Vorderhaus vorbei zu Hildes Häuschen hinüber. Sie schloss auf, trat ein und atmete erst einmal tief durch. Angekommen. Erste Hürde gemeistert.

Maike stellte Rucksack und Koffer ab und ging dann zur Terrassentür. Ein großer grau getigerter Kater saß draußen und starrte sie an, bevor er mit schnellen Sprüngen zwischen den Sanddornsträuchern, die die Terrasse abgrenzten, verschwand. Bei ihrem letzten Besuch war der Sanddorn noch nicht so hoch gewesen. Er musste dringend zurückgeschnitten werden, aber er schützte auch vor neugierigen Blicken – schließlich waren die Häuser nur durch die Wiese voneinander getrennt. Den Kater kannte sie nicht. Hildes letzte Katze war eine Siamesin namens Princess gewesen, die eine besondere Abneigung gegen Florian gehegt hatte, wie sich Maike mit einem Schmunzeln erinnerte.

Einen Augenblick ließ sie die Natur auf sich wirken. Dann schleppte sie ihr Gepäck nach oben, wo sie es erst einmal mitten im Wohnzimmer stehen ließ. Sie kochte sich einen Tee und betrat mit der Tasse in der Hand den Balkon.

Die Nachmittagssonne strahlte vom weiten Himmel. Maike nahm in einem der Korbsessel Platz und wartete darauf, dass der Tee etwas abkühlte. Nach den kleinen Aufregungen der Ankunft fühlte sie sich jetzt wieder gut. Es war wirklich erstaunlich, welche Wirkung die Umgebung auf sie hatte. Es kam ihr vor, als könnte sie auf der Insel freier und leichter atmen. Sie stellte die Teetasse ab, lehnte den Kopf zurück und schloss die Augen. Erneut kamen Erinnerungsfetzen in ihr Gedächtnis. Sie sah sich in dem knallroten Badeanzug, den Hilde ihr damals gekauft hatte. Sie erinnerte sich an Florians Tante mit ihrer Staffelei, Pinsel und Farbe am Strand. Sie dachte an Tessa in ihrem gelben Regenmantel, wie sie am Utkieker nach oben schaute ...

Jemand räusperte sich. Es kam von unten. Maike öffnete die Augen, stand auf und spähte über das Balkongeländer. Jarik stand am Hauseingang und lächelte sie an. Wirkte er unsicher, oder bildete sie sich das ein? Von irgendwo weiter weg hörte sie Kinderstimmen. Man wollte zum Meer. Maike hob die Augenbrauen.

»Wie lange stehen Sie schon da?«

»Nicht lange«, rief er und hob abwehrend die Hände. »Ehrlich, ich bin eben erst gekommen.«

Aha. Sollte sie ihm das glauben? Ihr Herz schlug etwas schneller, während sie zu ihm runterschaute. Himmel, weshalb brachte seine Anwesenheit sie nur so aus der Fassung?

Jarik beschattete seine Augen mit der rechten Hand.

»Famke will mich gerade nicht bei sich haben, und ich dachte, ich könnte Sie vielleicht etwas herumführen. Sie waren schon länger nicht mehr hier, oder?«

Sie wollte ihn nicht bei sich haben? Soso ... Nun ja, Famke hatte ja schon gezeigt, dass sie eine ziemlich schwierige Person sein konnte. Maike überlegte. In Hildes Häuschen würde sie sich später noch einrichten können, genügend Zeit hatte sie ja wohl. Und das Testament konnte warten.

»Okay«, stimmte sie zu.

»Prima.«

Sie sprang auf und war wenig später unten. Sie lächelten einander zu, etwas unsicher vielleicht.

»Wäre es in Ordnung, wenn wir uns duzen?«, fragte sie. Zugegebenermaßen war sie überrascht, sich das sagen zu hören. Dennoch fühlte es sich richtig an. »Womöglich werden wir ja bald mehr miteinander zu tun haben, und es ...«

»Klar ist das okay«, unterbrach er sie. Das vertraute Lächeln umspielte seine Mundwinkel. Maike fühlte die Erleichterung über die Zustimmung. Er streckte ihr die Hand hin: »Also noch einmal: Ich bin Jarik.«

Sie ergriff die Hand und schüttelte sie. »Maike.«

Wieder lächelten sie sich an. Dann gingen sie gemeinsam zum Vorderhaus des Anwesens. Maike ließ ihren Blick an der Fassade nach oben schweifen. Im ersten Stock standen die Fenster offen. Stimmen waren zu hören. Die junge Familie richtete sich ein. Zwei der Kinder spielten bereits draußen auf dem Weg mit dem Bollerwagen voller Strandzubehör. Hier waren die Pläne klar. Das jüngste Kind war sicherlich in der Obhut seiner Eltern.

»Soll ich dir die zweite Ferienwohnung oben zeigen?«, fragte Jarik. »Es ist ein Apartment und steht heute noch leer. Die Gäste reisen morgen an. Es wäre also eine gute Gelegenheit.«

»Ja, gerne.«

Jarik ging voraus in den ersten Stock. Er hatte den Schlüssel. Vor der Tür der größeren der beiden Ferienwohnungen warteten noch zwei Koffer. Die andere schloss er auf, öffnete und trat ein. Maike warf einen kurzen Blick auf die schmale Stiege, die weiter hoch auf den Dachboden führte, und folgte ihm dann. Sie waren sich für einen Moment so nah, dass sie seine Wärme wahrnehmen konnte. Sie errötete unwillkürlich. Gut, dass Jarik sich nicht umdrehte, sondern gleich durch den Flur vorausging.

Das Wohnschlafzimmer war mit hellen Dielen ausgelegt. An einer Seite stand eine taubengraue Couch. Die Wände waren in einem warmen Weiß gestrichen. Vier große gerahmte Aufnahmen von Strand und Meer schmückten sie. Maike erkannte den Stil. Sie stammten, wie die in Hildes Haus, von ihr. Als Hilde jung gewesen war, hatte sie Orte fotografiert, an denen sie und ihr Mann gemeinsam gewesen waren, dann hatte sie neue Motive entdeckt: Landschaften, Wolkenbilder, aber auch Details, die einem sonst gar nicht auffielen. Hilde hatte einen guten Blick für so etwas gehabt.

Maike ging entschlossen zu den bodentiefen Fenstern. Von hier aus konnte man in den Garten und auf Hildes Häuschen sehen. Direkt unter ihr war die kleine Terrasse, die zu diesem Haus gehörte. Zwei dunkle Korbstühle standen dort.

»Wozu gehört die Terrasse da unten eigentlich?«

Jarik trat neben sie und folgte ihrem Blick. »Die schließt sich an das kleinere Zimmer an«, erklärte er dann.

»Da, wo du schläfst, wenn du die Fähre verpasst?«

»Genau. Es ist eng, wie gesagt ... Wenn wir die Liege für Nils dort aufschlagen, kann man sich kaum umdrehen. Da ist es gut, auch mal nach draußen ausweichen zu können.«

»Aha.«

»Tja.« Er lächelte sie wieder an. »Famke und ich machen

auf dieser Terrasse, wenn möglich, unsere Mittagspause.« Maike sah noch einen Moment länger hinunter und überlegte. Famke Wilken wohnte also noch bei ihren Eltern. Irgendwie konnte sie sich weiterhin kaum vorstellen, dass das einer jungen Frau gefiel. »Famke übernachtet auch manchmal dort«, sagte Jarik jetzt, »oder auf der Liege in der Werkstatt. Ihre Eltern sind nett, und sie haben ein wunderschönes Haus, aber ich glaube schon, dass sie langsam was Eigenes will. Sie möchte eigene Entscheidungen treffen, allein bestimmen. Ihre Eltern vermieten Ferienwohnungen und Häuser, sie besitzen auch einiges an Land. Sie sind recht wohlhabend, aber Famke will schon lange ihr Ding machen. Hilde und sie haben bereits darüber gesprochen, den Dachboden auszubauen, aber dann ging es Hilde plötzlich schlecht ...«

Und es änderte sich alles ...

Maike nahm sich vor, diesem Dachboden bald einen Besuch abzustatten und sich ein Bild zu machen. Jarik und sie schauten noch einen Augenblick zur Terrasse hinunter. Dann wandten sie sich ab, und er zeigte ihr noch die winzige Küche und das Bad. Das Apartment war klein und nur für zwei Personen gedacht. Die Couch ließ sich ausziehen.

»Die zweite Wohnung hier im ersten Stock verfügt übrigens über Platz für vier bis fünf Personen«, erklärte Jarik.

»Famke sagte, es gebe einen Buchungsfehler. Wir müssen die Familie ihren letzten Ferientag woanders unterbringen. Da lasse ich mir noch was einfallen.«

»Was? Nein, sie kann bis Sonntag bleiben, wie geplant. Tut mir leid, da hat Famke dir offenbar einen Bären aufgebunden. Ich rede mit ihr.«

Einen Bären aufgebunden ... So kann man das also sehen.

Als sie zum Laden hinuntergingen, spürte Maike, wie sich erneut Unbehagen Famke Wilken gegenüber in ihr breitmachte. Sie wusste nicht, ob Jarik ihre Aufregung mitbekam. Jedenfalls drehte er sich plötzlich um und lächelte sie an.

»Keine Sorge, Famke bellt gerne laut, aber sie beißt eigentlich nie.«

Maike wollte etwas erwidern, da war er schon eingetreten. Es blieb ihr nichts anderes übrig, als zu folgen.

Der Laden war, wie sie sich von ihrem ersten kurzen Besuch erinnerte, vollgestopft mit Waren, aber geschickt aufgeteilt. Als sie eintraten, war das feine Glockenspiel zu hören. Links neben der Tür in einer hohen Vitrine aus Glas befanden sich auf Augenhöhe feine Silberschmuckstücke, auf dem Regalbrett darunter handgefertigtes Keramikgeschirr. Maike nahm sich dieses Mal Zeit, alles genauer zu betrachten. Die Schmuckstücke waren filigranen Pflanzen nachempfunden, die Becher und Teller waren mit Pflanzen bemalt. Sie erkannte Sanddorn und Gräser, die man überall in den Dünen sah. Etwa in der Mitte des Ladens befand sich die rund umlaufende Theke aus einem silbrig schimmernden Holz – sicherlich maßgefertigt. Die Kasse war in einer kleinen Einbuchtung eingelassen. Maike entdeckte bedruckte Tücher und Tischdecken, auch hier waren die Motive Pflanzen, die auf der Insel heimisch waren. Eine Frau, die auf Spiekeroog lebte, fertigte das alles von Hand, wie sie las, und sie hatten die Ware in Kommission genommen. Es gab Fotos und Aquarelle im Postkartenformat, deren Motive ihr nicht unbekannt waren. Famke Wilken stand hinter der Kasse und sah ihnen entgegen.

»Hallo, Famke«, sagte Jarik. »Hier sind wir dann also.«

»Hi.« Famke war offenbar weiterhin kurz angebunden.

Maike zögerte einen Moment. »Das sind richtig hübsche Sachen«, sagte sie dann. »Wo bestellt man denn so etwas?« Sie meinte ihre Frage ernst.

Famke schien sich nicht ganz im Klaren darüber zu sein, was sie davon halten sollte. Ihr Gesichtsausdruck verdüsterte sich.

»Ich mache die selbst«, gab sie knapp zurück.

Es klang patzig, als fühlte sie sich angegriffen. Offenbar war es nicht so einfach, irgendetwas zu sagen, ohne dass diese Frau sich beleidigt fühlte.

Maike bemühte sich, geduldig zu bleiben. »Wirklich hübsch«, bekräftigte sie.

Famke wirkte überraschenderweise jetzt doch so, als freute sie sich über das Lob.

»Zeig ihr mal die Werkstatt«, schlug Jarik vor.

Im nächsten Moment schon war die alte Famke zurück und spuckte ihr Gift. »Zeig du sie ihr doch. Ich hab Kunden.«

Tatsächlich war gerade wieder das Glockenspiel zu hören. Jarik zuckte mit den Schultern und sah Maike fragend an.

»Wollen wir?«

»Gerne.«

Maike fragte sich, wo sich der Zugang zur Werkstatt wohl befand. Es ging durch eine Tür am Ende des Ladens, die ihr erst in diesem Moment auffiel. Dahinter tat sich ein großer, ziemlich vollgestellter Flur auf.

»Hier müssen wir definitiv mal ran und entrümpeln. Das wird langsam zu viel.« Jarik blieb stehen und schaute sie länger an, bevor er den Kopf zur Seite drehte, als würde ihm sein Verhalten erst in diesem Moment bewusst. Ob er sie etwas hatte fragen wollen? Jetzt schenkte er ihr sein inzwischen vertrautes Lächeln. »Ich bezweifle nämlich«, fuhr er fort, »dass wir all das noch brauchen.«

Maike nickte. Ob er sich Gedanken darüber machte, was mit dem Vorderhaus geschehen würde, je nachdem, wie ihre eigene Entscheidung ausfiel? Sicherlich machte er sich Gedanken. Genauso wie Famke, die deshalb wohl so unfreundlich, ja fast boshaft ihr gegenüber war.

Jarik zeigte ihr das spartanisch möblierte Zimmer, in dem er sich eingerichtet hatte, und sie sah den Zugang zur Terrasse.

»Die Mülltonnen stehen übrigens dort links.«

»Danke, gut zu wissen.«

Die Werkstatt war unerwartet groß. Vielleicht wirkte sie auch nur so groß, weil die Fenster so viel Licht hereinließen. Maike sah einen großen Arbeitstisch, der zentral im Raum stand, und zwei Keramiköfen an einer Wand. Die kannte sie noch aus dem Werkunterricht in der Schule, diese hier waren allerdings größere Exemplare. An einer Wand gab es eine Küchenzeile, an der gegenüber standen Regale, die gefüllt waren mit Bechern und Tellern in verschiedenen Stadien der Herstellung. Sie hatte die glasierten, gebrannten Exemplare schon im Laden gesehen.

Maike nahm einen Becher in die Hand. *Strandflieder* stand unter der Pflanze, die mit strichfeinem Pinsel daraufgemalt war.

»Das ist hübsch, ich dachte wirklich, ihr bestellt dieses Geschirr irgendwo«, sagte sie.

Jarik schüttelte den Kopf. »Nein, das sind Famkes Entwürfe. Da hast du den Strandflieder, hier ist der Sanddorn ...« Er hielt einen Becher hoch und stellte ihn dann vorsichtig zurück. »Sie fertigt das alles selbst an, sie gestaltet auch Geschirr nach Wunsch. Außerdem entwirft sie Kacheln und hat schon den einen oder anderen Ofen zu einem richtigen Hingucker gemacht. Manchmal macht sie auch nur die Entwürfe für ein Werbeunternehmen. Ohne diese zusätzliche Einnahmequelle wäre es nicht einfach, zu überleben. Die Konkurrenz schläft nicht. Mein Job ist es, den Vertrieb zu organisieren, Käufer zu finden und so weiter.«

Maike schaute den Becher noch genauer an. Strandflieder wuchs unter anderem auf den Richelwiesen. Jetzt, im Sommer, waren sie wunderschön anzusehen, ein Meer aus Lila und Violett. Im August würde das Orangerot der Sanddornbeeren hinzukommen.

»Strandflieder ist Famkes Lieblingsblume«, erklärte Jarik. »Deshalb ist der Laden nach ihm benannt. Hier kannst du sehen, dass die Blüten an Rispen hängen. Es gibt verschiedene Sorten Strandflieder. Bei dieser hier sind die Blattränder gezähnt. Man nennt die Pflanze übrigens auch Meerlavendel oder Widerstoß.«

»Widerstoß«, wiederholte Maike. Was für ein seltsamer Name ... »Famke hat die Motive also alle entworfen?«

»Ja.« Jarik trat einen Schritt zurück und lehnte sich rücklings gegen den Arbeitstisch. »Sie hat eine Töpferlehre gemacht, weißt du, und ihre Meisterin, danach war sie auf der Kunsthochschule. Schließlich hat sie Keramik studiert.«

Maike zog die Augenbrauen hoch. »Man kann das studieren?«

»O ja, sie hat sogar einen Master of Arts in Keramik und Glas vom Royal College of Art in London.«

»Das klingt beeindruckend.«

»Das ist es, oder?«

»Dann war sie längere Zeit weg von der Insel?«

»Ja.«

»Und ist wieder zurückgekommen. Aus London.«

Maike hörte den erstaunten Tonfall in ihrer Stimme. Jarik lächelte. »Manche würden nie für immer von hier weggehen. So eine ist Famke. Famke lebt für die Insel, für ihre Familie und für ihre Freunde. Sie ist eine sehr treue Seele. Hoffentlich lernst du sie noch besser kennen. Sie ist nicht so, wie du denkst.« Sie schauten einander an. Einen Moment lang hing Schweigen zwischen ihnen, als überlegten sie beide, ob doch bereits zu viel gesprochen worden war. Nun, es würde sich zeigen müssen, ob Famke nicht so war, wie sie dachte. »Sie lebt für ihre Kunst«, sagte Jarik.

»Hm.« Maike entschied, dass es Zeit war, das Thema zu wechseln. Sie würde sich mit Famke beschäftigen, aber jetzt nicht.

»Wem gehört eigentlich der Kater, der hier herumläuft?«, fragte sie.

»Der Graugetigerte? Tolstoi ist Hildes Kater. Eines Tages war er einfach da. Wie hergezaubert. Inzwischen ist er mal hier, mal bei den Nachbarn. Er weiß sich zu helfen.«

Dann werde ich wohl auch noch Katzenfutter besorgen müssen, fuhr es Maike durch den Kopf, zur Sicherheit. Man weiß ja nie.

»Zugelaufen ... Man sollte nicht meinen, dass das auf einer Insel möglich ist, oder?«, bemerkte sie.

Jarik grinste. Das Klingeln eines Handys durchdrang die Stille. Er zog es aus der Tasche hervor und nahm das Gespräch an. Maike konnte eine Stimme hören, verstand aber nicht, was gesagt wurde. Jarik sagte hin und wieder »Hm«. Nachdem er aufgelegt hatte, sah er sie bedauernd an.

»Entschuldige, aber Famke braucht doch meine Hilfe. Immerhin konnte ich dir hier alles zeigen. Da vorne die Tür führt in einen Abstellraum, und dann ist da nur noch das Bad. Vielleicht können wir uns ja nachher noch einmal zusammensetzen und ein paar Dinge genauer besprechen? Ich denke, das wäre gut.«

»Klar.« Maike merkte, wie sie sich straffte, als wollte sie ihrer eigenen Antwort mehr Gewicht verleihen. »Ich muss auch erst mal auspacken.«

»Dann mal zu.« Jarik starrte sie an, als sähe er sie plötzlich ganz neu. Sie merkte, dass ihn das verunsicherte. Dann lächelte er, und sie lächelte zurück, obgleich ihr die Knie weich wurden und sie kurz den Eindruck hatte, als hätte sie keine Kontrolle mehr über ihren Körper. »Bis später«, sagte er.

»Bis später!«

Was war das denn schon wieder?, fuhr es ihr durch den Kopf, als sie sich endlich allein in Hildes kleinem Haus befand und die Tür hinter sich zuziehen konnte. Sie lehnte sich mit dem Rücken dagegen und atmete tief durch. Himmel, sie war kein Teenie mehr. Das ging doch nicht, was ihr Körper da einfach mit ihr machte. Ihr wurde heiß und kalt, sie hatte das Gefühl, nichts mehr unter Kontrolle zu haben.

Sie gab sich einen Ruck und machte sich daran, ihren Koffer auszuräumen. Dann inspizierte sie die Küchenschränke.

Dort befanden sich noch Päckchen mit Fertigsuppen, von denen Hilde trotz ihres erlesenen Geschmacks ein großer Fan gewesen war und die Maike deshalb fest mit ihr verband. Ihre unbeschreiblich leckeren Salatsaucen hatte Hilde stets selbst angerührt. Natürlich gab es deshalb, neben Salz und Pfeffer, eine Auswahl an Gewürzen und verschiedenen Essig- und Ölsorten. In einem Schrank rechts der Spüle stand Katzenfutter. Das Katzenklo entdeckte Maike schließlich samt sauberem Katzenstreu unter der Treppe. Offenbar hatte die Katze es in letzter Zeit nicht benutzt. Die Haustür hatte seit Hildes Tod ja auch sicher nicht mehr wie früher stets offen gestanden. Möglicherweise hatte Tolstoi sich schon ein neues Heim gesucht.

Maike schloss die letzte Küchenschranktür, strich mit den Fingern über eine winzige Macke, bei deren Entstehung sie anwesend gewesen war. Hilde hatte damals einen Gurkensalat zubereitet, von irgendetwas erzählt, mit dem Messer gestikuliert und war damit irgendwie gegen den Schrank gestoßen. Andere Bilder aus vergangenen Urlauben kamen in Maike hoch. Da war das erste Mal, als Hilde sie eingeladen hatte, Florian bei seinem Besuch zu begleiten. Sie hatte sich vor der ersten Begegnung mit der eigensinnigen Frau regelrecht gefürchtet. Und dann der letzte Urlaub, in dem sie immer wieder Schmerz und, ja, auch Schuldgefühle hinsichtlich der Trennung überwältigt hatten. Wie oft hatte Hilde sie damals einfach in die Arme genommen.

Hilde hat mich wieder atmen lassen.

Und sie hatte sich um Tessa gekümmert, während sie selbst lange Spaziergänge am Strand entlang, über die erlaubten Wege durchs Naturschutzgebiet und ein Stück ins Watt unternommen hatte. Sie hatte die Weite und die unglaubliche Ruhe dort genossen. Am Ende dieser Ferien war es ihr besser gegangen.

Maike konnte sich nicht erklären, warum sie sich im vergangenen Jahr nicht mehr bei Hilde gemeldet hatte. Sie schämte sich, ändern würde sie es nicht mehr können.

Um Hilde näher zu sein, ging sie in ihr Schlafzimmer, schloss die Augen und schnupperte. Hier roch alles immer noch unglaublich nach Hilde. Es war kurz überwältigend, und sie entschied sich, doch erst einmal einen Blick ins Gästezimmer unten zu werfen.

Sie lächelte, als sie die Tür öffnete und gleich die Sammlung Barbiepuppen und Schleichpferde entdeckte, die Hilde Tessa gekauft hatte. Maike setzte sich einen Moment auf das Doppelbett. Ihr Blick streifte die zusammenklappbare Matratze, die auf dem Schrank lag und auf der Tessa geschlafen hatte, als sie alle drei als Familie hier gewesen waren. Dann stand sie auf, um in den Schrank zu sehen. Ein Paar Flipflops stand unten, ein gestreifter Badeanzug von Tessa lag daneben, der ihrer Tochter inzwischen ganz sicher zu klein und zu kindisch war, ein Ball, der deutlich an Luft verloren hatte, ein Kescher ... Maike dachte an Strandtage, die Tessa und sie gemeinsam mit Hilde verbracht hatten, wie sie Priele erforscht und dort Krebse und Seesterne gefangen hatten, um sie zu beobachten. Natürlich hatte Hilde unter Tessas Protestgeschrei darauf bestanden, sie danach wieder in die Freiheit zu entlassen.

Es war erstaunlich, wie viele Spuren es im Haus noch von den vergangenen Urlauben gab. Maike ging ans Fenster, wo ein Windspiel aus Muscheln und Treibholz hing, da stand auch Tessas Muschelsammlung in einem Glas. Dann öffnete sie das Fenster, genoss einen Moment lang die frische Brise.

Das tat gut. Irgendwie hab ich in den letzten Wochen, vielleicht sogar in den letzten Monaten, versäumt, mal richtig zu entspannen, stellte sie fest. Sie war einfach viel zu verkrampft gewesen.

Nach einer Weile kehrte sie nach oben zurück und dachte erneut an Famke Wilken.

Was hatte Famke nur? Sie konnte die Frau einfach nicht einschätzen. Konnte man sich etwas anderes vorstellen, als dass Jarik und sie ein Paar waren? Wie lange sie eines waren, kam darauf an, wie lange Jarik und seine Frau bereits getrennt waren. Was war wohl der Grund für die Trennung gewesen? Hatte er sie auch mit einer Jüngeren betrogen? Halt! Sie wusste ja gar nicht, ob das mit der Trennung tatsächlich stimmte. So sehr sie sich von ihm beeindruckt fühlte, und das konnte sie ja kaum leugnen, so sehr musste sie vorsichtig sein mit solchen Überlegungen. Florian hatte sie durch eine Jüngere ersetzt. O ja, das klang wie ein Klischee, aber so war das Leben wohl manchmal: einfach nur ein Klischee. Nur musste es bei Jarik nicht genauso gewesen sein.

Wie auch immer.

Maike stellte fest, dass sie hungrig war. Außerdem wollte sie sich von solchen Überlegungen einfach nicht den Tag verderben lassen. Als Erwachsene ließ man sich nämlich nicht mehr so schnell aus dem Konzept bringen. Jetzt würde es erst mal Nudeln mit Tomatensauce geben – ihr Soulfood. Sie setzte Wasser für die Nudeln auf und erwärmte die Sauce. Dann rief sie endlich ihre Mutter an.

»Maike, schön, von dir zu hören!«

Natürlich sah man es auf dem Display, aber manchmal war sie dennoch überrascht, wenn ihre Mutter gleich wusste, wer dran war.

»Hallo, Mama!« Ja, es tat wirklich gut, die Stimme ihrer Mutter zu hören. Meine Güte, sie war am Vortag nicht mal kurz zu ihr gefahren, um sich zu verabschieden. Leider hatte sie sich schon länger nicht mehr die Zeit genommen, ausführlicher mit ihrer Mutter zu sprechen. Dabei hatten sie das sonst regelmäßig getan. Und wenn Tessa nicht kurzerhand zu ihrem Vater gereist wäre, hätte sie Oma Rita wohl wieder gebeten, während ihres Spiekeroog-Urlaubs ein Auge auf ihre Enkelin zu werfen. Sie waren jahrelang ein enges Team gewesen. Der frühe Tod des Vaters hatte Mutter und Tochter zusammengeschweißt. Inzwischen hatten sie beide ihr eigenes Leben, aber Maike würde die Bewunderung dafür nie verlieren, was ihre Mutter trotz widriger Umstände aus ihrem Leben gemacht hatte. Die Anfänge allein mit einem Kind, das immerhin noch zur Grundschule ging, waren schwierig gewesen, der Job als Sekretärin schlecht bezahlt, bis ihre Mutter – vielleicht mit etwas Glück, ganz sicher aber mit viel Talent – eine bessere Stelle gefunden hatte. Sie räusperte sich. »Ich muss dir was Trauriges erzählen. Florians Tante Hilde ist gestorben, an einer Lungenentzündung.«

»Oh ... Das ist ja schrecklich.« Ihre Mutter klang bedrückt. »Sie ist doch vor Kurzem erst ins Pflegeheim gezogen, jedenfalls fühlt es sich so an. Ich hab mit ihr vor nicht allzu langer Zeit telefoniert, ihr ging es den Umständen entsprechend gut. Die Nachricht kommt überraschend.«

Kurz sagte keiner etwas. Maike erinnerte sich, dass ihre

Mutter ihr von dem Anruf erzählt hatte und davon, dass Hilde sich auf einen geplanten Besuch freue. Für einen Moment rückte ihr Blick in die Ferne. Rita und Hilde hatten sich irgendwann bei einer Familienfeier kennengelernt, wegen der Entfernung aber nicht oft sehen können. Sie hatten sich auf Anhieb gut verstanden und immer mal wieder miteinander telefoniert. Zu Florians Eltern hatte ihre Mutter keinen Zugang gefunden, sie war ihnen das letzte Mal auf der Hochzeit begegnet. Kurz danach waren sie im Urlaub bei einer Kreuzfahrt ums Leben gekommen.

»Wann ist die Beerdigung?«, hörte sie ihre Mutter fragen.

Maike hielt verblüfft inne. Bei allem, was geschehen war, hatte sie noch gar nicht daran gedacht, Famke oder Jarik zu fragen, wann und wo Hilde beerdigt worden war.

»Die war offenbar schon ...«, sagte sie beschämt.

Und dann berichtete sie ihrer Mutter von Hildes Anwesen auf Spiekeroog, das jetzt ihr gehören sollte, und von dem neuen Laden im Vorderhaus. Ihre Mutter konnte es anscheinend nicht glauben, denn als sie endete, schwieg sie genau den Moment lang, der sich am Telefon zu lange anhörte.

»Bist du noch dran?«, versicherte sich Maike.

»Ich war in Gedanken«, hörte sie ihre Mutter sagen. »Ich kann irgendwie nicht glauben, dass sie nicht mehr da ist«, fügte sie dann hinzu.

»Ich auch nicht.«

Ihre Mutter war wieder für einen Augenblick still. »Was sagt Florian dazu, dass du alles erben sollst?«

»Wir haben noch nicht wirklich darüber sprechen können.«

»Er wird sich das nicht bieten lassen.«

Der Tonfall ihrer Mutter spiegelte ganz gut, was sie selbst auch schon gedacht hatte. Ein Schauder überlief sie beim Gedanken daran, welche Auseinandersetzungen vor ihr liegen mochten.

Sie redeten noch ein wenig über dies und das, über Ritas Pläne, Tessas Wunsch, nach Berlin umzuziehen. Danach kehrte sie in die Küche zurück, wo das Wasser bereits munter vor sich hin kochte. Sie hatte die Zeit falsch eingeschätzt. Sie gab die Nudeln hinein, setzte sich zehn Minuten später mit ihrem Teller auf den Balkon, wo sie sich das Essen schmecken ließ, und beschloss, danach einen Spaziergang zu machen. Während sie lief, konnte sie am besten nachdenken.

Dieses Mal bummelte sie vorbei an dem Spielplatz mit dem riesigen Schiff zum Klettern und zwei kleineren, von denen sich eines in Bewegungen versetzen ließ. Zwei Familien waren noch da und spielten in der Abendsonne mit ihren Kindern. Ein Vater las seinen Söhnen aus Astrid Lindgrens *Ronja Räubertochter* vor. Maike lief weiter, erreichte die Haltestelle der Pferdebahn, die vom ehemaligen Bahnhof zum Westend fuhr, und studierte kurz entschlossen den Fahrplan.

Mit dieser Bahn würde sie während ihres Aufenthalts ganz sicher einmal fahren. Das machten sie eigentlich jedes Mal. Früher war die Bahn ein reguläres Verkehrsmittel gewesen, heute handelte es sich um ein Museumsstück, das zum Vergnügen der Urlauber aber immer noch fuhr. In Betrieb genommen worden war die Strecke erstmals über hundert Jahre zuvor, um eine bequeme Verkehrsverbindung zwischen dem Dorf und dem Herrenstrand zu ermöglichen, nachdem dort der Badebetrieb aufgenommen worden war.

Aus den Augenwinkeln nahm sie mit einem Mal eine Bewegung wahr. Sie hatte richtig gesehen: Jarik kam den Weg entlang, und sie fühlte sich kurz wie ein Kaninchen, das eine Schlange entdeckt hatte. Auch er schien überrascht.

»Na, die Insel ist tatsächlich klein«, sagte er dann mit einem Lächeln. Lächelte er eigentlich ständig? »So sag ich jedenfalls immer. Ich hatte gar nicht bemerkt, dass du weggegangen bist.«

»Es ist so schön hier draußen in der Abendstimmung, also dachte ich, ich drehe noch eine Runde.«

»Ich habe Geschirr ausgeliefert und dann überlegt, ich guck mal nach den Öffnungszeiten der Post«, beantwortete Jarik ihre nicht gestellte Frage. »Die ändern sich gefühlt ständig. Außerdem«, fügte er dann hinzu, »musste ich noch mal raus. Famke ist nicht gerade bester Laune.«

Maike hatte so eine Idee, woran das lag, sagte aber nichts dazu. Sie schaute auf ihre Uhr. »Wahrscheinlich sollten wir wirklich bald reden«, sagte sie dann doch.

»Ja, das stimmt.« Jarik nickte. »Wollen wir gemeinsam zurückgehen?«

»Gerne.«

Sie liefen den Westerloog entlang und dann durch den belebteren Dorfkern zu Hildes Anwesen.

Famke Wilken trat gerade aus der Ladentür, als sie ankamen.

»Ah, wart ihr zusammen unterwegs?«, murmelte sie und tat sich dann schwer mit dem Schloss, sodass Jarik übernehmen musste.

Maike und Famke musterten sich derweil abwartend. »Ich habe deine Werkstatt gesehen. Das sind schöne Sachen, die du machst«, überwand sie sich endlich, etwas zu sagen. Sie entschied kurzerhand, auch Famke zu duzen. Die sagte nichts dazu. »Ich bin leider künstlerisch gar nicht begabt«, fuhr Maike fort.

Famke zog nur die Augenbrauen hoch. Gut, sie redete also nicht mehr. Gott sei Dank trat Jarik in diesem Moment wieder zu ihnen und lächelte sie beide aufmunternd an.

»Und, was sagt ihr?« Er ließ den Blick von einer zur anderen wandern. »Wollen wir reden?« Er sah sich um. »Gehen wir irgendwohin? Hat jemand eine Idee?«

Famke zuckte mit den Schultern. »Setzen wir uns doch auf die Terrasse, wenn's denn unbedingt sein muss«, sagte sie dann betont desinteressiert und warf Maike gleichzeitig einen herausfordernden Blick zu.

Maike war entschlossen, sich nicht einschüchtern zu lassen. Gemeinsam gingen sie am Haus vorbei nach hinten. Famke besetzte als Erste einen der Korbstühle auf der kleinen Terrasse, sie selbst nahm den zweiten, nachdem Jarik angeboten hatte, sich eine dritte Sitzmöglichkeit zu organisieren.

»Jarik sagte mir, dass du auf der Insel geboren bist«, versuchte Maike noch einmal, ein freundliches Gespräch anzufangen, auch wenn sie sich nicht erklären konnte, warum sie das tat. Famke und sie würden kaum beste Freundinnen werden, und sie hatte nicht den Eindruck, dass ihr das leidtun musste.

»Ja, bin ich. Und wie es aussieht, muss ich mir dann ja wohl eine neue Existenz aufbauen und erst mal weiter bei meinen Eltern wohnen ...«

Jarik verschwand noch einmal, um Getränke zu holen, und kam kurz darauf mit Flaschen und Gläsern zurück.

»Ich hab dir ja erzählt, dass sich Famke und Hilde vorgenommen hatten, den Dachboden des Hauses auszubauen, Maike«, mischte er sich ein. »Sie haben das für den kommenden Winter geplant.«

Famkes Gesichtsausdruck verdüsterte sich, wenn das überhaupt noch möglich war. Ganz sicher war sie nicht einverstanden mit seiner Offenherzigkeit. Sie, Maike, hatte also Famkes Pläne durchkreuzt, kein Wunder, dass sie sich von ihrem Auftauchen gestört fühlte. Sie hatte ihre Träume zunichtegemacht.

Was nicht meine Absicht war. Nichts hiervon war meine Absicht.

»Das ist eine schöne Idee«, hörte sie sich sagen. Irgendwie fiel ihr nichts Besseres ein.

»Ach, wirklich?«, ätzte Famke. Sie ist ziemlich beharrlich in ihrem ablehnenden Verhalten, dachte Maike, aber langsam übertreibt sie es. Famke starrte sie aus schmalen Augen an. Maike hielt ihrem Blick stand. Dann redete Famke weiter. »Und jetzt sag uns doch mal, was du mit alldem hier vorhast? So ein Anwesen auf einer Insel ist natürlich eine wahre Goldgrube. Das weiß ja jeder. Der Verkauf bringt dir sicher einen hübschen Batzen Geld ein, da kann man sich dann andernorts ein schönes Leben von machen.«

Maike straffte unwillkürlich ihre Schultern. »Ehrlich gesagt hab ich mir noch keine Gedanken gemacht, was ich mit meinem Erbe anfange.«

Famkes Augen waren immer noch katzenhaft schmal. »Hilde hätte sich sicher gewünscht, dich noch einmal wiederzusehen. Sie hat ziemlich oft von dir gesprochen.«

»Famke!«, wies Jarik sie zurecht.

Es tat ihr gut, zu spüren, dass er für sie eintrat, obwohl er sich schon etwas Zeit damit gelassen hatte.

Sie holte tief Luft, als könnte sie sich damit für das wappnen, was sie als Nächstes sagen wollte. »Die Situation ist für uns alle neu, aber sicherlich findet sich eine Lösung«, versuchte sie zu beschwichtigen. »Jeder kann sich daran beteiligen.«

»Wenn's sein muss.« Famke verschränkte die Arme vor der Brust und drückte mit ihrem ganzen Körper aus, dass sie nichts davon hielt. Eine halbe Stunde später waren dennoch die grundlegendsten Dinge besprochen, woran Jarik einen nicht unbedeutenden Anteil hatte. Wenn Famke jemandem zuhören wollte, war offenbar er es. Jarik war ihr Geschäftspartner, das wusste sie jetzt schon mal. Er hatte ihr auch bereits etwas zu seinen Aufgaben gesagt und dass er regelmäßig im Laden einsprang, wenn Famke sich um die Produktion des Geschirrs kümmerte. Weiteres würde sie sicher bald in Erfahrung bringen. »Dann ist es entschieden«, sagte Famke endlich und klang tatsächlich halbwegs zufrieden. »Vorerst läuft alles weiter wie bisher.«

»Es kann auch danach so weiterlaufen. Ich würde nur gerne etwas mehr über das Geschäft, die Abmachungen und Hildes Beteiligung wissen«, entgegnete Maike.

»Ist klar«, stimmte Jarik zu. »So viel jetzt schon mal: Hilde hat den Laden als ihr kleines soziales Lebensprojekt gesehen. Sie hat den Umbau bezahlt, früher waren nämlich da, wo der Laden jetzt ist, zwei Zimmer.«

Maike nickte. Sie erinnerte sich.

»Sie hat die Grundausstattung finanziert«, fuhr Jarik fort, »und die Einrichtung. Sie hat uns sogar die Miete erlassen.«

Famke kommentierte Jariks Offenheit nicht. Auch wirkte sie nicht mehr ganz so biestig wie zu Anfang noch. Schließlich kochte Jarik Tee. Maike lobte wieder Famkes Keramikarbeiten, zum einen, weil sie sie wirklich schön fand, zum anderen, weil sie hoffte, die Stimmung weiter aufzulockern.

Famke bedankte sich dieses Mal tatsächlich mit einem Lächeln, dann bemerkte sie: »Ich gehe davon aus, dass Hilde ein Testament verfasst hat. Darf ich fragen, was darin steht?«

Maike hielt inne. »Na ja, bislang habe ich tatsächlich lediglich einen Brief, den sie mir geschrieben hat. Das Testament soll sich irgendwo in ihrem Haus befinden. Ich werde in den nächsten Tagen danach suchen.«

Famke schaute sie nachdenklich an. »Na, viel Erfolg! Ich weiß nicht, wo Hilde ihre wichtigen Unterlagen aufbewahrt haben könnte. Du, Jarik?« Sie schaute zu ihm hin.

Jarik hob die Schultern und schüttelte dann den Kopf. »Nein. Aber solch persönliche Dinge hat sie ohnehin eher mit dir besprochen.«

Die Sonne ging unter. Das Abendrot färbte den Himmel in warmen Tönen. Trotzdem wirkte es noch hell – Sommer eben. Sie sah von einem zum anderen. An diesem Abend konnte sie offenbar keine Hilfe mehr erwarten. Nun, sie hoffte, dass ihre Suche schnell erfolgreich war. Nur eine Sache musste sie noch in Erfahrung bringen, die ihr schon die ganze Zeit durch den Kopf ging. Jarik und Famke waren die Einzigen, die sie fragen konnte.

Sie räusperte sich. »Könnt ihr mir sagen, wo Hilde beerdigt ist?«, fragte sie dann.

»Sie hat sich eine Seebestattung gewünscht«, sagte Jarik. »Und wir haben das nach ihrem Willen organisiert.«

»Eine Seebestattung?«, fragte sie erstaunt.

»Ja. Ist das ungewöhnlich?«

»Für mich schon«, gab sie zurück und fügte dann nachdenklich hinzu: »Aber es passt zu Hilde.«

Jarik nickte. »Da hast du recht. Wir waren jedenfalls nicht überrascht, als sie diesen Wunsch irgendwann äußerte. Sie ist vor der Westseite der Insel bestattet worden. Wir waren dabei. Du kannst die Stelle vom Land aus sehen, jedenfalls ungefähr.«

Er beschrieb es ihr und erklärte, dass die Beisetzungen in einem speziell ausgewiesenen Gebiet vor den Inseln Spiekeroog und Langeoog stattfanden. In diesem Teil des Küstenmeeres waren Fischerei und Wassersport nicht gestattet. So war eine Verabschiedung in Würde gewährleistet. Es war vielleicht nicht ganz so leicht, sich den Ort vorzustellen, wo die Urne ins Wasser gelassen worden war, aber sie würde ihr Bestes tun, wenn sie sich am kommenden Morgen in diese Richtung aufmachte.

Jetzt musste sie sich erst einmal verabschieden, sie merkte, dass sie total müde war. Kein Wunder, sie war sehr früh aufgestanden und weit gefahren. Es war ein langer Tag gewesen. Sie verabschiedete sich bald darauf. Jarik und Famke wünschten ihr eine gute Nacht. Famke wollte noch einmal in die Werkstatt, sie arbeitete oft bis spät in die Nacht, und auch Jarik hatte etwas zu tun.

In Gedanken versunken kehrte Maike zu Hildes Häuschen zurück. Bisher hatte sie wirklich keine Idee, wo sie mit der Suche anfangen sollte. Sie hatte gerade den Schlüssel ins Schloss geschoben, als sie einen letzten Blick zurückwarf: Famke und Jarik standen dicht beieinander auf dem Gartenweg. Er berührte ihren linken Arm. Sie hatte den Kopf etwas in den Nacken gelegt. Es sah aus, als würden sie sich gleich küssen.

Hatte sie doch recht gehabt mit ihrem Gefühl, dass die beiden ein Paar waren? Aber warum war Jarik dann ihr gegenüber so zugewandt? Hastig wandte sie sich ab. Nein, das musste sie sich nicht weiter ansehen.

SIEBTES KAPITEL

Sie hatte tatsächlich zehn Stunden tief und fest geschlafen! Maike grinste in sich hinein. Das war ihr schon seit einer Ewigkeit nicht mehr passiert.

Guter Dinge schwang sie sich aus dem Bett, duschte und zog sich an, dann beschloss sie, frische Brötchen zu kaufen und sich ein leckeres Frühstück zu machen. Und danach würde sie im Gedenken an Hilde zum Westend spazieren.

Sie hatte gerade den ersten Schluck Kaffee getrunken, da klingelte ihr Handy. Verblüfft sah sie auf das Display. Es war Tessa.

»Wo bist du denn schon wieder, Mum?«, hörte sie die vorwurfsvolle Stimme ihrer Tochter.

»Tessa?«

»Wer denn sonst? Und warum bist du so überrascht? Du bist nicht zu Hause. Also, wo bist du?«

»Ich bin auf Spiekeroog, das weißt du doch. Ich hab hier ein paar Dinge zu klären. Wieso weißt du eigentlich, dass ich nicht zu Hause bin?«

»Weil ich hier bin.«

»Was? Wo bist du?«

»In Frankfurt. Hab ich doch gerade gesagt.«

»Und wieso bist du nicht mehr in Berlin? Du bist doch gerade erst umgezogen. Holen Papa und du etwa schon deine Sachen ab?«

Ein Rascheln und Knacken war im Hintergrund zu hören, dann wieder Tessas Stimme: »Ach, weißt du, ich hatte einfach keinen Bock mehr auf Dad und seine Tussi.«

»Sie heißt Nathalie«, berichtigte Maike ihre Tochter mechanisch. »Weiß er, dass du ...«

»Natürlich weiß er das. Chill, Mum.«

»Du bist fünfzehn«, konnte sie sich nicht verkneifen zu sagen. »Sieh mir nach, dass ich meine gesetzliche Verantwortung dir gegenüber ernst nehme.«

Sie biss sich auf die Zunge. Tessa hasste solche Bemerkungen. Das konnte man jetzt auch an ihrer Stimme hören.

»Ich bin nicht blöd, Mum. Ich hab Rita angerufen. Die guckt nach mir, aber ich kann eigentlich selbst auf mich aufpassen, weißt du?«

Und wieso hatte ihre Mutter sie nicht angerufen?

»Wie lange bist du schon da? Warum habt ihr mir nicht Bescheid gesagt?«

»Seit gestern. Echt, wir haben versucht, dich anzurufen.«

»Wirklich? Warte kurz.« Maike kontrollierte die Anrufliste. Tatsächlich, es waren mehrere Anrufe eingegangen. Sie versuchte, sich zu erinnern, was sie während der betreffenden Uhrzeiten getan hatte. Sie war spazieren gewesen, hatte mit Famke und Jarik gesprochen. Ihr Handy hatte sie da nicht mitgenommen ... Sie klickte sich in das Gespräch zurück. »Ja, okay, ich sehe es. Ich hab's wohl überhört.« Maike räusperte sich.

»Mum!«

»Ja, ist ja gut.«

Kurz war es still. »Wie ist es so auf Spiekeroog?«, erkundigte sich Tessa dann.

»Es ist schön ... Wie immer ... Und so entspannend, dass ich nicht mal zwischendurch auf mein Handy gesehen habe, wie du ja gemerkt hast. Erinnerst du dich eigentlich noch, oder ist das zu lange her?«

Maike schweifte einen Moment ab. Stimmte das? War es wie immer? Nein, eigentlich nicht. Und trotzdem war es schön, daran ließ sich nichts deuteln. Es war schön und doch anders.

»Hm, klar erinnere ich mich. Muss aber komisch sein, so ohne Tante Hilde.«

Tessa berührte ihren wunden Punkt mit Leichtigkeit, so war sie, ihre oft so ruppige Tochter. Maike spürte, wie ihr unwillkürlich die Tränen in die Augen stiegen.

»Das ist es. Stell dir vor, sie ist auf See bestattet worden. Hier vor Spiekeroog.«

»Echt? Musst du mir mal genauer erzählen.« Tessa schwieg kurz. »Was machst du eigentlich gerade?« Ihre Stimme klang plötzlich weich.

»Ich frühstücke.«

»Das hört sich gut an. Bist du im Garten? Oder auf dem Balkon? Weißt du, irgendwie wär ich auch gerne auf der Insel.«

Maike fingerte ein Taschentuch hervor und betupfte sich die Nase. »Ich sitze auf dem Balkon. Und du willst kommen? Das ist kein Problem. Du weißt aber schon, dass Spiekeroog sehr ruhig ist, so im Vergleich zu Berlin.«

»Mum! Klar weiß ich das.« Tessa hielt kurz inne. »Ich

möchte trotzdem zu dir.« Da war etwas Vorsichtiges in ihrer Stimme.

»Okay.« Maike nahm einen weiteren Schluck Kaffee. »Es sind Ferien, du kannst wirklich gerne kommen.« Sie machte eine kurze Pause. »Aber es ist, wie gesagt, sehr ruhig hier«, wiederholte sie dann mit einem neckenden Unterton. »Nur so als Warnung.«

»Mum!«

Maike lachte. »Scherz beiseite. Ich würde mich freuen. Sagst du mir Bescheid, wenn du weißt, wann dein Zug ankommt?«

Ihr Weg zur Westseite der Insel führte Maike am Gästehaus Klasing und am von der Diakonie geführten Haus am Meer vorbei, bevor sie irgendwann in einen schönen Naturpfad einbog. An den Salzwiesen entlang ging es zum Zeltplatz und zum Wattkieker – die Skulptur hatte sie tatsächlich noch nie besucht, und es gab wohl auch noch anderes Sehenswertes, für das dasselbe galt. Bald erreichte sie den Strand. Einen Moment blieb sie stehen und schaute nur über das Meer hinweg. Dort draußen irgendwo war Hildes Urne also im Meer versenkt worden.

Am Abend zuvor hatte sie noch kurz im Internet nachgeschaut, wie eine solche Bestattung denn ablief. Sie hatte sich einfach keine Vorstellung davon machen können. Jetzt wusste sie, dass man mit einem Fahrgastschiff zu der betreffenden Stelle fuhr, dass sich dann alle an Deck versammelten und eine Trauerrede gehalten wurde, bevor die Urne der See übergeben wurde. Dazu konnte Musik gespielt werden, man streute Blumen oder Blütenblätter als letzten Gruß ins Meer.

Die Urne bestand aus einem Material, das sich im Laufe der Zeit auflöste. Zum Abschluss der Zeremonie ließ der Kapitän das Schiffshorn ertönen, bevor es nach einer Ehrenrunde wieder in Richtung Land ging.

Maike ließ den Blick noch einmal schweifen, dann setzte sie sich und versank in Erinnerungen an Hilde. So viele schöne Gedanken an sie kamen mit einem Mal in ihr hoch. Manchmal waren es nur kurze Bilder, die irgendwo tief aus ihrem Innern kamen, dann war es, als hätte sie Hilde eben erst gesehen oder gehört. Es war schön, hier zu sein, es verschaffte ihr ein warmes Gefühl und zauberte ein Lächeln auf ihr Gesicht. Sie fühlte sich Hilde ganz nah.

Als sie sich endlich dazu entschied, wieder in Richtung Dorf zu gehen, musste sie mit einem Mal daran denken, wie oft sie mit Hilde im Café Klönstuv Waffeln gegessen hatte. Das würde sie sicher auch noch mal tun, vielleicht mit Tessa, wenn sie kam.

Sie verließ den Weststrand sehr nachdenklich und machte auf dem Rückweg noch einen Abstecher in den Kurpark, wo der Mitmachzirkus für Kinder mit seinem Programm aufwartete. Er war jeden Sommer auf der Insel gewesen, solange sie sich erinnern konnte, auch Tessa hatte mal am Programm teilgenommen. Eine Weile schaute sie ein paar Kindern bei ihren Übungen zu, blieb danach etwas am nahe gelegenen Weiher stehen, wo ein Vater mit seinem Sohn Bötchen fahren ließ. Sie setzte sich in den Schatten eines Baumes auf eine Bank in der Nähe eines Spielplatzes und ließ die Gedanken schweifen. Sonnenstrahlen tanzten hier und da über den Waldboden.

Bevor sie schließlich zu Hildes Häuschen zurücklief,

drehte sie noch eine Runde am Hafen, wo gerade eine Fähre nach Neuharlingersiel ablegte. Hier war sie Jarik das erste Mal begegnet.

Jarik ...

Warum dachte sie nur so oft an ihn? Hatte sie sich tatsächlich verliebt? Was würde Tessa dazu sagen?

Tatsächlich war sie, Maike, ja eher in dem Alter, in dem man über die Midlife-Crisis nachdachte. Männer kauften sich dann oft große Autos oder Motorräder und Frauen ... Was machten Frauen? Über Botox und Schönheits-OPs nachdenken? Sie hatte Jarik mit Famke gesehen. Sie musste vorsichtig sein und nicht zu vertrauensselig. Sie wusste einfach nicht, ob er ehrlich zu ihr war.

Tessa hatte den größten Teil des Tages mit ihrer besten Freundin zugebracht. Arwen würde erst in einer Woche mit ihren Eltern in Urlaub fahren, also konnten sie noch etwas Zeit miteinander verbringen. Sie waren gemeinsam zum Main hinuntergegangen, hatten sich dort irgendwo auf eine Wiese gesetzt. Bei dem guten Wetter herrschte einiger Trubel, sowohl auf als auch am Wasser. Sie hatte Arwen von Berlin erzählt, von ihrem Vater und seiner Neuen, die einen auf *bff* machte. Arwen, benannt nach einer Figur aus *Der Herr der Ringe*, hatte äußerlich allerdings nichts mit der Halbelbin gemein. Ihr Haar war weißblond, die Augen blassblau. Eine lange Zeit hatte die Freundin ihr geduldig zugehört, zuhören war definitiv Arwens Superkraft. Manchmal hatte Tessa ein schlechtes Gewissen, weil sie sie neuerdings immer so zutextete, aber Arwen beschwerte sich nicht. Meistens lachten sie ja auch total viel miteinander.

»Ich bin jedenfalls froh, dass du doch nicht nach Berlin gehst«, sagte Arwen irgendwann unvermittelt.

Tessa zuckte mit den Schultern. Ja, sie war genauso froh und dann auch wieder nicht. Sie wusste einfach nicht, was sie wollte. Das war blöd. In Berlin hatte sie wieder Probleme mit dem Atmen gehabt. Das war lange nicht mehr so gewesen. Sie konnte nicht sagen, ob da irgendeine Psychoscheiße lief oder ob es einen körperlichen Grund hatte.

Ich hasse es.

»Wo fahrt ihr dieses Jahr hin?«, wechselte sie das Thema.

Arwen nannte irgendeinen exotischen Ort. Ihre Eltern wählten immer exotische Orte: Sri Lanka, Tansania, Südamerika. Gefühlt war Arwen eigentlich schon überall gewesen. In Neuseeland natürlich schon öfter, der Verfilmung des Romans wegen. *Der Herr der Ringe* war in Neuseeland an vielen Orten gedreht worden. Arwen hatte ihr davon erzählt. Sie war aus dem Schwärmen gar nicht mehr rausgekommen. Besonders hatte sie das Dorf Hobbiton beeindruckt mit seinen höhlenartigen Behausungen für die Hobbits, die direkt in die Hügel gebaut worden waren.

»Ich«, sprach sie jetzt weiter, »würde ja lieber mal nach Schweden oder so. Mit dem Zug. Wegen Flugscham und so. Ich muss echt nicht so weit weg. Klar ist es toll, andererseits ...«

Aber Arwen hatte nichts zu melden, was die Urlaubsziele ihrer Eltern anging, und allein daheimbleiben durfte sie auch nicht. Das war ganz ausgeschlossen. Da ist Mum cooler, schoss es Tessa durch den Kopf.

Später am Abend rief sie, wie abgemacht, ihre Großmutter an, während sie sich einen Salat machte. Zum Glück gab's da jetzt schon fertig geputzten. Eigentlich liebte sie Dosenravioli, aber so einen Mist zu essen konnte man sich ja nicht mehr leisten. Wegen der Umwelt und so.

Mit ihrem Teller setzte Tessa sich vor den Fernseher, was ihre Mutter gar nicht gerne sah, aber es war ja niemand da, der ihr etwas sagen konnte, und das war auch gut so. Allzu heilig musste man ja auch nicht sein.

Sie richtete die Fernbedienung auf das Gerät und landete, nachdem sie ein paarmal hin und her geschaltet hatte, bei *CSI: Miami*. Es musste schon weit nach acht sein. Sie hatte gar nicht bemerkt, wie die Zeit vergangen war. Während sie ihre erste Gabel mit Salat in den Mund schob, landete eine Leiche auf dem Tisch der Pathologie. Tessa starrte gebannt auf den Bildschirm. Genüsslich begann sie zu kauen.

Dann dachte sie an ihre Eltern. Ihrer Mum hatte es nicht gepasst, dass sie nach Berlin umziehen wollte, aber Mum und Dad hatten sie schließlich auch nicht gefragt, ob ihr das mit der Scheidung gefiel ... Klar, die ständige Streiterei war doof gewesen, aber dass ihr Dad so weit weg wohnte, gefiel ihr ebenso wenig. Er führte jetzt einfach ein Leben ohne Kinder. Seine Neue tat zwar so, interessierte sich aber eigentlich nicht für sie. Überhaupt, die Neue ... Na ja, so neu war sie nicht mehr. Aber jung. Nathalie war kaum zehn Jahre älter als sie selbst, was sie zunehmend peinlich fand. Sie brauchte keine große Schwester, und sie ließ sich nicht umgarnen. Das hatte sie nicht mal damals gemacht, als ihr Dad seine neue Errungenschaft angeschleppt hatte. Zehn Jahre alt war sie erst gewesen.

»Lass stecken«, hatte sie Nathalie irgendwann mit zwölf oder dreizehn gesagt. »Ich such mir meine Freundinnen selbst aus.«

Und die hatte ihr daraufhin mit einem süßen Lächeln gemeint erklären zu müssen, wie der Hase lief und dass sie am längeren Hebel saß. Blöde Kuh.

Tessa spießte das nächste Salatblatt auf. Auf dem Bildschirm tauchte die zweite Leiche auf, sie lag am Strand. Sie hatte sich entschieden zu fahren. Am kommenden Morgen würde sie packen oder am Tag danach. Es war ja auch irgendwie ganz okay, die Wohnung mal für sich zu haben. Auf jeden Fall musste sie noch einen passenden Zug heraussuchen. Rita hatte bereits gesagt, dass sie ihr das Geld für die Reise spendieren würde.

ACHTES KAPITEL

Maike hatte einen Großteil des vergangenen Mittwochnachmittags – nur unterbrochen durch einen sehr langen Strandspaziergang – das Testament gesucht, bislang ohne Erfolg. Im Sekretär, dessen Schlüssel zum Glück steckte, hatte sie besonders gründlich nachgesehen, dann die Unterböden der Schubladen abgetastet, im Kleiderschrank in die Hutschachteln geguckt. Sogar in den Vorratsschränken in der Küche hatte sie sich umgeschaut, unter der Bettmatratze und zwischen den Malutensilien, die Hilde in einem Regal im Wohnzimmer aufbewahrt hatte. Langsam gingen ihr wirklich die Ideen aus, wo sie noch nach dem Schriftstück suchen konnte. Warum nur hatte Hilde es so sorgfältig versteckt und dem Notar nicht gesagt, wo genau? »In ihrem Haus hinterlegt« war eine vage Angabe. Gab es einen Safe? Aber so ein Typ war Hilde eigentlich nicht gewesen.

Beim Frühstück fiel ihr ein, dass sie mal in einem Film gesehen hatte, wie jemand wichtige Unterlagen hinter einem Bild versteckt hatte. Also tastete sie auch noch jeden einzelnen Bilderrahmen ab. Der letzte, ein eher kleinerer, warf sie wieder in die Vergangenheit zurück. Sie war dabei gewesen, als Hilde diese Ansicht von Meer und Dünen gemalt hatte.

Sie hatte ihre Staffelei damals wie so oft am Strand aufgebaut. In Maikes Erinnerung riss der Wind an Hildes langem Kleid, ließ den Stoff um ihre Beine schlagen, während sie in der einen Hand den Pinsel hielt und in der anderen die Farbpalette ... Maike versuchte, sich genauer zu erinnern. Doch, es war wirklich stürmisch gewesen an dem Tag, der Wind hatte immer wieder Sand aufgewirbelt.

Sie musste daran denken, wie außergewöhnlich Hilde gewesen war. Einem Menschen wie ihr war sie nie zuvor begegnet. Sie kannte Florians engstirnige Familie, und Hilde hatte nicht dazu gepasst. Wahrscheinlich war sie innerhalb der Familie auch wegen ihrer Eigenwilligkeit nicht sehr beliebt gewesen. Damals war sie sicher gewesen, dass Hilde Florian mochte, wohl weil sie ihm gegenüber so spendabel gewesen war. Bei Florian war sie sich da rückblickend nicht mehr so sicher. Sehr schnell hatte sie den Eindruck gehabt, dass ihn Hildes Eigenheiten nervten. Sosehr er die enge Welt seiner Kindheit auch hinter sich hatte lassen wollen, so sehr blieb er ihr doch verhaftet.

Maike rief sich Hilde erneut vor Augen, als sie das kleine Bild gemalt hatte. Nein, sie hatte kein langes Kleid getragen, sondern einen bunten Rock. Und sie selbst hatte zu ihren Füßen gesessen und ihr fasziniert bei der Arbeit zugesehen. Hilde hatte die Szenerie am Meer gut eingefangen, präzise und doch flüchtig, wie so ein Moment am Meer eben war. Genau wie auf dem Bild war es gewesen. Sie fühle sich den Impressionisten nahe, hatte sie Maike einmal gesagt. Und dass sie über das Malen nur mit ihr, Maike, spreche, weil Florian, so wie der Rest der Familie, keinen Sinn dafür habe. »Was schade ist«, hatte Hilde hinzugefügt. »Aber so ist es eben.«

Einmal hatte Maike sie gefragt, ob sie je daran gedacht habe, die Kunst zu ihrem Beruf zu machen. »Du bist begabt, Hilde, vielleicht hättest du ja mehr daraus machen können«, hatte sie gesagt.

Hilde hatte sie daraufhin länger angeschaut und ihr dann erklärt, dass so etwas in ihrer Familie eben nicht vorgesehen gewesen war, dass sie aber glücklich sei, sich jetzt ausprobieren zu können. »Vielleicht ist es ja gut, etwas zu haben, das man liebt und das kein Geld einbringen muss«, hatte sie abschließend erklärt.

Als Florian und Maike sich getrennt hatten, war sie sehr eindeutig in ihrer Haltung gewesen, nicht ungerecht, aber doch eindeutig. Ihr Haus hatte auch für Florian weiter offen gestanden, sie hatte aber immer klar gezeigt, auf wessen Seite sie stand. Trotzdem war die Verbindung zwischen ihr und ihrem Neffen irgendwie rissig geworden. Maike bedauerte das immer noch.

Und wenn es dieses Testament gar nicht gibt?, fuhr es ihr im nächsten Moment durch den Kopf. Sollte ich vielleicht erst einmal den Notar anrufen? Irgendwie hatte sie sich bislang nicht dazu überwinden können. Bestimmt trug die ungewöhnliche Situation dazu bei: das Wiedersehen mit Spiekeroog, Spiekeroog ohne Hilde. All das eben.

Sie pflückte im Garten ein paar Blumen und stellte sie auf den Tisch im Wohnzimmer. Dann kochte sie sich eine kleine Kanne kräftigen schwarzen Tee und setzte sich mit ihrer Tasse auf den Balkon. Wo hatte sie jetzt schon überall gesucht? Sie kam sich fast albern vor. Als sie begonnen hatte, die Rahmen zu überprüfen, hatte eine kleine Stimme in ihrem Kopf sehr deutlich »Du spinnst doch« gewispert.

Während sie auf dem Balkon saß, spähte sie immer mal wieder zur Terrasse des Vorderhauses hinüber. Der Balkon war seitlich über der Eingangstür, man musste sich also etwas vorbeugen. Sie hoffte nur, dass sie niemand dabei erwischte. Das sah so offensichtlich neugierig aus. Gut, sie musste sich eingestehen, dass sie neugierig war, aber leider war keiner zu sehen.

Sie beschloss, ein paar Dinge von Hilde zusammenzuräumen, die sie nicht mehr benutzen würde. Sie tat es dennoch mit einem seltsamen Gefühl. Ein wenig fühlte sie sich immer noch wie ein Eindringling, als wäre sie gar nicht berechtigt, das zu tun. Einige Dekostücke lösten auch wieder neue Erinnerungen aus: eine schön gefärbte Muschel, Bernstein, eine riesige Austernschale, die sie damals gemeinsam von einer Wattwanderung mitgebracht hatten. Irgendwann wischte sie Staub. Dann suchte sie sich ein Buch aus Hildes Regal, setzte sich wieder nach draußen und versuchte zu lesen.

Stimmen weckten sie. Eine davon identifizierte sie als Jariks, die zweite war die eines Kindes. Sie klang angespannt.

Ich muss eingeschlafen sein ...

Maike richtete sich auf und spähte vorsichtig über die Brüstung des Balkons zwischen den üppig blühenden Geranien hindurch nach unten. Wer hatte die eigentlich gepflegt? Anscheinend auch Famke.

Jarik stand auf der Terrasse des Vorderhauses und streckte eben seinem Sohn Nils, der einige Schritte entfernt auf der Wiese stand, eine Hand entgegen. Der Junge stand starr da und gab ein leises, aber durchdringendes und deshalb unüberhörbares Jammern von sich.

»Komm her, wir finden bestimmt eine Lösung.«

»Du kannst mich nicht zwingen.« Nils' Stimme klang wütend.

Jarik blieb ruhig. »Ich will dich ja nicht zwingen.«

»Ihr denkt alle, dass ihr mich zwingen könnt. Ihr denkt alle, dass ich lüge.«

Wie alt ist Nils noch?, überlegte Maike.

»Wieso solltest du lügen? Du hast mir gesagt ...«

Nils drehte seinem Vater abrupt den Rücken zu. Jarik brach ab. Maike fragte sich gerade, ob sie sich wohl besser zurückziehen sollte, bevor sie noch beim Beobachten erwischt wurde, als Jariks Blick nach oben schweifte und natürlich auf sie fiel.

Mist, was soll er jetzt von mir denken?

»Hey, Maike!«

Er wirkte nicht überrascht oder ertappt.

Nils sah kurz zu ihr hin, wandte sich dann aber sofort wieder ab. Im nächsten Moment machte er Anstalten, um die Hausecke zu verschwinden. Jarik sprintete hinterher. Es wurde kurz lauter. Dann kehrte Jarik ohne seinen Sohn zurück und schaute wieder zu ihr hoch.

»Ich brauche jetzt einen Tee, glaube ich. Leistest du mir Gesellschaft?«

Maike war perplex. »Wo ist Nils?«

»Der ist drinnen in der Werkstatt, bastelt und beruhigt sich.«

»Und das ist okay?«

»Klar, passiert nicht zum ersten Mal.«

»Pubertät?« Maike wusste nicht, warum sie das fragte, sie fragte es eben.

Jarik hielt kurz inne. »Das trifft es bestimmt«, erwiderte er dann, und kurz flog ein Grinsen über sein Gesicht. »Also, kommst du runter?«

»Okay.«

»Oder soll ich raufkommen?«

»Ich komme runter.«

Maike verließ mit ihrem Buch den Balkon und schloss die Fenstertüren, dann schlüpfte sie in ihre weißen Sneakers. Zwei Minuten später stand sie unten. Jarik wartete auf der Terrasse auf sie und schaute sich gerade irgendetwas auf seinem Handy an. Als er sie bemerkte, stand er auf.

»Schön, dass du gekommen bist. Ich wollte mich gestern schon entschuldigen, aber ich war so beschäftigt.«

»Wieso entschuldigen?«

»Na ja, ich hatte mir das Gespräch anders vorgestellt.«

»Es war ganz okay, oder? Wir haben eine Art Lösung. Vorerst.« Maike musste zu ihrer Überraschung lächeln. Wahrscheinlich lag es an Jarik, irgendwie fühlte sie sich wohl in seiner Gegenwart.

Du musst vorsichtiger sein.

»Gut, wenn die Testamentssache geklärt ist, reden wir ohnehin noch einmal. Wie wär's, wenn wir uns jetzt noch ein bisschen besser kennenlernen würden?«

»Gerne, aber nicht hier und lieber keinen Tee. Ich war heute noch nicht draußen und würde lieber etwas laufen.«

»Auch okay. Ich sage Famke Bescheid.«

Maike sah eine Bewegung hinter der Scheibe. Nils war in dem kleinen Zimmer und nicht in der Werkstatt. Er drückte sich fast die Nase platt, während er sie beide beobachtete.

Jarik und sie mussten sich nicht absprechen. Sie nahmen den gepflasterten Weg, der sie in einem leichten Auf und Ab in Richtung Oststrand führte. Als sie ihn schließlich verließen und den schmaleren Pfad entlang bis zu dem Punkt liefen, von dem aus man den Strand und das Meer sehen konnte, blieben sie erstmals wieder stehen. Jarik hatte ihr bereits erzählt, dass Famke und er sich auf dem Inselinternat kennengelernt hatten, wo er nach dem Abitur ein Freiwilliges Soziales Jahr gemacht hatte. Famke war einige Jahre jünger als er. Er war wahrscheinlich in ihrem eigenen Alter, vielleicht sogar etwas älter.

Jarik drehte sich unvermittelt mit dem Rücken zum Meer und machte sie auf das Windrad des Internats aufmerksam, das man vom Strand aus sehen konnte. Sie berichtete ihm, dass sie als Studentin erstmals auf der Insel Urlaub gemacht hatte, erzählte ein bisschen von ihrer Tochter und dann, dass ihr Mann und sie sich erst in diesem Jahr hatten scheiden lassen.

»Es ist gerade nicht einfach mit Tessa«, sagte sie, während sie langsam durch den Sand in Richtung Meer liefen. Es gab Stellen, an denen der Sand fester war, und welche, an denen man zwei Schritte vor und einen zurück machte. Manchmal war es anstrengend. »Sie ist mitten in der Pubertät«, fügte Maike erklärend hinzu und atmete tief durch.

»Die Trennung ihrer Eltern dürfte ihr nicht leichtgefallen sein ...«, sagte Jarik in nachdenklichem Tonfall.

Maike schaute ihn kurz von der Seite an und wandte den Blick dann rasch wieder ab. Wollte er gleich zu Anfang so etwas Persönliches mit ihr besprechen? Wollte sie das?

»Das kann sein«, gab sie knapp zurück.

»Meine Frau und ich sind auch geschieden, deshalb kann ich mich gut in die Situation hineinversetzen, aber wir wohnen nah zusammen, sodass wir uns beide um Nils kümmern können. Er braucht diese Stabilität. Er ist erst dreizehn.« Maike antwortete nicht darauf. Sie liefen wieder schweigend nebeneinander her. »Und? Hast du dich inzwischen daran gewöhnt, ein Haus auf Spiekeroog zu besitzen?«, fragte er schließlich.

Die Frage fühlte sich zumindest nicht mehr komisch an. Sie hatten auf dem Weg schon einiges Persönliche miteinander besprochen und waren vertrauter miteinander.

»Na, noch ist nicht alles geklärt, und, nein, ich hab mich immer noch nicht von der Überraschung erholt«, hörte Maike sich sagen. »Leider sind wir viel zu selten nach Spiekeroog gefahren. Mein Ex-Mann wollte das nicht anders, sie war *seine* Verwandte, und ich hab mich irgendwie gefügt. Keine Ahnung, weshalb.«

Sie hielt inne. Dabei hatte der Aufenthalt Tessa immer so gutgetan. Dann überlegte sie weiter: O ja, doch, sie hatte eine Ahnung, warum sie sich gefügt hatte. Wahrscheinlich hatte sie versucht, Streit zu vermeiden. Das war es wohl gewesen. Florian hatte sie öfter krankhaft harmoniesüchtig genannt.

Krankhaft harmoniesüchtig bist du, das ist es, das ist dein Fehler.

Und Tessa hatte ohne sie beide nicht mehr auf die Insel fahren wollen. Da werde sie nur daran erinnert, dass etwas fehle, hatte sie erklärt.

Maike blieb erneut stehen. Sie hatten die Wasserlinie fast erreicht. Nach rechts konnte man Wangerooge sehen. Zwei

Leute führten ihre Hunde aus. Der Golden Retriever, den sie schon mal gesehen hatte, sie erkannte sein Frauchen, kam mit langen Sprüngen den Strand entlang. Käthe ... Ein witziger Name für einen Hund. Eine Familie mit drei kleinen Kindern hatte sich ein schönes Lager aufgebaut – mit Strandzelt und Picknickdecke. Maike warf einen Blick auf den ehemaligen Damenstrand mit seinen Körben. Die gab es an diesem Strandabschnitt, dem Hundestrand, nicht. Als sie Jarik wieder anschaute, hatte der die Arme vor der Brust verschränkt.

»Famke ist vielleicht etwas ruppig, das hab ich dir ja schon gesagt«, er ließ die Arme sinken, »aber sie macht sich eben Sorgen darum, wie es weitergehen soll. Sie hat sich mit dem Laden etwas aufgebaut. Er beginnt gerade zu laufen. Ich hab dir ja schon ein bisschen von meinen Aufgaben erzählt. Inzwischen hab ich sogar den Kontakt zu einigen Hotels herstellen können, die sich eine unverwechselbare Ausstattung wünschen. Famke entwirft gerade eine Serie an Kacheln für den Kamin eines Gästehauses. Vom Ladenverkauf allein lässt sich, wie du dir sicherlich vorstellen kannst, nicht leben. Famke ist jedenfalls sehr stolz auf das, was sich entwickelt, das kannst du mir glauben. Ihr werdet schon einen Weg finden, oder?«

Möglich, dachte sie und schaute wieder aufs Meer hinaus, hin zu der Linie von Containerschiffen, die sich wieder einmal am Horizont sammelten, während sie auf den Einlass in ihre Zielhäfen warteten.

»Ich habe ja schon gesagt, dass sich nichts groß ändern muss ...«, sagte sie mit Bedacht und hielt dann einen Augenblick inne. Sie musste nur noch dieses Testament finden. Verdammt, wo konnte es sein? »Wir werden herausfinden, was

Hilde sich gewünscht hat für die Zukunft. Ich weiß, dass sie stets an allem interessiert war, was um sie herum geschah. Sie war bestimmt nicht außen vor, das wäre nicht die Hilde, die ich gekannt habe ...«

»Nein, da hast du recht. So ein Mensch war sie nicht. Ich fürchte, Famke und ich sind etwas chaotisch, aber ich verstehe schon: Es ist sicherlich gut, wenn du bald so etwas wie einen Einblick hast.«

Sie schwiegen, sahen in die Ferne. Jeder ging seinen Gedanken nach.

»Ich glaube, mehr können wir im Moment nicht klären, oder?«, fragte Maike dann mit leichtem Zögern in der Stimme.

»Wahrscheinlich.« Jarik lächelte sie an. Dann machte er eine leichte Kopfbewegung. »Gehen wir über den Damenpad zurück?«

»Gerne.«

Maike spürte mit einem Mal Enttäuschung in sich aufsteigen, die sie sich nicht erklären konnte. Sie hatten sich besser kennenlernen und ein paar Dinge besprechen wollen, und das hatten sie getan. Jetzt ging es wieder zurück. Was hatte sie denn anderes erwartet?

Sie lief los, strauchelte plötzlich, ein leiser Schmerzensschrei entfuhr ihr.

»Maike!« Jarik nahm sofort ihren Arm und zog sie hoch. »Alles in Ordnung?«

Sie belastete den schmerzenden Fuß vorsichtig und nickte dann.

»Glück gehabt. Ich hab den Fuß wohl nur überdehnt. Da war plötzlich eine Vertiefung. Ich hab den Halt verloren.«

Ihre Stimme klang rau. Sie bemerkte, dass Jarik sie immer noch hielt, und dann küsste er sie mit einem Mal, und sie erwiderte den Kuss, und ohne Zweifel war es genau das gewesen, auf das sie gewartet hatte, seit sie sich zum ersten Mal begegnet waren.

»Entschuldige, ich wollte dich nicht überfallen«, sagte Jarik, als sie sich endlich zögerlich voneinander lösten.

»Ist gut«, flüsterte sie, »du hast mich nicht überfallen.«

Und dann küssten sie sich noch einmal, und er zog sie in eine innige Umarmung.

»Maike ...« Sie spürte das Vibrieren seiner Stimme und seinen warmen Atem an der Schläfe. »Ich mache das normalerweise nicht, aber weißt du, dass ich das tun wollte, seit ich dich zum ersten Mal am Hafen gesehen habe? Ich ...«

Noch ein Kuss. Sie genoss beides, den Kuss und seine Worte. Es war eine schöne Vorstellung, dass die erste Begegnung für sie offenbar ähnlich verlaufen war. Auch wenn das keiner von ihnen geahnt hatte.

»Ich dachte, Famke und du, ihr seid ein Paar«, brachte sie dann atemlos hervor.

Jariks Schultern, ja, sein ganzer Körper bebte kurz. Er lachte, aber sie war ihm nicht böse darum.

»Nein, nein, wir sind wirklich nur Freunde. Und Geschäftspartner natürlich, wie du ja schon weißt. Wir sind ziemlich unterschiedlich. Eine Beziehung wäre nichts für uns, glaube ich ... Nein, das würde nicht gut gehen.«

Er legte den Arm um sie und fragte, ob es nun weitergehen könne. Maike setzte vorsichtig den betroffenen Fuß auf und nickte. Sie spürte etwas, ja, aber das würde nicht von Dauer sein. Sie konnte laufen. Ohne Probleme erreichten sie den nächsten Strandabschnitt. Sie erinnerte sich, dass sie auch hier manchmal mit Hilde gewesen war. Dann ging es den Damenpad entlang in Richtung Dorf. Als sie schließlich wieder das Anwesen erreichten, die Tür im niedrigen Zaun öffneten und hineingingen, kam Nils ihnen entgegengestürmt.

»Papa!« Er warf sich in Jariks Arme, der ihn kurz an sich zog, bevor er ihn wieder losließ. Dann warf er ihr einen Blick zu. »Warum warst du so lange weg?«

Jarik sah auf seine Uhr. »War ich das?«

»Du wolltest doch angucken, was ich gebaut habe.«

»Stimmt. Das machen wir gleich.«

»Es ist in der Werkstatt.«

»Ich komme.«

Auch Maike warf einen verstohlenen Blick auf ihre Uhr. Waren sie wirklich so lange weggeblieben, eigentlich hatte sie gar nicht den Eindruck gehabt. Es war, als wäre die Zeit gemeinsam nur so verflogen, und sie bedauerte es sehr, dass sie sich vorerst wieder trennen mussten. Etwas wehmütig dachte sie an das Stück des Weges zurück, das sie Arm in Arm gegangen waren. Je näher sie dem Haus gekommen waren, desto mehr hatten sie wieder Abstand voneinander genommen. Irgendwie war ihnen wohl beiden klar, dass sie nicht mit der Tür ins Haus fallen wollten.

Sie beobachtete, wie Jarik einen Krümel aus Nils' dichtem blondem Haar zupfte. »Hast du Chips gegessen?«, fragte er. »Was ist mit unserem Abendessen?«

»Ich hatte Hunger.«

Nils' Anspannung nahm sichtlich zu. Jarik sah kurz aus, als wollte er noch etwas sagen, dann wandte er sich ihr zu.

»Immer dasselbe mit dem Nachwuchs, was?«

Sie lachte. »Ich kann nicht behaupten, dass ich das nicht kenne.«

»Wer ist diese Frau?«, fragte Nils.

Jarik legte seinem Sohn eine Hand auf die Schulter. »Du hast sie doch am Hafen schon gesehen, aber du kannst sie selbst fragen.«

Nils schwieg. Etwas an seinem Verhalten irritierte sie und ließ ihn jünger wirken als dreizehn. »Ich bin Maike«, sagte sie. »Und du?«

Nils sah sie nicht an. Er sah auch seinen Vater nicht an.

»Was macht sie hier?«

Man hörte keine Emotion in seiner Stimme, nur eine leichte Verunsicherung darüber, dass sein Vater hier mit »dieser Frau« stand.

»Hilde hat ihr das Haus geschenkt. Im Übrigen spricht man nicht so über eine Person, wenn sie dabei ist. Darüber haben wir doch schon geredet.«

»Will sie hier wohnen?«

Jarik warf Maike einen kurzen Blick zu. »Das weiß ich nicht.«

»Ich weiß es selbst nicht«, sagte Maike, hatte aber nicht den Eindruck, dass Nils ihr zuhörte. Die Situation war doch etwas seltsam. Sie wusste nicht recht, was sie davon halten sollte. »Ich glaube, ich würde mich gerne etwas ausruhen«, erklärte sie unvermittelt und fügte dann hinzu: »Ich bin voller Sand. Eine Dusche wär bestimmt auch nicht schlecht.«

»Okay.« Jarik strich ihr unbeholfen über den Arm. »Sehen wir uns später noch?«

»Gerne.«

Auf dem Weg nach hinten fragte sie sich, ob er sich nicht

zu distanziert zeigte, wenn sie Zeugen hatten? Würde er denn überhaupt für das einstehen wollen, was sich gerade zwischen ihnen entwickelte?

Übertreibe ich nicht etwas?

Ihre Hand zitterte, als sie versuchte, den Schlüssel ins Schloss zu stecken. Kurz musste sie sogar innehalten, dann gelang es ihr, die Tür aufzuschließen. Sie trat ein und ging die Treppe hinauf ins Wohnzimmer. Dort öffnete sie die Balkontüren. Eine leichte Brise bewegte den Vorhang. Durch das geöffnete Fenster im Haus gegenüber hörte sie die Familie beim Abendbrot. Auch die anderen Feriengäste, ein Pärchen, waren eingetroffen, sie ruhten sich gerade auf Liegestühlen aus, die Hilde für ihre Gäste im Garten bereitgestellt hatte. Sie war so in Gedanken gewesen, dass ihr die beiden gar nicht aufgefallen waren. Sie grüßte und winkte ihnen zu. Jarik und Nils waren verschwunden. Famke war ebenfalls nicht zu sehen. Immerhin das war gut so.

Maike runzelte die Stirn. Sie musste endlich Entscheidungen treffen, Dinge mit Famke besprechen, mehr über das Geschäft und seine Finanzierung erfahren und über die Ferienwohnungen und deren Verwaltung natürlich. Ohne das Testament würde sie nur keinen Schritt weiterkommen. Das Testament, von dem sie einfach nicht wusste, wo sie es noch suchen sollte. Gleich würde sie erst mal nach Zug-, Bus- und Fährverbindungen für Tessa sehen. Wenn ihre Tochter es sich nicht noch anders überlegt hatte. Samstag war ein guter Anreisetag, da hatte sie noch zwei Tage, um weiterzukommen mit ihrer Recherche. Sie würde Tessa die Zeiten simsen.

Florian kam unerwartet weit hinten auf der Liste. Und das fühlte sich irgendwie gut an.

NEUNTES KAPITEL

Tessa wurde von Sonnenstrahlen geweckt, die sich durch die Vorhänge auf ihr Bett gestohlen hatten. Für einen flüchtigen, verwirrenden Moment wusste sie nicht, wo sie sich befand. Dann kam die Erinnerung zurück. Sie setzte sich mit einem Gähnen auf.

Ich bin in meinem Zimmer.

Da war das übliche Chaos auf dem Boden, und der Koffer, den sie in der vergangenen Nacht spontan gepackt hatte, obwohl eigentlich noch genügend Zeit war, stand direkt neben der Tür. Was für ein Tag war eigentlich? Sie schaute zur Sicherheit auf ihr Handy. Freitag ... Der Akku war fast leer. Sie musste es dringend laden. Samstagmorgen würde sie nach Norden fahren, nach Spiekeroog, zu ihrer Mum. Sie hatte ihr die Verbindungen geschickt. Zug, Bus, Fähre ... Ganz schön aufwendig, die Reise.

Ruhig würde es auf der Insel sein, aber das machte ihr momentan nichts aus. Vor knapp zwei Wochen hätte sie der Gedanke noch aufgeregt, aber jetzt freute sie sich darauf, oder? Ja, irgendwie schon. Andererseits war ihr auch ein bisschen mulmig zumute, wenn sie daran dachte, allein mit ihrer Mum Urlaub zu machen.

Dass ihre Eltern sich hatten scheiden lassen, war gut. Endlich hatten sie den Schlussstrich gezogen, und es herrschten klare Verhältnisse, aber es war doch irgendwie ein komisches Gefühl. In der Zeit, in der die Scheidung endgültig vollzogen worden war, waren die beiden um sie herumgetanzt wie um ein rohes Ei. Als wären sie nicht schon einige Jahre getrennt, als hätte sie nicht schon gelernt, wie es war, als Familie nicht mehr zusammenzuleben.

Manchmal sind Eltern seltsam.

Tessa stand auf und schob sich mit dem Fuß den Weg zur Tür frei. Gerade als sie in den Flur trat, begann das Festnetztelefon zu klingeln. Natürlich bestand kein Zusammenhang. Niemand beobachtete sie heimlich, aber es war verrückt. Sie ließ es eine Weile klingeln, bis sie den Hörer schließlich abnahm.

»Tessa Schuster.«

»Tessachen, Papa hier.«

»Hallo, Florian!«

Er machte ein Geräusch, irgendetwas zwischen Räuspern und Husten. »Du sollst mich doch nicht Florian nennen. Das weißt du.«

»Hmmm.«

Sie würde ihm keine richtige Antwort geben. Ja, sie hatte ihn Florian genannt, weil sie genau wusste, wie ihn das aufregte. Genau deshalb.

»Wie geht's meiner Prinzessin denn?«

Tessa verdrehte die Augen. Prinzessin ... Er wusste einfach nichts von ihr. Himmel, sie war keine sechs mehr.

»Gut, danke, Dad.« Sie betonte das Wort Dad extra, um dann hinzuzusetzen: »Rita schaut nach mir.«

Sie wusste, dass ihr Vater seine Ex-Schwiegermutter nicht leiden konnte. Rita hatte ihm zwar nichts getan, aber manchmal hatte sie den Eindruck, dass er sie aus traditionellen Gründen mied, weil es eben Probleme mit der Schwiegermutter geben musste. O Mann, es war echt gut, dass ihre Eltern einen echten Schlussstrich unter dieses ganze Rumgestresse gesetzt hatten.

»Wo ist deine Mutter?«

»Mum ist wieder auf Spiekeroog. Hilde hat ihr doch was vererbt. Sie hat sicher mit dir gesprochen.«

»Hast du uns etwa belauscht?«

»Ich weiß es von ihr, Dad.«

Er sollte nicht denken, dass er sie für dumm verkaufen konnte. Es war etwas länger still. Tessa betrachtete ihre kunterbunten Nägel, die sie und Arwen sich am Abend zuvor gegenseitig in den schrillsten Farben, die ihre gemeinsamen Vorräte hergegeben hatten, lackiert hatten. Ihr Vater machte wieder dieses typische Geräusch, das er dauernd machte in letzter Zeit. Sie fragte sich, ob ihm das auffiel oder ob es vielleicht ein nervöser Tick war, über den er keine Kontrolle hatte.

»Willst du nicht fragen, wie es Nathalie geht? Immerhin war sie für dich da, während du in Berlin warst.«

»Ich war ja wohl nicht lange bei euch.« Ihr Vater schwieg. »Okay, wie geht es ihr?«

Sie gab sich Mühe, ihre Stimme möglichst gelangweilt klingen zu lassen. Sie fand, dass ihr Dad und seine Flamme echt albern zusammen aussahen, weil Nathalie so unglaublich viel jünger war als er, Extensions trug und falsche Wimpern und ... Bestimmt war es echt teuer, sich so aufmotzen zu lassen. Dabei sah es so billig aus ... Nathalie war eine richtige Barbiepuppe.

Tessa musste daran denken, wie man sie im Feinkostladen gefragt hatte, ob sie beide Schwestern seien: Ha, ha, ha, gähn ...

»Und du willst jetzt auch nach Spiekeroog?«

»Warum nicht?«

»Ich frag nur, kürzlich wolltest du ja noch unbedingt nach Berlin umziehen.«

»Hab meine Meinung geändert. So sind Teenies, weißt du? Das Umfeld hat mir halt nicht gefallen.«

Ihr Vater ging dieses Mal nicht auf ihre Stichelei ein, stattdessen kam er noch einmal auf Spiekeroog zu sprechen.

»Was macht deine Mutter eigentlich genau dort oben? Kann sie das Ganze nicht über einen Anwalt regeln? Sie will ja wohl nicht umziehen, oder?«

Tessa starrte eine Macke an der Wand an. Hin und wieder sprach ihre Mum davon, die Stelle auszubessern, aber bislang war es nie dazu gekommen. Es gab Dinge, die man immer vor sich herschob.

»Sie ist eben gerne dort.«

Die Pause war nur kurz, aber Tessa hörte sie.

»Aha«, sagte ihr Vater dann.

»Du wirst wohl selbst mit ihr reden müssen.« Während sie es noch sagte, beschloss sie, ihre Mum gleich anzurufen. Sie mussten ohnehin noch ein paar Kleinigkeiten besprechen, und dann würde sie ihr auch gleich von Dads Anruf erzählen. Tessa schaute auf die Uhr ihres Handys. »Sind wir fertig? Ich hab noch zu tun.« Das war gelogen, aber es war ihr egal. Ihr Vater schöpfte jedenfalls keinen Verdacht. »Weshalb hast du eigentlich an einem Freitagmorgen Zeit, mich anzurufen?«

»Ich bin im Homeoffice. Und ja, ja ... Wir können Schluss machen. Hab viel Spaß da oben.«

»Hab ich. Kuss, Dad.«

Sie legte auf, bevor er noch was sagen konnte. Kurz überlegte sie, dann rief sie ihre Mutter an. Sie musste ihrem Vater auf jeden Fall zuvorkommen.

Florian stand noch einen Moment mit dem Telefon in der Hand da, bevor er es behutsam zurück in die Station steckte. Eigentlich hatte er Maike sofort anrufen wollen, aber er musste erst einmal gut nachdenken. Irgendwo im Loft war leise Musik zu hören. Wahrscheinlich kam sie von der Dachterrasse, auf der Nathalie gerade ausspannte. Er ließ den Blick durch das großzügige Wohnzimmer mit dem Marmorfußboden wandern. Er hatte es Nathalie überlassen, ihr kleines Nest einzurichten. Kleines Nest war gut, immerhin war das Loft fast dreihundert Quadratmeter groß.

Nathalie hatte auch Tessas Zimmer mit dem Balkon eingerichtet, wobei Tessa Nathalies Geschmack wohl nichts abgewinnen konnte, denn sie hatte es als Allererstes umgeräumt und etliche Sachen rausgeschmissen, die sich jetzt im Keller befanden. Dann hatte sie die Wände mit Postern und selbst gemalten Bildern dekoriert, bis nichts mehr von der Tapete zu sehen war, die Nathalie ausgesucht hatte. Über den mit weißem Leinen bezogenen Sitzmöbeln lagen gemusterte Tücher und Decken, die sie irgendwann auf dem Flohmarkt erstanden hatte. Den ganzen Kram hatte sie tatsächlich von zu Hause mitgebracht. Der Raum hatte sich während Tessas Anwesenheit in einem dämmrigen, räucherstäbchengeschwängerten Licht befunden, weil seine Tochter die Vorhänge stets halb zugezogen ließ.

Er verließ das Wohnzimmer, ging durch den Flur und stand nun vor Tessas Zimmer, öffnete die Tür. Patschuligestank schlug ihm entgegen. Natürlich war es das Zimmer seiner Tochter, aber es war seine Wohnung, oder? Entschlossen trat er ein, zog die Vorhänge zurück. Er würde sich nicht alles bieten lassen. Auch Nathalie hatte das mehr als einmal zu ihm gesagt. »Du darfst dir nicht alles bieten lassen!«

Auf dem Schreibtisch lagen ein paar Blätter mit Krakeleien, daneben standen zwei benutzte Gläser, in denen sich irgendetwas Undefinierbares, Verklebtes befand. Ein Ausdruck von Ekel zog über sein Gesicht. Er würde sie in die Küche bringen. Tessa hatte Liana, dem Hausmädchen, den Zugang verboten, aber sie war nicht mehr da, und er würde mit seiner Wohnung machen, was er wollte. Im Eingang drehte er sich noch einmal um. Liana würde sich später um den Rest kümmern: Die schrecklichen Poster und Kritzeleien kamen weg, die stinkenden Flohmarktfetzen, unter denen sich Designermöbel verbargen, ebenfalls. Er hatte genug davon.

Wirklich schade, dass Liana ihren freien Vormittag hatte. Am liebsten hätte er sie jetzt schon angewiesen loszulegen. Andererseits war er froh um jeden ihrer freien Tage, denn so locker saß das Geld nicht mehr. Es hatte in letzter Zeit einige Schwierigkeiten gegeben, und er hatte hohe Ausgaben gehabt. Nathalie kümmerte das allerdings nicht. Nein, sie wusste es gar nicht. Sie sah nur das Offensichtliche: die Partys, die Wochenendausflüge, die exklusiven Urlaube, die Besuche bei Partnern, zu denen sie ihn begleitete und für die sie sich stets neu einkleidete. Er musste sagen, sie hatte ihren Wert – ein wahres *trophy wife*: hübsch, charmant und nicht dumm. Aber sie wusste nicht, was es ihn gekostet hatte, Partner zu werden.

Er musste wieder an Spiekeroog denken, dass er lange nicht mehr da gewesen war, und an das Erbe. Was hatte sich Hilde nur dabei gedacht, ihn einfach zu übergehen? Er fragte sich, was genau in ihrem Testament stand. Er musste es unbedingt so bald wie möglich sehen, schwarz auf weiß.

Zurück in der Küche räumte er die Gläser in die Spülmaschine. Auch hier sah alles aus wie aus dem Katalog – auf Hochglanz poliert und nicht so, als ob hier tatsächlich jemand lebte. Manchmal hatte er den Eindruck, dass Tessa während ihrer Anwesenheit absichtlich überall Dreck hinterlassen hatte: hier einen Glasabdruck, dort ein paar Schokoladenkrümel oder eine angebrochene Tüte Chips.

Florian stützte sich einen Moment auf die Kücheninsel und atmete tief durch. Da war so viel, um das er sich kümmern musste. So viel, das ihn umtrieb und für das er jetzt vielleicht eine Lösung gefunden hatte. Er beschloss, zuerst das Pflegeheim anzurufen, in dem Hilde vor ihrem Tod untergebracht gewesen war. Das wusste er immerhin. Er würde herausfinden, unter welchen Umständen Hilde tatsächlich gestorben war und wen sie zuletzt gesprochen hatte. Und weshalb der Notar nicht ihn, sondern seine Frau über ihren Tod unterrichtet hatte.

Wenig später hatte er auch schon die richtige Person am Apparat und machte Dampf. Am Telefon war er gut.

Wahrscheinlich könnte ich in der Antarktis Kühlschränke verkaufen …

Er hätte fast laut über seinen Witz gelacht, während der Leiter der Pflegeeinrichtung Entschuldigungen stammelte.

»Ihre ... Ihre Tante hatte eine schwere Lungenentzündung, das überleben viele Menschen in ihrem Alter nicht. Sie hat, als sie hier einzog, leider nur zwei Adressen angegeben, die informiert werden sollten im Falle ihres Todes, eine auf Spiekeroog und die eines Notars.«

»Meine Tante war dement, oder bin ich da falsch informiert?«

»Ich ...«

»Eine Ihrer Mitarbeiterinnen hat mir das jedenfalls so vermittelt.«

»In unseren Unterlagen ...«

»Ich würde ja denken, dass eine Mitarbeiterin, die täglich mit jemandem zu tun hat, einen besseren Eindruck gewinnt als jemand – fühlen Sie sich bitte nicht angegriffen –, der die ganze Sache nur verwaltet. Nichts für ungut, aber ich arbeite auch vom Schreibtisch aus. Ich weiß, wie das ist.«

Nächster Treffer, versenkt.

Er fühlte sich zunehmend besser. Weitere zehn Minuten später hatte er alles, was er wissen wollte.

Nathalie kam von der Terrasse in einem der niedlichen Kleidchen, die er ihr kürzlich gekauft hatte. Immerhin sah sie gut aus in den Klamotten, die von seinem hart erwirtschafteten Geld bezahlt worden waren.

»Wer war denn dran?«

»Ich hab mit Tessa gesprochen und dann mit dem Pflegeheim, in dem meine Tante zuletzt gewohnt hat.«

Er sah ihr an, dass sie sich besinnen musste.

»Okay, was ist mit ihr?«

Nathalie stand inzwischen vor der geöffneten Kühlschranktür und betrachtete sinnend den Inhalt. Liana sorgte stets für ein paar gesunde Snacks und eine gekühlte Flasche Prosecco.

»Sie ist gestorben.«

»Ach ja?« Sie hob den Kopf und schaute zu ihm herüber. »Und warum musstest du da telefonieren? Musst du irgendwas organisieren?«

»Tja ... Das kann man wohl so sagen ...« Er lehnte sich rücklings gegen die Kücheninsel und versuchte, die Schultern breiter wirken zu lassen, als wäre er bereit, einen Kampf aufzunehmen. »Anscheinend hat meine Tante meiner Ex was vererbt.«

Maike wartete ungeduldig auf Tessas Anruf. Oder sollte sie versuchen, sie zu erreichen? Es war erst elf Uhr, da konnte man allerdings nicht sicher sein, ob ein Teenie schon wach war. Immerhin waren Ferien. Aber sie musste auch wissen, ob ihre chaotische Tochter die gestrige SMS gelesen hatte und somit wusste, wann und wo sie abfahren und ankommen würde.

Als ihr Handy klingelte und sie Tessas Nummer sah, schlug ihr Herz für einen Moment schneller. Trotz aller Schwierigkeiten der letzten Monate freute sie sich sehr auf ihre Tochter. Vielleicht hatten sie hier auf der Insel Zeit, sich wieder ein bisschen näherzukommen. Zwei Wochen – so lange wollte Tessa bleiben – würden zwar wahrscheinlich kaum genug sein, aber es war ein Anfang.

»Hallo, Tessa! Ich hab deinen Anruf schon erwartet. Hast du meine SMS bekommen?«

»Hi, Mum!«

»Und?«

»Klar hab ich sie bekommen.«

»Traust du dir das auch wirklich zu? Das Umsteigen in den Bus und dann auf die Fähre, so ganz allein?«

»O Mann, Mum!« Maike hörte Tessas genervte Stimme. »Ich bin kein Baby mehr. Ich fahr seit einer Ewigkeit allein nach Berlin, da krieg ich das ja wohl auch hin. Rita hat mir das Geld für die Tickets übrigens geschenkt.«

»Wie nett von ihr.« Maike schluckte leise. »Okay, Tessa, ich geb mir Mühe, nicht mehr ständig so besorgt zu sein. Du bist kein kleines Mädchen mehr, ich weiß.«

»Dann behandel mich auch nicht so.«

Maike wusste, dass sie vorsichtig sein musste mit dem, was sie als Nächstes sagte. Nur ein paar falsche Worte, und sie bewegten sich bereits auf brüchigem Eis. Das musste definitiv besser werden. Vielleicht würde sich ja die Gelegenheit ergeben, mal darüber zu reden, wenn sie gemeinsam ein paar Tage hier oben verbrachten. Sie räusperte sich.

»Erzählst du mir ein bisschen von Berlin, wenn du hier bist?«

»Wenn's sein muss.« Tessa seufzte. »Die Wohnung ist schon mal echt groß«, fügte sie dann hinzu. »Es ist ein Loft!« Das Wort »Loft« sprach sie betont affektiert aus.

»Und dein Zimmer?«

»Geleckt wie auf Instagram. Hab erst mal alles umdekoriert.«

Leises Lachen begleitete die Stimme ihrer Tochter. Irgendwie freute sie sich darüber – ganz besonders aber über ihren Kommentar zum Zimmer.

»Was heißt das?«

»Ich hab den größten Teil der Schickimickitapete mit Postern und meinen Zeichnungen zugehängt. Sieht vielleicht doof aus, aber auf jeden Fall nicht schlechter als vorher. Die ganze Deko hab ich rausgeschmissen. Nathalie war entsetzt.« Tessa lachte. »Das war die Hauptsache. Sie hat das Zimmer nämlich eingerichtet. Sie hat die ganze Wohnung eingerichtet und kommt sich wie sonst wer vor. Dabei hat sie gar keine eigenen Ideen und kein bisschen Geschmack.«

Maike kam sich gemein vor, freute sich aber diebisch. Natürlich beherrschte sie sich. Sie war hier die Erwachsene. Sie musste sich entsprechend benehmen.

»Nathalie wollte dir sicher eine Freude machen.«

»Quatsch, Mum! Nathalie will, dass alles so ist, wie sie es mag. Da bin ich nur ein weiteres Accessoire. Die will niemandem eine Freude machen.« Manchmal erstaunte es Maike doch, wie klarsichtig ihre Tochter war. Sie war tatsächlich groß geworden. »Und wie ist es inzwischen so auf Spiekeroog? Weiterhin gut?«, fragte Tessa.

Maike atmete tief durch. Sie musste nicht lange überlegen. »Es ist wunderbar. Es fühlte sich eigentlich sofort an, als wäre ich kürzlich noch da gewesen. Alles war so vertraut, als würde man heimkommen. Das hätte ich nicht gedacht.« Sie hielt kurz inne, dann fügte sie hinzu: »Ich hoffe, es geht dir auch so.«

»Na ja, ich war nicht so oft dort wie du. Ich erinnere mich wahrscheinlich an nicht mehr so viel«, gab Tessa nüchtern zurück.

»Hm, wir werden sehen … Ich finde einfach, diese Insel hat ihren ganz eigenen Zauber. Ich mache dir jedenfalls unser altes Zimmer in Hildes Haus bereit, du weißt ja, das Gästezimmer im Erdgeschoss. Dann kannst du dich zurückziehen, wann du willst, und wir hocken uns nicht dauernd auf der Pelle. Im Vorderhaus sind nur noch zwei Ferienwohnungen, stell dir vor, unten ist jetzt ein Laden. Sie bieten Töpferwaren an, ganz schöne Sachen eigentlich, aber auch verschiedene andere Dinge. Meine Güte, ich bin wirklich gespannt, wie es dir gefällt. Du bist ja auch recht kreativ. Du wirst die Künstlerin kennenlernen.«

»Jaja, Mum.«

Tessa machte ein Geräusch, als ob sie überlegen würde, was sie noch sagen wollte.

»Ist noch was?«, hakte Maike nach.

»Na ja ... Eigentlich hab ich auch wegen Dad angerufen. Wir haben nämlich heute telefoniert.«

»Aha, und was wollte er?«

»Wissen, wie es mir geht. Hat er gesagt. Und dann hat er gefragt, wo du bist, und als ich sagte, auf Spiekeroog, da hatte ich den Eindruck, er wird neugierig ... Er wollte wissen, was genau du da machst.«

»Eigentlich wusste er das schon.« Maike schwieg einen Moment. »Danke jedenfalls, dass du mich gewarnt hast.«

Ja, doch, warnen war das richtige Wort. »Dann bis morgen, Mum!«

»Bis morgen, ich freu mich auf dich.«

Sie beendeten gleichzeitig das Gespräch. Maike entschied, rasch noch einmal Tessas Zimmer in Augenschein zu nehmen. Sie würde das Bett frisch beziehen, gründlich abstauben und saugen, es ein bisschen wohnlicher machen. Vielleicht sogar die Gardinen waschen. Und den alten Kram wegwerfen, der überall rumstand. Nicht die Erinnerungsstücke, die nicht, aber alles andere, von dem sie wusste, dass Tessa darüber nur die Augen rollen würde.

Sie lief nach unten und machte sich voller Elan an die Arbeit. Sie war nahezu fertig, da ließ Jariks Stimme sie zusammenfahren. Dieses Mal stand er plötzlich am Ende des Flurs und spähte durch die Terrassentür, die nie abgeschlossen wurde.

»Wie lange bist du schon da?«, fragte sie überrascht.

»Nicht lange. Ich hab geklopft, aber du hast es wohl nicht gehört. Ich wollte wissen, ob du mich vielleicht später zur Fähre begleitest. Nils wird Zeit mit seiner Mutter verbringen, und ich bringe ihn hin. Wie lange er bleiben will, weiß er noch nicht. Ich lasse mich also wie immer überraschen.« Er lächelte verschmitzt. »Du läufst doch gerne, und ich ... Ich vermisse dich.«

Er hatte sie vermisst ... Dabei hatten sie sich am Abend zuvor noch bis Mitternacht auf ihrer Terrasse unterhalten.

»Ja, warum nicht?«

War sie rot geworden?

Bitte nicht!

»Meine Tochter kommt morgen«, sagte sie schnell, um an etwas anderes zu denken.

»Schön.« Es klang ehrlich. »Dann lerne ich sie auch gleich kennen.«

Auf einmal stand Nils hinter Jarik. Ganz plötzlich. Vater und Sohn konnten das offenbar beide. Sie überraschen. Nils sagte nichts.

»Wenn du Zeit hast, kannst du noch schnell einen Blick in unsere Büroecke werfen?«, fragte Jarik.

»Ist gut«, sagte sie.

Sie liefen gemeinsam zum Vorderhaus. Nils verzog sich wortlos. Jarik führte sie in die Werkstatt. Die sogenannte Büroecke befand sich hinter einer Trennwand, die ihr beim ersten Mal nicht aufgefallen war, hier sah es tatsächlich so chaotisch aus, wie er ihr schon angekündigt hatte. Jarik lächelte entschuldigend.

»Das sieht nach Arbeit aus«, stellte sie trocken fest.

Sie ging an den Tisch, sah Rechnungen, eine Liste mit Erledigungen, die getätigt werden mussten, Buchhaltungsakten, Stapel von Papieren, die darauf warteten, sortiert und abgeheftet zu werden. Nein, es ließ sich keine Ordnung feststellen.

»Hilde hat uns wie gesagt unterstützt, das weißt du ja, sie hat uns diese ehemalige Ferienwohnung zur Verfügung gestellt. Ich hoffe, in ein paar Monaten fängt der Laden an, sich selbst zu tragen. Wir verkaufen bereits einiges aufs Festland und versuchen außerdem, uns einen festen Kundenstamm zu erarbeiten. Von den Hotels und so, weißt du ja schon.«

»Das ist schön.« Maike deutete auf eine dicke Akte. »Sind das die Steuerunterlagen?«

»Wir sind vielleicht etwas in Verzug.«

»Gut.« Sie schaute sich noch einen Moment länger um.

»Also, was denkst du?«, fragte Jarik vorsichtig.

»Ich denke, ich werde eine Kollegin aus der Firma um Rat bitten.«

»Das klingt erwachsen«, sagte er ernst.

Sie musste auf einmal daran denken, dass sie sich geküsst hatten und dass sich da etwas zwischen ihnen entwickelte. Aber wollte sie Teil dieses Geschäftes sein? Sie musste jedenfalls einige Dinge klären, und bevor sie die Bücher nicht gesehen hatte, würde sie keine weitgehenden Entscheidungen treffen. Dazu war sie zu sehr Buchhalterin. Als sie den Blick hob, bemerkte sie, dass Jarik sie forschend ansah: »Famke hat es nicht so mit Zahlen, wie du sicher schon ahnst.«

Sie lächelte. »Das ist schon okay.« Sie sehnte sich nach einem Kuss von ihm, machte einen Schritt auf ihn zu, fühlte im nächsten Moment seine Hand an ihrer Hüfte. »Weißt du, ich vermisse dich auch, wenn du nicht in meiner Nähe bist.«

»Ich bin doch hier.« Er grinste sie an.

»Du weißt schon«, gab sie zurück.

»Ja, ich weiß.« Er hörte gar nicht mehr auf zu grinsen. »Was hältst du davon, mit uns zu essen, bevor wir Nils wegbringen? Famke hat Kartoffeln gekocht, und ich hab Matjes besorgt.«

Maike nahm wahr, wie sehr Famke sich dieses Mal bemühte, freundlich dreinzublicken, aber es war immer noch viel Ungesagtes zwischen ihnen. Offenbar war sie auch nicht zufrieden damit, dass Jarik ihr die Büroecke gezeigt hatte, ohne sie einzubeziehen. Maike beschloss, nicht darauf einzugehen und zuerst einmal auf sicherem Terrain zu bleiben.

»Hm, lecker«, lobte sie das Essen. Natürlich war das übertrieben.

Famke schien das gleich zu spüren. »Kartoffeln kochen und Matjes in Sahnesauce dazu anbieten, die man noch nicht mal selbst besorgt hat, ist echt keine Herausforderung, weißt du?«, ätzte sie.

»Famke, gib ihr doch endlich einmal eine Chance. Das war ein Lob, kein Angriff«, blaffte Jarik.

Zu Maikes Überraschung blickte Famke im nächsten Moment tatsächlich betreten drein.

»Tut mir leid«, brach es dann aus ihr hervor. »Ich weiß einfach nicht, was mit mir los ist.« Sie streckte ihr unvermittelt die Hand hin. Maike zögerte einen winzigen Moment, unsicher über die plötzliche Wandlung, bevor sie diese ergriff. Sie war sich nicht ganz sicher, was daraus wurde. Famke lächelte sie an, auch wenn es ihr sichtlich schwerfiel. »Also, ich bin Famke, ich bin Künstlerin und betreibe gemeinsam mit meinem besten Freund einen kleinen Laden auf Spiekeroog, das Strandfliederhaus. Früher war Hilde an meiner Seite. Sie hat mich unterstützt, wo sie konnte, auch moralisch. Sie hat mich ermutigt, mich selbstständig zu machen. Meine Eltern waren von Anfang an dagegen. Ich kann sie noch hören, als wäre es gestern gewesen. ›Famke‹«, ihr Tonfall veränderte sich, sie machte jemanden nach, »›denkst du, nachdem wir dir das teure Internat finanziert haben und das Studium, geben wir dir jetzt auch noch einen Zuschuss für dein Pleiteprojekt? Zieh es durch, wenn du das willst. Von uns gibt es jedenfalls keinen Cent.‹ Selbstständigkeit in einem künstlerischen Beruf ist in ihren Augen viel zu unsicher, weißt du, davon halten sie nichts. Sie haben sich außerdem was anderes für mich vorgestellt, eigentlich ein Wunder, dass sie mich überhaupt haben studieren lassen. Vielleicht war ich deshalb auch so enttäuscht. Aber Hilde war ja da. Sie hat mich aufwachsen sehen und war interessiert an meinem Werdegang, nachdem wir uns nähergekommen sind, sie war ja selbst sehr kreativ. Jetzt, wo sie nicht mehr da ist, fühle ich mich allein gelassen, und das macht mir Angst. Außerdem sind Ordnung, Bürokratie und Buchhaltung meine Sache nicht. Jarik ist da besser, auch wenn er anderes behauptet, aber ihm fehlt dafür die Zeit. Leider.«

Famke machte eine kleine Bewegung, als wollte sie sich verbeugen. Maike warf Jarik einen Seitenblick zu, der setzte ein Pokerface auf. So, Ordnung, Bürokratie und Buchhaltung waren ihre Sache also nicht. Würden die beiden es zulassen, dass sie die Sache vorerst übernahm? Wollte sie das? Sie fragte sich, wie lange Jarik wohl auf Famke eingeredet hatte, um das hier zu erreichen, aber eigentlich sah Famke so aus, als ob sie es ernst meinte. Okay, sie musste es wohl darauf ankommen lassen.

Nils tauchte kurz am Fenster auf und verschwand wieder. Er hatte schon früher Hunger gehabt und gegessen. Ob er sich mit Freunden traf? Sie hatte ihn immer nur mit seinem Vater gesehen.

Maike räusperte sich. »Wie seid ihr und Hilde eigentlich anfangs zusammengekommen?«, fragte sie dann.

Jarik und Famke sahen sich an. »Du zuerst«, sagten beide fast gleichzeitig.

»Ich weiß gar nicht so genau«, begann Famke. »Natürlich begegneten wir uns ständig. Auf Spiekeroog kennt ja jeder jeden. Alle sind aufeinander angewiesen und helfen sich gegenseitig. Jarik ist zum Beispiel so einer, der zwischendrin kleine Jobs erledigt. Eigentlich ist er Bootsbauer, nur im Moment hilft er mir. Irgendwann hat Jarik sie jedenfalls getroffen, als sie einen Aushang machte. Sie suchte damals jemanden, der ihre Ferienwohnungen auf Vordermann bringt. Genauer gesagt wollte sie sie besonders schön herrichten, die Bäder renovieren, Parkett legen. Jarik hat ihr spontan seine Hilfe angeboten.«

»Du bist Bootsbauer?«, richtete sich Maike an Jarik.

»Ja, ich hab sogar Schiffbau studiert, doch der verlagert sich immer mehr nach Asien. Hin und wieder übernehme ich Projekte als Bootsbauer, im Grunde liegt mir aber alles Handwerkliche. Na ja, dieses Treffen mit Hilde war wohl tatsächlich der Anfang ...«

»Und dann hat er von mir erzählt und von meinen Plänen, mich selbstständig zu machen«, fuhr Famke fort, »dass ich ein Ladenlokal auf der Insel suche ... Es hat uns so gutgetan, wie unkompliziert Hilde gleich darauf einging und uns kurzerhand das Erdgeschoss hier im Haus anbot.«

Maike warf Jarik einen neugierigen Blick zu. »Die Einrichtung und den Umbau und die Renovierung der Ferienwohnungen oben hast du dann also gemacht?«

Zumindest die kleinere der beiden Wohnungen hatte sie schließlich bereits anschauen können, und sie hatte ihr gut gefallen.

»Habe ich, nach Famkes Entwürfen. Famke hat auch für die Details gesorgt: die Bilder ausgesucht und aufgehängt, die Kacheln entworfen und gebrannt.« Er schaute Famke an. »Das haben wir ganz gut hingekriegt, was?«

»Hilde hat es gefallen. Sie hat mir auch vorgeschlagen, aus der ehemaligen Küche im Erdgeschoss eine Werkstatt zu machen, damit ich gleich hier arbeiten kann«, erzählte Famke. »Zu Weihnachten hat Hilde mir den großen Brennofen geschenkt, weil der kleinere, den ich schon hatte, nicht mehr reichte.«

Maike sah einen Augenblick lang in die Ferne. »Sie war immer sehr großzügig«, erinnerte sie sich nachdenklich. »Sie hat meinen Mann Florian während des Studiums unterstützt und uns etliche kleine Reisen ermöglicht. Außerdem natürlich die Aufenthalte auf der Insel. Nie wollte sie Geld dafür. Florian ist übrigens ihr Neffe. Ich bin gar nicht direkt verwandt mit ihr.«

»Hilde war wirklich immer da, wenn man sie brauchte«, sagte Famke dann. »Ich vermisse sie so sehr.«

Ihre Stimme klang ehrlich, und zum ersten Mal fühlte Maike sich, als könnte sie ihr wirklich vertrauen.

»Ich vermisse sie auch«, pflichtete sie ihr bei. »Sehr sogar. Manchmal stelle ich mir immer noch vor, die Tür geht auf, und sie kommt einfach herein, und es ist alles, wie es immer war ...« Sie hielt inne. »Nichts gegen euch natürlich. So hab ich das nicht gemeint.«

»Ich glaube, wir verstehen das«, sagte Jarik.

Famke lachte. Es war ein schönes Lachen.

Einen Moment aßen sie schweigend weiter, dann blickte Maike wieder auf. »Ich hab's ja schon gesagt, aber es ist so toll, was du mit deinen Händen und deiner Vorstellungskraft machst, Famke. Ich wünschte, ich könnte so etwas auch.«

»Was machst du denn eigentlich?«, fragte Famke und steckte sich ein Stück Kartoffel in den Mund.

»Ich bin Büroleiterin in einer großen Anwaltskanzlei und angeblich ein Organisationsass. Sollte das hier also noch fehlen ... Vorher habe ich Jura studiert. Na ja, bis zum Ersten Staatsexamen.«

»Klingt spannend«, sagte Jarik höflich.

Famke dagegen verzog das Gesicht. »Ist das nicht total langweilig?«

Maike wollte das nicht auf sich sitzen lassen. »Das Jurastudium teilweise ja. Die Arbeit in der Kanzlei hat dagegen wirklich ihre spannenden Momente. Wir agieren zum Beispiel weltweit. Ich habe bereits viele interessante Menschen kennengelernt.«

Famke zuckte entschuldigend mit den Schultern. »Na dann.«

Sie klang nicht überzeugt.

»Ich könnte eure Papiere in Ordnung bringen und bei der Steuer helfen.«

»Hab ich's nicht gesagt?«, ließ sich Jarik hören. »Ich kann mir gut vorstellen, dass Maike unsere Buchhaltung übernimmt, oder, Famke? Und die Steuer, die ist einfach ein Horror.«

»Ist vielleicht keine schlechte Idee.« Famke warf Maike einen vorsichtigen Blick zu. Dann schaute sie wieder Jarik an. »Meinst du, wir sollen echt dieses Jahr schon Hilfe annehmen?«

»Ja, das meine ich. Es hilft doch nicht, jedes Mal, wenn es um den Schriftkram geht, die Augen zu verschließen. Das gibt Stress und ist auf Dauer ohnehin unmöglich. Das Geschäft entwickelt sich immer besser, wir haben Aufträge von etlichen Läden an der Festlandküste. Ich verhandle mit Hotels. Es wird kein Millionenunternehmen, aber ...«

»Du hast ja recht ... Was den Papierkram angeht, würde ich aber am liebsten den Kopf in den Sand stecken.« Famke blickte kurz hilflos drein. »Wie der Vogel Strauß.«

»Ich helfe euch gerne«, ließ sich Maike hören.

»Meinst du? Du hast einen Blick in unser ›Büro‹ geworfen? Willst du dich wirklich unglücklich machen?«

Maike lachte auf. »Glaubt mir, ich hab schon viel Schlimmeres gesehen.«

Dann mussten sie alle lachen. In ungewohnt heiterer Stimmung beendeten sie ihr Essen. Kurz darauf nahm Jarik Nils' Rucksack und rief seinen Sohn. Zu dritt machten sie sich auf den Weg zum Hafen.

Sie erreichten gerade die Stelle, an der der Weg zum Hafen hin anstieg, als Jarik Maike vorsichtig den Arm um die Taille legte. Sie genoss seine Berührung. Ein Windstoß wirbelte ihr Haar durcheinander. Sie küssten sich verstohlen, als Nils vorauslief. Etwas später passierten sie die Stelle, von der aus man zum ersten Mal den Hafen und die Menge der Wartenden überblicken konnte. Maike hielt Jariks Arm fest. Sie wollte sich nicht verstecken. Er offenbar auch nicht, denn er wehrte ihre Berührung nicht ab.

Im Hafen angekommen ging es schnell, als einer der Letzten ging Jarik hinter seinem Sohn an Bord. Sie winkten sich noch einmal zu. Maike schaute, wie sich das Schiff langsam entfernte. Jarik wollte so schnell wie möglich zurückkommen. Sie hoffte, dass ihm das gelang. Sie ließ sich Zeit, bevor sie den Hafen verließ, machte dann einen ausgiebigen Spaziergang und aß ein Eis in der Bunten Kuh. Auf dem Rückweg kaufte sie ein paar Kleinigkeiten im Supermarkt fürs Wochenende.

In der Wohnung angekommen, verstaute sie alles, räumte das Putzzeug weg, das noch im Gästezimmer stand, und setzte sich dann auf die Terrasse in die Abendsonne. Ein vielleicht anderthalbjähriges Kind tapste durch den Garten auf sie zu und sah neugierig durch die Sanddornsträucher, gefolgt von den Rufen seiner Mutter. Die junge Frau entschuldigte sich wortreich.

»Kein Problem«, gab Maike zurück. »Ist mit Ihrer Wohnung alles in Ordnung? Gefällt sie Ihnen?«

»Danke, es ist wunderbar.«

Maike kam ein spontaner Einfall. »Ich würde morgen gern einen Kuchen backen, aber für mich und meine Tochter, die zu Besuch kommt, lohnt sich das kaum. Würden Sie mir etwas abnehmen?«

»Gerne.« Die Frau lachte erfreut.

Maike erwiderte ihr Lachen. »Dann bringe ich Ihnen ein paar Stücke vorbei.«

ZEHNTES KAPITEL

Maike schlief länger am nächsten Morgen. Irgendwie war es, als müsste sich ihr Körper von zurückliegenden Strapazen erholen. Nachdem sie sich geduscht, angezogen und ihre erste Tasse Kaffee getrunken hatte, rief sie die Kollegin an, die sich in ihrer Kanzlei um die Steuer kümmerte. Sie wusste, dass sie oft auch samstags vormittags an ihrem Arbeitsplatz war. Tatsächlich erreichte sie sie, und sie versprach schnelle Hilfe. Dann rührte sie den Teig für Tessas Lieblingskuchen an. Doch, sie wollte, dass alles perfekt war. Tessa sollte sich willkommen fühlen. Sie stand gerade mit der Teigschüssel im Arm vor der Balkontür und beobachtete die Möwen, die laut kreischend ihre Runden zogen, als ihr Handy klingelte. Eilig wusch sie sich die Hände. Das Klingeln hörte auf, fing aber gleich darauf wieder an. Das Display zeigte Florians Namen, und sie nahm das Gespräch an.

»Sag mal, wann hattest du vor, dich endlich mal zu melden bei mir? Glaubst du echt, dass ich mir das bieten lasse?«

Jetzt ging es also um die Erbschaft ... Sie hatte schon auf den Anruf gewartet.

»Florian, schön, von dir zu hören ...« Er sagte nichts, doch sein Schweigen war beredt. Maike wartete noch einen Moment. »Also, was gibt's?«, fragte sie dann.

Es war eine hilflose Frage, eine, um Zeit zu schinden. Sie wussten beide, weshalb er anrief.

»Es ist ganz unmöglich, dass meine Tante dir ihr Anwesen hinterlassen hat. Ich würde wirklich gerne mal das Testament sehen, meine Liebe.«

»Ganz unmöglich?«, brachte sie, so ruhig sie konnte, hervor.

Sie starrte die Teigschüssel auf dem Tisch an. Der Teig roch verführerisch, doch ihr schnürte es mit einem Mal den Magen zusammen. Florian machte dieses ihr so vertraute Geräusch, das sich schlecht beschreiben ließ, das aber immer Unmut ausdrückte.

»Also, raus mit der Sprache! Wann hast du vor, mir das Testament zu zeigen? Oder sollen wir uns hier auf deine Aussagen verlassen?«

»Ich habe einen Brief von Hilde. Da steht drin ...« Sie merkte, wie Wut in ihr hochkroch.

»Einen Brief?«, unterbrach er sie. »Kein Testament also? Gab es Zeugen? Ist das etwas Offizielles, vom Notar beglaubigt? Können wir davon ausgehen, dass das Hildes Wunsch war, was darin steht? Vielleicht hast du ja nachgeholfen, als sie den Brief geschrieben hat ...« Maike war so entsetzt über diesen letzten Vorwurf, dass ihr kurz die Luft wegblieb. Was erzählte er denn da? Wie konnte er nur so etwas sagen? Sie waren einmal ein Paar gewesen, verheiratet, sie hatten eine gemeinsame Tochter. Er konnte doch nicht davon ausgehen, dass sie ihn solcherart hinterging. »Na, bist du jetzt sprachlos? Hast du etwa gedacht, ich lass mich bescheißen?«

»Ich werde dir das Testament zeigen.« Ihre Stimme fühlte sich rau an, der Mund staubtrocken.

»Das will ich schwer hoffen. Was sagt denn der Notar? Hat er eine Kopie? Ohne ein Testament, das alle Bedingungen erfüllt, hast du Anrecht auf gar nichts, das sage ich dir. Gott sei Dank gibt es Gesetze.« Florian klang sehr überzeugt von sich. Maike bemerkte, wie sich ihre Unruhe steigerte, zugleich nahm die Wut zu. Himmel, sie durfte sich von Florian nicht aus dem Konzept bringen lassen. Das hatte er schon so oft versucht. Hilde hatte in ihrem Schreiben eindeutig formuliert, dass sie ihr das Grundstück und die beiden Häuser auf Spiekeroog hinterließ. Daran gab es doch eigentlich keinen Zweifel. Und in diesem Brief stand auch, dass es ein Testament gab. Florian räusperte sich. »Also, um es kurz zu machen, ich werde mir einen Rechtsanwalt nehmen, und dann verlangen wir zuerst einmal die Vorlage des Testaments. Wenn es denn tatsächlich eins gibt.«

»Natürlich.«

Maike war erstaunt, sich diese Antwort geben zu hören. Eigentlich hatte sie ja keine Ahnung, ob überhaupt ein Testament existierte.

Florian schien für einen Moment irritiert, denn es dauerte etwas, bis er reagierte. »Es gibt also ein ordnungsgemäßes Testament?«

»Klar gibt es eins«, beharrte sie.

Wieder überraschte sie sich selbst. Sie war niemand, der leicht log oder die ganze Wahrheit vorenthielt wie in diesem Fall. Sie spürte, wie sie errötete, aber das konnte Florian ja nicht sehen am Handy.

»Dann bin ich wirklich gespannt, meine Liebe.«

Florians Stimme klang zuckersüß.

Sie überlegte fieberhaft, was sie als Nächstes sagen sollte.

»Nun, dann sehen wir uns wohl bald«, erwiderte sie endlich. »Mach's gut bis dahin.«

Florian schnaubte, sagte aber nichts mehr. Fast gleichzeitig beendeten sie das Gespräch. Sie hielt das Handy noch kurz fest, legte es dann neben sich und lehnte sich rücklings an den Küchentisch. Atmete tief ein und aus.

Verdammt, was mache ich jetzt?

Sie überlegte. Dann entschied sie, erst mal den Kuchenteig in die Form zu füllen und diese in den Ofen zu schieben. Bald erfüllte der Duft nach Schokolade und Gebackenem Hildes Häuschen. Nach einer guten Stunde war der Kuchen fertig. Maike ließ ihn auf dem Rost auskühlen, während sie sich einen weiteren Kaffee machte, mit dem sie sich auf den Balkon setzte. Von der großen Wiese her hörte sie das Jauchzen der Kinder. Nachdem der Kuchen ausreichend abgekühlt war, brachte sie die Hälfte zu der Familie.

Immer wieder drehten sich dieselben Gedanken in ihrem Kopf. Wo war das Testament? Was sollte sie tun, wenn Florian einen Rechtsanwalt engagierte? Und das würde er tun, da konnte sie sicher sein.

Am frühen Nachmittag kam Famke überraschend herüber. Immerhin hatte sich die Lage an dieser Front entspannt, aber Maike wollte auch hier einen Schritt nach dem anderen gehen. Sie bot Famke einen Tee an und schnitt zwei Stücke Kuchen ab. Famke erzählte ein bisschen von ihrem Studium, vom Laden und ihren Ideen. Maike versprach, ihr beim Entwurf einer Website zu helfen.

»Und dann sollte ich mir wirklich bald die Bücher ansehen«, setzte sie hinzu.

»Kann sein, dass du eine Menge Fragen hast.«

»Okay.« Sie versuchte, zuversichtlich zu klingen, schenkte ihnen beiden Tee nach. Famke gab Kandis und Sahne hinzu. Maike tat es ihr gleich. Sie erzählte davon, dass ihre Tochter gegen Abend kommen würde. Vielleicht würden Jarik und sie ja auf demselben Schiff fahren.

»Wie heißt sie, und wie alt ist sie?«

»Tessa ist fünfzehn.«

Famke lächelte. »War ein schwieriges Alter bei mir.«

»Bei ihr ist es das auch. Sie wollte gerade zu ihrem Vater nach Berlin umziehen. Jetzt hat sie sich kurzfristig doch anders entschieden.«

»Es muss trotzdem schön sein, ein Kind zu haben.«

Maike nickte. Ja, es war wunderbar, ein Kind zu haben, aber es war auch anstrengend. Es bedeutete Auseinandersetzungen. Es bedeutete, sich und anderen Grenzen zu setzen, immer und immer wieder.

Sie dachte an Jarik und dass sie ihn vermisste, sobald sie nicht zusammen waren. Sie stellte sich seine dunklen Augen vor, das hellbraune Haar, die sonnengebräunte Haut, die muskulösen Arme ... Sie hörte ein Klirren. Famke spielte mit ihrem Löffel.

»Jarik und du, ihr habt euch in der Schule kennengelernt?«

Sie hatten bereits kurz darüber geredet. Sie wollte gerne mehr erfahren.

»Ja.« Famke lächelte. »Als er sein FSJ dort gemacht hat. Ich bin ja viel jünger als er und hab für ihn geschwärmt, später, als ich älter war, wurden wir aber die besten Freunde. Wir haben uns nie aus den Augen verloren. Er ist jemand, der einem Mut machen kann, ein Fels in der Brandung. Auf ihn kann man sich immer verlassen.« Sie machte eine Handbewegung in die Richtung, in der sich der Laden befand. »Er machte mir wie Hilde Mut, dass ich das mit dem Laden versuchen soll.« Famke sah sehr nachdenklich aus. »Hilde hab ich so viel zu verdanken ... Sie sagte immer, dass sie keine Kinder habe und dass sie ihr Geld kaum mit ins Grab nehmen wolle.«

Ja, so war Hilde, dachte Maike, sie war immer für andere da. Einen kurzen Moment sah sie Hilde und sich selbst am Strand, sah Hilde, wie sie mit Tessa Fangen spielte, als wäre sie nicht schon achtzig Jahre alt. Nach der Trennung hatte Florian versucht, einen Keil zwischen sie zu schieben. Hatte er geahnt, dass es mal ums Erbe gehen würde? Die letzten Gespräche mit Hilde hatten allerdings gezeigt, dass es ihm nicht gelingen würde, ihre Beziehung zu zerstören. Dennoch ...

Warum hab ich mich nur nicht gemeldet? Jetzt ist es zu spät.

Immer und immer wieder kam ihr dieser Gedanke. Sie konnte sich einfach nicht davon freimachen, eine gewisse Schuld zu spüren.

Famke und sie schenkten sich noch einmal Tee nach. Wenig später musste Famke in die Werkstatt. Maike beschloss, sich Hildes persönlichen Sachen zu widmen. Sie musste sich schließlich darum kümmern, was mit ihnen geschah. Sie würde kaum alles behalten können.

Im Schlafzimmer öffnete sie die Türen des großen Schranks. Die Kleidung darin war übersichtlich und sorgfältig nach Farben geordnet. Hilde hatte eine Capsule Wardrobe ihr

Eigen genannt, bevor der Begriff allgemein bekannt geworden war. Maike schaute sich die einzelnen Pullover, Jacken und Kostüme an. Sie waren sämtlich von guter Qualität. Es dauerte nicht lange, bis sie das meiste aussortiert hatte. Sie würde Famke und Jarik fragen, ob die eine Idee hatten, an wen man die Kleidung weitergeben konnte. Einige Erinnerungsstücke behielt sie.

Als Nächstes nahm sie sich Hildes Schmuckkasten vor. Er war mit erlesenen Stücken gefüllt. Letztendlich stellte sie ihn zurück in den Schrank, ohne eine Entscheidung getroffen zu haben. Diese Dinge waren so persönlich. Sie konnte sie nicht einfach weggeben oder gar verkaufen. Blieb noch Hildes Sekretär – ihre Unterlagen würden ihr gewiss Klarheit über einiges verschaffen. Sie hatte die Hoffnung, das Testament zu finden, zudem noch nicht aufgegeben. Vielleicht entdeckte sie einen Hinweis bei den Papieren.

Bestimmt werde ich das. Und wenn nicht?

Auf dem Bett sitzend überkam sie erneut ein überraschend starkes Gefühl der Trauer. In diesem Augenblick hatte sie nicht damit gerechnet. Wird man mich von hier verjagen, das Strandfliederhaus schließen, alles verkaufen, wenn das Testament nicht auffindbar ist?, fragte sie sich.

Entschlossen straffte sie die Schultern und schaute auf die Uhr. Wie viel Zeit blieb ihr eigentlich noch, bis Tessa kam? Sie öffnete den Sekretär, nahm eine Mappe zur Hand, auf der *Privatausgaben* stand, und blätterte sie durch, wenig später kündigte ein Signalton eine Nachricht auf ihrem Handy an. Tessa schrieb, dass sie sich bereits im Bus befände und hoffte, in etwa anderthalb Stunden die letzte Fähre zu bekommen.

Kurz entschlossen räumte Maike Hildes Unterlagen zusammen. Dann beschloss sie, endlich mal ihr Badezeug zu packen und schwimmen zu gehen, bevor sie sich auf den Weg zum Hafen machen musste.

Tessa kam als eine der Letzten von Bord, tatsächlich gefolgt von Jarik. Maike schloss ihre Tochter in die Arme, dann stellte sie sie Jarik vor. Die beiden musterten sich. Während Jarik lächelte, verzog Tessa keine Miene.

»Hallo, Tessa! Nett, dich kennenzulernen. Hallo, Maike! Ich dachte schon auf der Fahrt, dass die junge Frau hier mich an jemanden erinnert.«

Er nickte Tessa ein zweites Mal zu. Ihre Tochter verharrte bewegungslos. Während Maike ein paar Worte mit Jarik tauschte, blieb sie dicht bei ihr stehen. In der Zeit, in der Nils mit seiner Mutter unterwegs war, wollte er sich einigen langwierigen Arbeiten rund um den Laden widmen und am kommenden Morgen früh beginnen.

»Jarik war mit Tante Hilde befreundet«, erklärte Maike Tessa schließlich.

Die ließ endlich ein knappes »Hi, Jarik!« hören.

Jarik störte sich nicht daran. Er schaute sich um. »In welchem Container ist dein Gepäck?«

Tessa nannte die Nummer, sie schaffte es, immer noch ablehnend auszusehen. Maike musste sich auf die Zunge beißen, um sie nicht für ihre Unfreundlichkeit zurechtzuweisen. Es ging darum, Geduld zu haben. Darum ging es.

Wenig später waren sie alle drei auf dem Weg zu Hildes Anwesen. Maike schlug vor, noch ein Eis zu essen. Tessa lehnte schneller ab, als sie die Idee ausgesprochen hatte. Offenbar konnte ihre Tochter es nicht erwarten, ans Ziel zu kommen. Zu Maikes Überraschung kümmerte sie sich selbst um ihr Gepäck, einen Koffer auf Rollen und einen Rucksack. Jariks Angebot, ihr zu helfen, hatte sie kurz angebunden abgelehnt. Sie ging recht schnell. Je näher sie dem Dorfrand kamen, desto mehr war Tessa ihnen voraus.

Maike suchte Jariks Blick. Der zuckte mit den Schultern.

Als das Vorderhaus in Sicht kam, verlangsamte Tessa ihren Schritt. Unvermittelt drehte sie sich um. »Es wird seltsam sein, dass Tante Hilde nicht mehr da ist«, sprach sie einen Gedanken aus, der Maike vor ihrem ersten Besuch auch gekommen war und über den sie schon gesprochen hatten.

Sie nickte. »Wir nehmen uns Zeit mit dem Ankommen, okay?«

Am Laden verabschiedete sich Jarik sehr aufgeräumt von ihnen und verschwand darin.

Tessa schaute ihm hinterher: »Magst du den?«, fragte sie und betrachtete dann die Auslagen des Strandfliederhauses näher.

Maike zuckte zusammen. »Ich ... Ich weiß nicht.« Tessa musterte sie und zog kurz die Augenbrauen hoch. Maike verstand. Natürlich wusste Tessa sehr genau, dass da etwas lief. Ihre Tochter war eine gute Beobachterin. Sie ging zu Hildes Häuschen voraus und öffnete. Tessa folgte ihr. Sie wandte sich ihr zu. »Vielleicht mag ich ihn«, sagte sie und registrierte, dass sich Tessas Lippen zu einem kaum merklichen Grinsen verzogen.

Wenig später standen sie im Flur. Tessa stellte ihren Koffer ab und lehnte den Rucksack an die Wand, nahm dann einige tiefe Atemzüge und schnupperte. Maike beobachtete sie. Ihre Tochter war ein Nasenmensch.

»Es riecht nach Tante Hilde«, sagte Tessa.

»Ja ...« Maike hielt inne. Der Gedanke kam ihr, dass dieser Geruch für sie schon verflogen war, während sie ihn anfangs auch so überdeutlich wahrgenommen hatte. »Bringst du die Sachen in das Gästezimmer? Hab's dir ein bisschen hergerichtet. Guck mal, ob du dich so wohlfühlst. Ich setz uns schon mal einen Tee auf. Nein, vielleicht mache ich mir einen Kaffee. Ich glaube, den brauche ich jetzt, obwohl es schon spät ist. Übrigens hab ich Kuchen gebacken. Möchtest du schon heute Abend ein Stück, oder verwahren wir ihn für morgen? Und Kaffee oder ...?«

»Tee«, antwortete Tessa, wie aus der Pistole geschossen, »Tante Hilde hatte immer so einen leckeren Sahnetee, weißt du noch? Gibt es den noch?«

»Ja, ich erinnere mich ... Ich schaue in ihren Vorräten nach. Ich meine, da war noch ein Päckchen. Kuchen aber auch, oder?«

»Klar.« Vielleicht hatte sie sich vorgestellt, dass sich ihre Tochter etwas erfreuter darüber zeigte, mit Kuchen empfangen zu werden. Vielleicht erwartete sie einfach zu viel. Sie wollte sich gerade abwenden, als Tessa ihren Arm berührte. »Ich bin froh, hier zu sein, Mum. Ich wusste erst nicht, was ich will, aber jetzt weiß ich es.«

Maike lächelte. Dann fragte sie: »Hat Papa sich eigentlich noch mal bei dir gemeldet?«

»Hey, Flo!«

Kaja gab ihm ein Küsschen auf die linke, eins auf die rechte Wange. Darin ist sie immer sehr geschickt gewesen, dachte er. Kaja küsste souverän, ohne dass es aufdringlich oder affektiert wirkte. Sie lächelte ihn einnehmend an. Einmal hatte er auf so ein Lächeln hin angenommen, dass sie etwas von ihm wollte, aber er hatte sich geirrt. Sie schaute einfach jeden so an, als ob man die Welt für sie bedeutete und alles möglich war. Gott sei Dank hatte sie ihm seine unbeholfenen, betrunkenen Annäherungsversuche damals nicht nachgetragen. Sie hatte sie auch nie irgendjemandem gegenüber erwähnt – nicht mal Maike gegenüber, obwohl die beiden befreundet waren und viel teilten.

Viel, aber nicht alles ... Waren die zwei überhaupt noch Freundinnen?

Kaja hakte sich bei ihm ein, während sie durch den langen Flur in Richtung Küche gingen, die offene Küche, die er bei seinem letzten Besuch mit Nathalie schon bewundert hatte, da waren Sven und Kaja gerade eingezogen. Sven war nach der herzlichen Begrüßung bereits vorausgegangen und erwartete sie an der Kücheninsel stehend, wo er ihnen bereits die gewünschten Drinks mixte. Er selbst hatte Gin Tonic gewählt. Irgendwie war er kürzlich wieder auf das Zeug gekommen, das er als Jugendlicher so oft getrunken hatte.

Warum eigentlich? Will ich dorthin zurück? Na, ganz bestimmt nicht.

Florian setzte sich auf einen der drehbaren Barhocker, die auf einer Seite der Kücheninsel standen. Kaja wählte den Platz neben ihm. Ihr knallrotes Designerkleid hatte einen verboten großzügigen Schlitz. Er sah ihre langen Beine. Wenn sie sie übereinanderschlug, würde er womöglich ihre Unterwäsche sehen. Sven schob den Gin Tonic zu ihm hin und machte sich daran, Kajas und seine Drinks zu mixen.

»Eigentlich bin ich ja ziemlich ärgerlich, dass du nicht zu unserer Feier gekommen bist, Flo. Und dann auch noch so eine kurzfristige, fadenscheinige Absage vorgeschoben hast. Was hast du dir nur dabei gedacht? Wir haben auf dich gezählt. Du gehörst dazu. Ohne dich ist die Sache nicht rund.«

»Ja, was hast du dir dabei gedacht?«

Kaja stand wieder auf und legte ihm kurz kumpelhaft einen Arm auf die Schulter. Florian spürte ihre Brüste an seinem Rücken und erstarrte.

Sie will nichts von dir. Sie ist eben nur sehr ... sehr ... körperlich ...

»Mit dir ist einfach jede Party besser«, ergänzte sie, ließ ihn auch schon los und ging um die Kücheninsel herum an Svens Seite.

Sie stießen miteinander an, und er nahm einen ersten Schluck. Er mochte Gin Tonic. Wahrscheinlich blieb er doch immer der Kleinbürger aus dem Hochhausbau. Er stützte sich auf einem Arm auf und versuchte, lässig zu wirken.

»Hab leider Tag und Nacht an einem wichtigen Projekt gesessen, und danach wollte Nathalie mich mal wieder für sich haben.«

Er grinste. Sven und er tauschten einen vielsagenden Blick. Kaja verzog den wohlgeformten Mund. Vielleicht ahnte sie ja, dass Nathalie gut ohne ihn zurechtkam. Neuerdings telefonierten die beiden manchmal miteinander.

»Du lieber Himmel, werdet erwachsen, Jungs!« Sie schob ihm ein Schüsselchen mit Pistazien hin. »Was zum Knabbern? Und sag schon, warum bist du nach Frankfurt gekommen?«

»Neues Projekt.« Florian stand unvermittelt auf, nahm sein Glas und ging zur Fensterfront hinüber. Die Tür zur Dachterrasse war offen. Er trat hinaus, Kaja und Sven folgten ihm. Gemeinsam schauten sie in Richtung Skyline. »Außerdem dachte ich, ich könnte ein paar Dinge mit Maike besprechen, jetzt, nachdem die Scheidung endlich durch ist.« Er machte eine Pause. »Es ist ja weiß Gott noch nicht alles geklärt. Manche Sachen bleiben schwierig, das kann ich euch sagen ...«

Er hoffte, dass es so klang, als gingen die Schwierigkeiten hauptsächlich von ihr aus.

»Aber sie ist im Urlaub. Wusstest du das nicht?« Kaja schaute ihn fragend an, während sie ihr Glas nun aus Svens Hand nahm. »Drei Wochen Spiekeroog. Ziemlich lange, oder? Weißt du, ob sie irgendwelche Probleme in der Firma hat? Mit dem neuen Chef?«

Florian zuckte mit den Schultern. »Keine Ahnung. Und stimmt, Spiekeroog. Kann sein, dass sie so was gesagt hat. Hab ich wohl vergessen. Ich wollte auch nach Tessa sehen. Weiß gar nicht, ob sie ihrer Mutter nachgefahren ist. Sie hat so was erwähnt.«

Sven nickte. »Ach ja, die Kids haben Ferien. Ich krieg nicht mal mehr mit, wann die sind«, stimmte er seinem Freund zu. Dann warf er Kaja einen langen Blick zu. »Dylan ist so was von nervig, wenn er hier ist in der schulfreien Zeit. Ist ohnehin lieber mit seinen Kumpels unterwegs. Diesen Sommer will er erstmals gar nicht nach Hause kommen. Und ich bin froh darum. Er wird selbstständig. Macht irgendeinen Segeltrip in Richtung Westindische Inseln.« Der Stolz in Svens Stimme war unüberhörbar.

»Wir fliegen aber gegen Ende des Turns rüber und verbringen ein paar gemeinsame Tage mit ihm in Miami«, sagte Kaja. »Ein bisschen vermisse ich mein Baby doch schon.«

»Cool«, entschlüpfte es Florian.

»Ich glaub, ich hol uns mal was Herzhaftes«, sagte Kaja und verschwand nach drinnen, um kurz darauf mit weiteren Snacks zurückzukommen. Bei Sven und Kaja gab es wirklich immer etwas Feines: eingelegte Oliven, Ciabatta, natürlich von der Haushälterin selbst gebacken, Käse und italienischen Schinken. Liana hatte da noch einiges zu lernen.

»Stimmt es eigentlich, dass Maike geerbt hat?«, fragte Kaja.

»Hm.« Florian trank seinen Gin Tonic aus, um sich etwas Zeit zu verschaffen. »Kann sein.« Er drehte das Glas in seinen Händen.

»Möchtest du noch einen?«

»Ich hätte gerne das, was ihr trinkt. Das sieht gut aus. Was ist das?«

»Campari Milano. Mit Cranberry-Saft.«

»Hm. Klingt gut. Aber eigentlich brauche ich jetzt was Antialkoholisches, wenn ich noch arbeiten will. Also besser nur Cranberry-Saft.«

Sven zog seine Frau kurz an sich und ließ sie wieder los. »Machst du ihm das, Kaja?«

»Mach ich.« Sie verschwand wieder im Penthouse.

»Jetzt sag schon, von wem hat sie geerbt? Ich hab auch was läuten hören. Ich hätte nicht gedacht, dass Maike Verwandtschaft hat, die ihr etwas vererben könnte. Ich will nicht überheblich klingen, aber kommt sie nicht aus eher einfachen Verhältnissen?«

Florian zuckte erneut mit den Schultern. »Wenn man's genau nimmt, hatte meine Familie es auch nicht dicke.«

»Mann, Sven«, rügte Kaja, die in diesem Moment zurückkam, ihren Mann und reichte Florian sein Saftglas. »Sei doch ein bisschen sensibler.«

»Der springende Punkt ist«, sagte Florian, nachdem er einen langen Schluck genommen hatte, »dass ausgerechnet *meine* Tante ihr das Anwesen auf Spiekeroog vererbt haben soll, in dem wir immer mal wieder Urlaub gemacht haben.«

»Nicht dein Ernst«, entschlüpfte es Sven.

»Ist das die Hilde, die dir so ewig Vorwürfe wegen der Trennung gemacht hat?«, erkundigte sich Kaja.

»Woher weißt du das denn schon wieder?« Florian war verwirrt.

»Maike und ich sind Freundinnen.« Kaja schaute ihn ungerührt an. »Schon vergessen? Wir sprechen miteinander.«

Sven schaute seinen Freund fragend an. »Na, dann wird es wohl einiges zu klären geben, oder hast du vor, die Sache einfach auf sich beruhen zu lassen?«

Florian bewegte den Zeigefinger langsam über den Rand seines Glases. »Bestimmt nicht.«

»Dann wird es aber Streit geben, oder?«, bemerkte Kaja. »Ich find's immer schade, wenn so etwas zwischen uns aufzieht. Wenn ich an früher denke ...«

Früher ist früher, dachte Florian, sprach es aber nicht aus.

Es war Sven, der nach einer Weile die unangenehme Stille unterbrach: »Hey, was ich dich die ganze Zeit fragen wollte ... Bleibst du, oder geht es heute Abend schon zurück?«

»Nein, ich bleibe. Ich hab länger zu tun. Ich werde mich wohl in einem Hotel einmieten. In Maikes Wohnung will ich nicht. Das fühlt sich nicht richtig an.« Er hoffte, dass sie es schluckten.

»Ach, Quatsch«, Kaja hakte sich bei ihm unter, »unser Gästezimmer steht dir offen, Flo.« Sie wandte sich ihrem Mann zu. »Du bist doch einverstanden, oder?«

»Klar, wie wär's denn damit: Heute Abend machen wir noch mal einen drauf wie damals im Studium, und nachts geht's zum Frühstück ins Goldene M, ja?«

Florian lachte. »Ich bin aber wirklich hier, um zu arbeiten. Hab einen Termin in der Kanzlei mit dem neuen Abteilungsleiter. Er scheint ein Arbeitstier zu sein. Er sei auch samstags im Büro erreichbar, sagte er.«

»Jaja ...« Sven klang nicht so, als ob er das hören wollte. »Du hast ja wohl den ganzen Nachmittag, um zu arbeiten und dich mit Tessa zu treffen, falls sie noch hier ist. Und ein Spielverderber willst du auch nicht sein, oder? Erst mal steht fest, dass du hier übernachtest. Kleines Abendessen so gegen halb acht, dann gehen wir auf Tour. Wie früher.«

»Verstanden.«

Sie leerten ihre Gläser. Florian verabschiedete sich. Es passte ihm durchaus, bei seinen Freunden zu übernachten und nicht im Hotel oder doch in der leeren Wohnung seiner Ex-Frau, in die er nun erst einmal fahren würde, um sich ein wenig umzusehen. Hätte er Sven um Hilfe bitten sollen? Nein, er war sich ohnehin nicht klar darüber, wie er vorgehen wollte, und wenn er ganz ehrlich war, wusste er auch nicht, ob er Kaja trauen sollte. Über eines aber war er sich ganz sicher: Er würde nicht zulassen, dass Hilde ihn überging.

ELFTES KAPITEL

Als Maike am nächsten Morgen mit ihrem obligatorischen ersten Kaffee ans Fenster zum Garten trat, sah sie Tessa zu ihrem Erstaunen bereits lesend auf einer Decke auf der Wiese liegen. Sie trank schnell einen Schluck und eilte dann nach unten, um ihre Tochter zu begrüßen.

»Du bist schon wach? Da bin ich aber überrascht.«

Tessa schaute zu ihr hoch. »Na ja, ich bin aufgewacht und hab oben nach dir geschaut, aber du hast geschlafen wie ein Stein. Da bin ich wieder runter, die Sonne war einfach zu verlockend. Und dieser Himmel ...« Sie deutete nach oben. »Kann mich nicht erinnern, dass das Wetter beim letzten Mal so unglaublich gut war ...«

»War es auch nicht. Es hat viel geregnet. Dieser Sommer scheint ganz besonders zu sein.« Maike strich sich eine Haarsträhne aus der Stirn. »Bleibst du noch einen Moment? Ich mach mich fertig und komm wieder zu dir.«

»Klar.« Tessa nickte. »Hab gerade ja nix vor, außer zu lesen ...« Sie deutete auf das Buch neben sich.

Maike registrierte ein schwarzes Cover mit blauen Ornamenten. *Mitternacht* war der Titel. Sie beeilte sich, nach oben zu kommen, schlüpfte nach einer schnellen Dusche in ihre

Kleidung und stand dann ungeduldig neben dem Herd, auf dem sie Milch für den Kakao erhitzte – Tessas Lieblingsgetränk. Dann gesellte sie sich mit ihrem Kaffee und der heißen Schokolade zu ihrer Tochter.

Tessa quittierte die kleine Aufmerksamkeit mit einem verblüfften »Danke«, stellte den Becher dann vorsichtig ab und rückte etwas zur Seite, sodass sie beide Platz auf der Decke hatten.

Es war ein erstaunlich intimer Moment. Nachdenklich strich sie mit einer Hand über das Gras. Das fühlte sich gut an. Alles fühlte sich gerade gut an: der Boden unter ihr, der sie hielt, der Himmel über ihr, der sie die Weite spüren ließ. Sie dachte an Jarik. An Jarik zu denken fühlte sich auch gut an. Am vergangenen Abend hatten sie noch kurz miteinander gesprochen, als Tessa schon in ihrem Zimmer gewesen war. Jarik musste seinen Sohn schon am Montagmorgen wieder von der Fähre abholen. Nils hatte angerufen, er wollte nach dem Wochenende zurück auf die Insel.

»Passt das denn mit deinem Job?«, hatte Maike ihn gefragt.

»Klar. Ich muss ja nicht immer auf ihn aufpassen. Nils kennt die Insel. Er fühlt sich hier sicher, und ich kann mich auf ihn verlassen. Er macht keine Dummheiten. Hat er nie gemacht.«

Im Schatten der Terrasse hatten sie sich schließlich geküsst. Es hatte sich wieder ein Stück vertrauter angefühlt. Dann hatten sie Tolstoi auf seinem nächtlichen Rundgang entdeckt. Dem Kater ging es offenbar gut, wo auch immer er untergekommen war.

Bezüglich Jarik muss ich ehrlich zu Tessa sein, fuhr es ihr

unvermittelt durch den Kopf, aber sie war sich noch unsicher darüber, wie sie vorgehen sollte.

Vielleicht bin ich ein bisschen feige ...

»Mir ist schon etwas aufgefallen«, unterbrach Tessa ihre Gedanken. »Dachte nicht, dass das Gefühl so schnell kommt, aber ich kann hier besser atmen. Ich merke das richtig. Während der Zeit in Berlin ...«

»Gab es da Schwierigkeiten? Papa hat nichts gesagt.«

Tessa schüttelte den Kopf.

»Nein, nicht wirklich, ich weiß ja, was ich tun und worauf ich achten muss, aber die Luft ist wie gesagt viel schlechter, das merke ich sofort, wenn ich da bin. Hier hab ich nicht das Gefühl, dass ich ständig aufpassen muss.«

»Hm.«

»Es ist schade, dass wir in letzter Zeit nicht mehr hier waren, Mum. Ich hatte ganz vergessen, wie schön es hier ist.«

Ich auch, dachte Maike, ich auch ... Für einen Moment herrschte Stille.

»Ich bin froh, dass du hier bist, Tessa«, sagte sie dann. »Wie wär's, wollen wir spazieren gehen? Zum Utkieker vielleicht und dann ins Café Klönstuv Waffeln essen? Wie früher mit Tante Hilde?«

Irgendwie überraschte es Maike, dass Tessa direkt zustimmte. Natürlich, der Weg zum Utkieker war Tradition. Dorthin waren sie immer an einem der ersten Tage gegangen. Nachdem sie sich im Garten in der Gegenwart ihrer Tochter so gut gefühlt hatte, entwickelte sich das weitere Gespräch allerdings doch etwas schleppend, aber sie redeten immerhin. Am Utkieker angekommen sprintete Tessa gleich den Weg hoch.

Erinnerte sie sich daran, dass sie das früher mit Florian auch immer getan hatten? Sie hatten stets einen Wettlauf hier hinauf gemacht. Während sie, Maike, zumindest anfangs, ihre Tochter hatte gewinnen lassen – später war Tessa ohnehin schneller gewesen –, hatte Florian jedes Mal mit sich gekämpft.

Er kann niemanden gewinnen lassen, noch nicht einmal die eigene Tochter.

Sie lief ebenfalls hoch, oben ließen sie beide den Blick schweifen, über die Dünen ringsherum und den Strand entlang. Ich liebe diese Landschaft, dachte sie, diese Landschaft, an der nichts zu viel scheint und nichts übertrieben. Ich liebe diese Klarheit und dass sich einem nichts in den Weg stellt, die endlose Weite, die saubere Luft, o ja, und auch den Mangel an überflüssigen Reizen. Spiekeroog war ein Ort der Langsamkeit und Stille, ein Ort, der einen schon auf dem Weg dorthin zur Geduld zwang, denn die Fähre richtete sich nach Ebbe und Flut, so wie sich das Leben hier oben seit Jahrhunderten den Gezeiten unterwarf.

Maike schloss für einen Moment die Augen und stellte sich vor, dass irgendwo in den Dünen Fasane durchs Gras huschten. Weiter draußen kreisten Möwen über Wellen und Strand. Als sie die Augen öffnete, sah sie einen Meeresvogel, der gerade ein Beutetier entdeckt hatte und wie ein lebendiger Pfeil darauf niederschoss, während sich der Himmel in einem Wechsel zartester Pastellfarben zeigte. O ja, es war auch dieses einzigartige Licht, das sie immer wieder innehalten ließ, da waren die zarten, hellen Morgenfarben, das kräftigere Rot, das sich abends über die Insel legte, bevor die Nacht langsam herabfiel.

Als sie sich zu ihrer Tochter umdrehte, hatte Tessa die Kapuze ihres Hoodies tief in die Stirn gezogen. Ihr Gesichtsausdruck wirkte mit einem Mal gewohnt grimmig. Maike konnte sich nicht erklären, warum, und sie versuchte auch nicht, darüber nachzudenken. Vielleicht musste sie es einfach akzeptieren, dass sie ihre Tochter derzeit öfter mit diesem Gesichtsausdruck sah.

Sie verließen den Utkieker. Unten blieb Maike noch einen Moment stehen, während Tessa bereits weiterlief. Ihre Schritte waren energisch, nicht mehr zögerlich wie zu Anfang noch. Sie konnte nicht sagen, warum, aber unwillkürlich dachte sie wieder an Tessas ersten Asthmaanfall, wie überraschend er gekommen war und wie lange danach die Suche nach den Auslösern gedauert hatte: eine Infektion, Pollen, Tierhaare, Staub, Luftverschmutzung, Rauch, kalte Luft, Medikamente, körperliche Belastung, aber auch psychische Faktoren. Es hatte sich letztlich nicht herausfinden lassen. Bei Kindern war das Asthma zwar oft allergisch bedingt, aber das zeigte sich bei Tessa nicht eindeutig.

Maike seufzte. So viele Gespräche, die man führen musste, so viele Dinge, die zu klären waren. Die gemeinsame Zeit hier schien lang, aber wer von ihnen würde als Erstes die richtigen Worte finden? Sie schloss mit ihrer Tochter auf und warf ihr einen kurzen Seitenblick zu.

»Pferdebahn?«

Auf dem Weg zum Utkieker hatte Tessa vorgeschlagen, eine Tour mit der Pferdebahn zu machen. Als sie wenig später am Bahnsteig standen, mussten sie leider feststellen, dass die erste Bahn erst gegen Mittag fuhr. Wieder wirkte Tessa in ihrem Hoodie wie eine Schnecke, die sich in ihr Gehäuse zurückgezogen hatte. Maike sah ihr die kindliche Enttäuschung an.

»Wir holen es nach, okay?«

»Klar.«

Wie den letzten Urlaub, den ihr, Dad und du, mir versprochen, aber nicht mehr mit mir gemacht habt. Es wird keinen weiteren Urlaub mit uns dreien mehr geben.

Tessa sagte das nicht laut, aber Maike konnte es hören.

»Wollen wir dann Waffeln essen gehen?« Tessa nickte, es sah allerdings so aus, als hätte sie nur keine Lust zu protestieren.

Sie gingen zurück in Richtung Dorf. »Ich kann mich an einen Aufenthalt hier auf der Insel erinnern, da wolltest du jeden Tag Waffeln essen.«

Tessas düsterer Gesichtsausdruck erhellte sich unerwartet. »Sie sind aber auch lecker.«

»Ein guter Ersatz für die Pferdebahn auf alle Fälle.«

»Mit der fahren wir aber auch noch.«

»Klar.«

Maike hakte sich spontan bei ihrer Tochter ein. Zu ihrer Überraschung schüttelte Tessa ihre Berührung nicht ab. Gemeinsam nahmen sie den Weg am Café vorbei nach hinten in den Garten und fanden einen Platz. Tessa ließ den Blick schweifen. Ob sie sich daran erinnerte, wie sie als kleines Mädchen hier gesessen und gespielt hatte?

Die Bedienung kam rasch. Sie durchstöberten die Speisekarte nur pro forma und wählten dann Waffeln und zwei Kännchen Tee mit Sahne.

»Da drüben liegt die Alte Inselkirche.«

»Ja, ich weiß. Ich bin manchmal da hingelaufen und hab

mir die Schiffsmodelle angesehen, die da von der Decke hängen. Wenn du mit Hilde geredet hast.«

»Ach ja?«

»Erwachsenenkram. Hat mich nicht interessiert.«

»Wahrscheinlich.«

Die Waffeln kamen, und sie aßen beide mit Appetit. Maike gab Kandis in ihre Tasse, schenkte sich Tee ein und gab einen Schuss Sahne dazu. Tessa tat es ihr gleich.

»War eine gute Idee, hierherzukommen«, sagte sie.

Maike nickte. Ein sanfter Wind fuhr durch einen in der Nähe stehenden Baum. Ja, es war eine gute Idee. Dennoch spürte sie, dass sie noch nicht bereit waren, über die wesentlichen Dinge zu reden.

Als sie das Café verließen, waren sie plötzlich da, die Passagiere der gerade eingetroffenen Fähre. Vielleicht waren es weniger, weil es eben noch früh war, aber so war es immer. Eine größere Menschenmenge strömte kurz nach Anlegen der Fähre in das kleine Dorf und sorgte kurzfristig für den Eindruck, man befände sich auf einem Rummelplatz. Für eine Zeit war alles überschwemmt von Menschen, die vielleicht noch nicht richtig wussten, wohin sie gehen mussten oder was sie als Erstes tun sollten, was jedoch nie sehr lange dauerte. Denn bald hatten sich alle in den Gassen verteilt, standen im Buchladen oder in Souvenirläden, studierten schon einmal die Karten der Restaurants oder waren bereits auf dem Weg zum Strand.

Maike lief ihrer Tochter hinterher, die plötzlich zu flüchten schien. In Hildes Häuschen bekam man von dem Trubel nichts mit.

Nach dem kleinen Ausflug erklärte Tessa ihrer Mutter, dass sie noch ein wenig allein unterwegs sein wolle. Es war warm und ging auf Mittag zu. Sie musste nachdenken. Eine Weile beobachtete sie nur ihre Füße, wie sie Schritt um Schritt vorangingen. Vielleicht hätten ihre Mum und sie doch reden sollen, aber sie hatte andererseits auch keine Lust auf unnötige Fragen oder diese Besorgnis in ihrem Blick gehabt, die irgendwann todsicher auftauchte. Schließlich schlug sie den Weg in Richtung Meer ein. Als sie den Strand erreichte, blieb sie einen Moment stehen und atmete tief ein. Dann kämpfte sie sich ein paar Schritte durch den weichen, tiefen Sand voran, bis sie einen kleinen Abhang hinter sich gelassen hatte.

Sollte sie sich setzen? Nein, sie musste weiterlaufen und ihre Gedanken ordnen. Sie hielt den Blick bald aus Gewohnheit auf den Boden gerichtet, um nach schönen Muscheln Ausschau zu halten, fand tatsächlich ein paar Schalen, schwarz und silbergrau und glatt geschliffen, die sie aufhob und in ihrer Umhängetasche verstaute – jenem currygelben Stoffbeutel mit den dunkelblauen und weinroten Stickereien, den Nathalie ganz offenbar abstoßend fand und den sie deshalb umso lieber trug.

Nathalie, Dads Ersatz für Mum, mit ihrem perfekten Äußeren und ihrer perfekten Wohnung war ihr gleich nach der Ankunft in Berlin ganz schön auf den Nerv gegangen. Sie hatte seine Neue immer schon seltsam gefunden, aber je älter sie wurde, desto mehr fiel ihr auf, dass sie so gar nichts miteinander gemein hatten. Sie hatte erkannt, dass sich die Tussi von der kleinsten Änderung aus der Bahn werfen ließ. Alles musste perfekt aussehen: die ganze verdammte Wohnung wie eine Bilderserie auf Insta, voller Chichi und Bling-Bling. Kotz. Wer wollte so schon leben?

Aber ihr Dad hatte sie natürlich ständig verteidigt.

Chill, hatte Tessa beim Abendessen zu ihr gesagt, und da hatte ihr Dad verlangt, sie müsse sich bei ihr entschuldigen. Dabei war Nathalie diejenige, die unbedingt ihre beste Freundin sein wollte und sie nicht in Ruhe ließ, und besten Freundinnen sagte man doch die Wahrheit. Sie wollte nix von der, nix als Mensch und schon gar nix als Dads Neue. Aber sie hatte sich natürlich entschuldigt, war eh alles egal.

Tessa sah wieder zum Meer hinüber. Der Wellengang war an diesem Tag etwas stärker. Sie fand, dass er ihre Stimmung ganz gut widerspiegelte. Momentan hatte das Wasser eine bleigraue Farbe, auf den Wellenkronen tanzte Schaum. Wenn sie sich hätte malen wollen, dann wäre bleigrau in diesem Moment wohl eine gute Wahl gewesen. In der Ferne konnte sie Containerschiffe sehen. Ab und zu peitschte eine Windböe über die weite Strandfläche hinweg, wirbelte Sand auf und ließ ihn, scharf wie kleine Nadelstiche, gegen die nackte Haut schlagen.

Eine Weile blieb sie einfach stehen. Dann war der kleine Sturm auch schon wieder vorbei. Sie drehte sich um und schaute den Weg zurück, den sie gekommen war. Sie würde noch bis zum nächsten Strand laufen. Sie musste sich bewegen, die Last auf ihren Schultern war immer noch da, und jetzt, da sie das Gefühl als Gedanken ausformulierte, liefen ihr Tränen über die Wangen. Für so vieles fehlten ihr einfach die Worte.

Florian hatte morgens gemütlich mit Kaja und Sven gefrühstückt. Er und Sven waren tatsächlich noch spät in der Nacht mit einem Taxi zu McDonald's gefahren, hatten am Drive-in bestellt und sich dann spontan in den Taunus kutschieren lassen, an eine Stelle, die einen absolut unvergleichlichen Blick auf die Frankfurter Skyline bot. Früher waren sie oft zusammen dort gewesen, daran erinnerte er sich gut. Es war schön gewesen. Sie hatten gequatscht, getrunken, Fußball gespielt. Pärchen hatten wild miteinander geknutscht. Sie hatten laut Musik gehört und getanzt. Es war spät geworden oder früh, je nachdem, wie man es sah. So etwas hatte er schon lange nicht mehr gemacht.

Sven und Kaja gingen sicher davon aus, dass er sich den Sonntag noch freinahm, nachdem er am Vortag bis zum Abend gearbeitet hatte – und das stimmte ja auch, nur dass er ganz eigene Pläne hatte. Er hatte lange genug Gedanken gewälzt. Es war entschieden: Er würde in Maikes Wohnung fahren und sich mal umschauen. Immerhin hatten sie dort gemeinsam als Familie gelebt, irgendwie gehörte die Wohnung also immer noch ein bisschen ihm ... Jedenfalls konnte er sich das einreden, und es fühlte sich echt an. Dass sie den Schlüssel nie von ihm zurückgefordert hatte, kam ihm natürlich entgegen. Wahrscheinlich hatte sie es zu einer Zeit nicht getan, als sie davon ausgegangen war, dass sie wieder zueinanderfinden könnten. Das war inzwischen ausgeschlossen, die Scheidung vollzogen.

Zum Glück ist Tessa schon weg, dachte er. Sie hatte ihm am Abend noch gesimst, dass sie auf Spiekeroog angekommen war.

Es war kurz vor Mittag, als Florian an dem Haus, in dem er

so lange mit Maike und später dann auch mit seiner Tochter zusammengewohnt hatte, ankam. Er schaute sich um. Dort war sein Parkplatz gewesen, an der Mauer standen immer noch sein Name und das Kennzeichen seines letzten Wagens. Sie waren endgültig geschieden, aber langsam fragte er sich, ob Maike die Vergangenheit gar nicht hinter sich lassen wollte. Womöglich ließ sich das ja sogar zu seinen Gunsten nutzen? Ihr anhaltendes Wohlwollen war sicher von Vorteil. Außerdem war sie immer ein ausgesprochen harmoniebedürftiger Mensch gewesen. Seit er sie nicht mehr liebte, verabscheute er sie dafür.

Er stellte den Wagen ab und beobachtete die Umgebung eine Weile, um sicher zu sein, dass er das Haus ungesehen betreten konnte. Auch wenn er prinzipiell nichts Verbotenes tat: Je weniger Zeugen es gab, desto lieber war es ihm. Zudem erinnerte er sich noch zu gut an die alte Nachbarin Frau Dudek, die ihre krumme Nase gerne überall reingesteckt hatte. Furchtbar. Hoffentlich war sie nicht zu Hause, die fehlte ihm gerade noch. Am Ende rief sie Maike an, und die erfuhr, dass er in der Wohnung gewesen war, ohne dass er ihr Bescheid gegeben hatte. Maike hatte es ihm wie gesagt zwar nicht explizit verboten, aber er wollte sich auch nicht erklären müssen. Und irgendwie war es sicher nicht ganz rechtens.

Florian wartete noch einen Augenblick. Ein Pizzabote tauchte auf und klingelte. Er lieferte seine Pizzen ab und fuhr wieder weg. Endlich hielt Florian die Zeit für angebracht. Er konnte ohnehin nicht ewig warten. *No risk, no fun.* Er schloss die Haustür auf und beeilte sich, hoch zur Wohnungstür zu kommen. Gerade als er den Schlüssel ins Schloss geschoben und zweimal umgedreht hatte, hörte er ein Geräusch hinter der gegenüberliegenden Tür. Ausgerechnet.

Florian drehte sich um und lächelte breit. Wenn er recht hatte, stand Frau Dudek genau hinter der Tür und beobachtete ihn, diese neugierige Vettel. Die Tür öffnete sich. Es war nicht Frau Dudek. Die Frau, die da stand und ihn fragend anschaute, war ihm fremd.

»Oh, hallo, ich bin Florian Schuster, Sie sind aber offenbar nicht Frau Dudek!«

»Nein, die bin ich nicht. Hallo, Herr Schuster, Hausen mein Name. Wir sind neu zugezogen. Sie sind ...?«

»Frau Schusters Ex-Mann.« Florian versuchte, möglichst entspannt zu klingen. »Meine Frau und ich haben hier vor unserer Scheidung gemeinsam gewohnt. Ich muss noch ein paar Sachen abholen. Es bleibt doch immer etwas liegen.«

»Ihre Frau ist nicht da. Schon seit Anfang der Woche nicht. Sie ist im Urlaub.«

»Ich weiß, ich weiß. Ich habe bereits mit ihr telefoniert.« Das war nicht gelogen. Er bemühte sich um ein strahlendes Lächeln. Was ging die Frau das überhaupt an? »Hat meine Ex-Frau Sie gebeten, einen Blick auf die Wohnung zu werfen?« Er achtete darauf, freundlich zu klingen und ihr gleichzeitig zu zeigen, dass er noch Rechte hatte. Immerhin hatte er einen Schlüssel. Da konnte sie wohl davon ausgehen, dass ihm die Wohnung offenstand. Die neue Nachbarin schien zu überlegen. Er spürte Ärger in sich aufsteigen. Dennoch meinte er den nächsten Satz scherzhaft, auch wenn er wahrscheinlich anders rüberkam: »Soll ich Ihnen vielleicht meinen Ausweis zeigen?«

»Natürlich nicht.« Jetzt war sie doch peinlich berührt.

Gut gemacht. »Tut mir leid, dass ich so misstrauisch wirke, Herr Schuster«, fuhr sie dann fort. Sie trat einen Schritt vor die Tür und streckte ihm die Hand hin. »Schön, Sie kennenzulernen.«

»Guten Tag, Frau Hausen. Auch sehr erfreut. Ich wohne eigentlich in Berlin und bin gerade mal wieder beruflich in Frankfurt, und da dachte ich, ich hole spontan ein paar Sachen ab, die noch hier sind. Man kommt ja sonst nicht dazu.«

»Sie arbeiten in Frankfurt und wohnen in Berlin?«

»Nein, ich arbeite in Berlin. Die Firma hat einen Standort in Frankfurt. Ab und an bin ich hier, ja.«

»Ach so, dann will ich Sie wirklich nicht weiter stören. Es tut mir leid. Entschuldigen Sie die Neugier, Sie müssen ja sonst was von mir denken.«

»Kein Problem. Es ist doch gut, wenn die Nachbarn wachsam sind.« Er lächelte noch einmal und gab sich entspannt, auch wenn er immer ungeduldiger wurde. Er wollte endlich zum Ziel kommen. »Dann wünsche ich Ihnen noch einen schönen Tag, Frau Hausen!«

»Das wünsche ich Ihnen ebenfalls, Herr Schuster.«

Gegen drei Uhr erreichte Florian das Café Hauptwache, wo er sich mit Jo, seinem besten Kumpel aus Studienzeiten, verabredet hatte. Auch Jo hatte einst zu ihrem Quintett gehört. Ihn sah er am seltensten, seitdem er sich aus dem Stadtleben zurückgezogen hatte. Florian war froh, dass es so kurzfristig geklappt hatte. Schließlich hatte er sich erst am Tag zuvor gemeldet, aber es waren so viele Dinge passiert, die Entscheidungen erforderten. Er blieb stehen und beobachtete den Freund, den er vor dem Café entdeckt hatte, wo er schon mit einem Kaffee an einem der Tische saß. Während des Studiums waren sie unzertrennlich gewesen, in den letzten Semestern hatten sie sogar zusammengewohnt und sich schließlich gemeinsam auf das Examen vorbereitet: Team Flo-Jo. Eine Zeit lang waren sie immer gemeinsam unterwegs gewesen, nächtelang in Discos, gegen Morgen dann zu McDonald's und danach in die Vorlesung. Jos Rastalocken waren einem modischen Kurzhaarschnitt gewichen, genauso wie er statt seiner Hawaii-Shirts heute maßgeschneiderte Hemden und teure Anzüge trug. Gut ausgesehen hatte Jo allerdings immer, inzwischen tat er es auf eine gereiftere Art und Weise.

Ich werde nie aufhören, ihn um seine Souveränität zu beneiden.

Jo, eigentlich Johannes Eusebius, kam aus einer Familie von Rechtsanwälten und kannte das Parkett, auf dem er, Florian, erst noch mühsam hatte lernen müssen zu tanzen.

Er gab sich einen Ruck und ging weiter. Jo entdeckte ihn im nächsten Moment und stand auf. Sie begrüßten sich wie früher mit High Five, zwei Mitte Vierzigjährige im saloppen Freizeitanzug.

Passte das?

Auf die Nähe sah man die Falten in Jos Gesicht, aber es waren Lachfalten und solche, die davon erzählten, dass er sich viel draußen aufhielt. Sport hatte er schon immer gerne betrieben: Rennradfahren, Segeln, Freeclimbing, Skifahren im Tiefschnee, natürlich abseits der Pisten, Sachen, die einem einen Kick versetzten. Inzwischen hatte er ein Haus auf dem Land gekauft und sich ein paar Tiere zugelegt. Er lebte mit seiner Frau fernab der Stadt – als Ausgleich für seinen anstrengenden Job als Chef der Rechtsabteilung in einem großen Unternehmen ...

»Hey, gut, dich zu sehen, Flo!«

»Jo!«

Sie klopften sich noch einmal gegenseitig auf die Schultern. Männerschulterklopfen. Florian durchzuckte der Gedanke, dass das vielleicht doof aussah, sie kamen sicher wie zwei alternde Gockel rüber.

»Geht's gut?«, hörte er Jo fragen.

»Aber immer, und dir?«

»Mir geht's super.«

Sie nahmen gemeinsam wieder Platz. Florian bestellte einen doppelten Espresso bei der Bedienung. Als er sich wieder Jo zuwandte, hielt der den Blick auf ihn gerichtet und strich sich langsam über das Haar. An seinem königsblauen Hemd unter dem Leinenjackett standen zwei Knöpfe offen, dazu trug er eine helle Hose und leichte Schuhe ohne Socken. In ihrer Generation war das der Style derjenigen, die es zu was gebracht hatten.

»Du bist kaum noch in der Stadt, oder?«, fragte Florian und nippte an dem Espresso, der ihm eben serviert worden war.

»Seit Anfang des Jahres ist mein Hauptsitz die Ranch. Meine Frau und ich leben dort, aber ich hab noch eine kleine Wohnung hier, falls es mal später wird. Wird's aber selten, darauf achte ich. Der Job ist nicht mehr das Wichtigste in meinem Leben, weißt du? Meine Frau züchtet seit einigen Jahren Pferde, und ich helfe ihr nur zu gerne. Da sieht man, was man tut. Außerdem bin ich inzwischen ein ganz passabler Reiter, und das im zweiten Anlauf. Mein Vater wäre stolz auf mich. Echt, es gibt nichts Besseres, als frühmorgens über die Felder zu reiten.«

»Muss eine gute Entscheidung gewesen sein.«

»O ja. Weißt du noch, mein Vater hatte im Gerichtssaal einen Zusammenbruch. Mit fünfzig. Gestorben ist er dann zehn Jahre später in der Firma, am Schreibtisch. Hat immer erzählt, was er mal alles machen will nach der Pensionierung. Nichts davon hat er machen können.«

Florian hielt einen Moment inne. Es fühlte sich tatsächlich wie eine gute Entscheidung an, aber im nächsten Moment schob er den Gedanken wieder beiseite, nicht ohne anzumerken: »Ich such mir auch was Neues, wenn mich der Beruf nicht mehr neugierig macht.«

»Gute Idee, das sage ich dir aus meiner Erfahrung.«

Jo bestellte sich ein Wasser. Florian musste neidvoll feststellen, dass er seit dem Ende des Studiums kein Gramm zugenommen hatte, vielmehr schien er noch fitter und muskulöser geworden zu sein. Vielleicht lag das ja am Landleben. Und vielleicht würde er sich so etwas auch leisten können, wenn er die Sache mit dem Erbe zu seinen Gunsten geregelt hatte.

Jo lehnte sich in seinem Stuhl zurück und streckte lässig die Beine aus: »Also, worum geht's? Du sagtest, du wolltest mich was fragen.«

»Ich bräuchte kurzfristig jemanden, der sich in Erbschaftsrecht auskennt.«

Jo betrachtete ihn aufmerksam. »Erbschaftsrecht? Hast du etwas geerbt, oder worum geht es?«

»Sagen wir, ich hätte etwas erben *müssen.*« Florian nahm einen weiteren kleinen Schluck von seinem Espresso.

Jos Augen verengten sich nachdenklich. »Sei mir nicht böse, aber ich dachte immer, du kämst aus einer Familie armer Schlucker. Hast du selbst ständig behauptet.«

»Ich bin dir nicht böse. Das stimmt ja.« Er überlegte, was er am besten als Nächstes sagen könnte. In ihm brodelte es schon wieder. Er war immer noch überrascht darüber, wie wütend ihn das machte, was geschehen war. Was hatte Hilde sich dabei gedacht, ihn dermaßen abzuservieren? Das war ja so, als ob sie ihn noch aus dem Grab heraus bestrafen wollte! Für was? Dafür, dass er Maike nicht mehr liebte? Als Maike und er sich getrennt hatten, hatte sie sich sofort auf deren Seite geschlagen – von wegen Blut ist dicker als Wasser. Immer wieder hatte sie ihn sehr deutlich spüren lassen, was sie von der ganzen Sache hielt. Vielleicht war es aber auch so, dass Weiber einfach zusammenhielten. Er räusperte sich. »Ich habe eine Tante, die einen wohlhabenden Mann geheiratet hat. Bestimmt hab ich dir schon von ihr erzählt. Wir sind doch ab und zu zu ihr nach Spiekeroog gefahren. Erinnerst du dich?« Jo nickte. »Sie hat mir allerdings die Trennung von Maike übel genommen.«

»Und sie hat Maike etwas vererbt. Liege ich da richtig in meiner Annahme?«

»Ja, ganz genau. Es handelt sich um ihr Haus auf Spiekeroog, zwei Häuser sogar. Es ist ein richtiges kleines Anwesen. In einem Haus sind Ferienwohnungen, die sie vermietet hat, in dem anderen lebte sie, dazwischen liegt ein großer Garten. Dürfte ein Vermögen wert sein, du weißt ja, wie die Preise da oben sind.«

»Nicht so hoch wie auf Sylt, aber immerhin ...« Jo sog Luft durch seine Zähne. »Na, das ist wirklich eine hübsche Überraschung.« Er machte eine Pause. »Und was willst du von mir?«

»Nichts, ich brauche nur einen Tipp. Ich bin Hildes letzter lebender Verwandter, aber es gibt angeblich ein Testament zu Maikes Gunsten.«

Jo grinste. »Und du glaubst, dass du zumindest Anrecht auf einen Pflichtteil haben könntest, richtig?«

»Nicht nur einen verdammten Pflichtteil, Jo, mir steht mehr zu.« Er hörte selbst, dass seine Stimme jetzt scharf klang.

Jo zog die Augenbrauen hoch. »Du bist der Neffe, nicht der Sohn.«

»Ja, das weiß ich. Deshalb brauche ich jemanden an meiner Seite, der mein Recht durchkämpft.«

»Dein Recht ...« Er machte eine kurze Pause. »Gut. Und du sagst, es gibt *angeblich* ein Testament. Was heißt das?«

»Es gibt einen Brief diesbezüglich, aber Maike hat so komisch drum herumgeredet. Irgendwie hab ich den Verdacht, dass gar kein Testament existiert. Sie behauptet aber felsenfest, dass es eins gibt.«

»Du hast es nicht gesehen?«

»Nein, sie kann es mir zeigen, meinte sie.« Er hielt Jo sein Handy mit einem Foto des Umschlags hin, den er im Papiermüll in Maikes Wohnung gefunden hatte. »Hier, das ist offenbar die Anwaltskanzlei, die sich um die Sache kümmert. Ich muss unbedingt Kontakt aufnehmen. Am liebsten wär's mir allerdings, wenn du die Sache übernehmen würdest.«

»Okay, okay ...« Jo grinste, fühlte sich aber offensichtlich dennoch geschmeichelt. »Wenn ein Testament vorliegen sollte, lässt sich das aber tatsächlich kaum anfechten.«

Florian grinste breit – froh darüber, dass Jo zumindest Interesse zeigte.

»Komm schon, fällt dir nichts ein? Das wär doch eine Herausforderung, oder? Wie früher?«

»Wie früher, na ja ...« Jo nahm sein Wasserglas und drehte es in den Händen, bevor er bedächtig trank.

»Jo!«

»Okay, gut. Ich schau mich um und sag Bescheid, wer das übernehmen könnte.«

»Warum nicht du?«

»Weil's nicht gut ist, so was zwischen Freunden auszumachen.«

»Maike und ich sind geschieden, und du bist *mein* Freund, nicht ihrer.«

»Ich war immer auch Maikes Freund.«

»Kriegst du plötzlich ein Gewissen auf deine alten Tage?« Jos schön geschnittener Mund verzog sich, und Florian wusste, dass er zu weit gegangen war. »Sorry«, murmelte er, »die Sache regt mich auf.«

»Verständlich, aber ich hab meine Prinzipien.«

»Tut mir echt leid, hab nicht nachgedacht.«

Jos Gesichtsausdruck entspannte sich wieder. »Das merke ich, aber das A und O unseres Berufs ist, immer einen kühlen Kopf zu bewahren. Gefühle haben hier nichts zu suchen. Es geht um Recht, nicht um das, was du als gerecht empfindest.«

»Ist ja schon gut, das weiß ich selbst.« Florian schaute in seine Tasse. Sie war leer. »Also, hilfst du mir?« Jo nickte. Florian spürte Erleichterung, die Anspannung wich für einen Moment. Kurz wurde ihm fast etwas flau. »Und was machen wir jetzt?«, fragte er dann in der Hoffnung, dass Jo ihm nicht ansah, wie sehr ihn das alles mitnahm. Und dass er grad eigentlich gar keinen Kopf für Privates hatte.

»Wir könnten raus auf die Ranch fahren. Vielleicht fällt uns dann schon was ein. Ortswechsel bewirken manchmal Wunder.«

»Klar, ich würde gerne mal alles sehen.«

»Es ist mein Paradies. Ich lade nicht viele dorthin ein.«

»Ich fühl mich geehrt.«

Sie standen auf. Während er Jo folgte, fragte Florian sich, wann *er* sein Paradies finden würde.

ZWÖLFTES KAPITEL

Maike war am Morgen schon früh auf den Beinen, um Einkäufe zu erledigen. In Tessas Zimmer war es bei ihrer Rückkehr gegen zehn Uhr noch still gewesen. Am Sonntagnachmittag waren sie zusammen schwimmen gegangen, am Abend hatte jede sich wieder in ihr Reich zurückgezogen. Das war in Ordnung so. Sie hatte also allein in Ruhe auf dem Balkon gefrühstückt, mit frischen Brötchen und Käse aus dem Feinkostladen, und danach ein paar Worte mit der Familie gewechselt, die sich noch einmal herzlich für den Kuchen bedankt hatte.

Jetzt brachte sie Küche und Wohnzimmer in Ordnung – man merkte schon nach kaum einem Tag, dass Tessa da war – und machte sich dann daran, Hildes Kleiderschrank noch einmal zu inspizieren. Das meiste lag schon für die Spende ans Rote Kreuz oder eine andere karitative Institution bereit. Sie packte alles in große Säcke, die sie in einem der Küchenschränke gefunden hatte. Famke, der sie beim Aufschließen ihres Ladens begegnet war, hatte ihr Tipps gegeben, an wen sie sich mit der Spende wenden könnte.

Das Klingeln ihres Handys ließ sie zusammenschrecken. Rasch zog sie es hervor und drückte auf Annehmen.

»Hallo?« Sie ließ sich aufs Bett fallen.

»Hallo, Maike. Ich bin's, Kaja.«

»Kaja?« Maike war überrascht. Kaja hatte sie eigentlich noch nie im Urlaub angerufen. »Das kommt aber unerwartet. Schön, von dir zu hören.«

»Du bist erstaunt, dass ich dich im Urlaub anrufe, was?« Kaja war das offenbar auch bewusst.

Früher waren Kaja und sie öfter mal gemeinsam unterwegs gewesen. Kaja hatte in den ersten Jahren der Trennung von Florian darauf bestanden, dass sie, Maike, mehr Kontakt zu Erwachsenen brauchte. Wenn Tessa ihren Vater besucht hatte, hatte die Freundin Wellnesstouren für sie beide organisiert.

»Ja, stimmt.« Kaja machte eine kurze Pause. »Tut mir leid, aber mir gehen grad ein paar Sachen durch den Kopf, und da musste ich dich einfach anrufen.«

»Welche denn?«

Maike runzelte die Stirn. Jetzt war sie noch verwunderter, vielleicht sogar beunruhigt. Kaja war eigentlich nicht der Typ, der sich Gedanken machte.

Kaja räusperte sich. »Florian war von Samstag auf Sonntag bei uns. Wusstest du das?«

»Nein, aber er kommt doch immer mal wieder nach Frankfurt und besucht euch. Das weiß ich, obwohl er mir ja keine Rechenschaft abgeben muss über das, was er unternimmt.«

»Nein, stimmt ...«, gab Kaja langsam zurück. »Es ist aber so, dass er sich diesmal sehr für dich interessiert hat ... Für dich und Spiekeroog. Sag mal, hast du ihm irgendwas verschwiegen?«

»Natürlich nicht.« Warum fragte Kaja das? Ihre Freundin wusste, dass sie drei Wochen Urlaub genommen hatte und ihn auf Spiekeroog verbrachte, weil sie sich um Hildes Nachlass kümmern wollte. Das Erbe hatte sie natürlich auch erwähnt, aber gesagt, dass sie sich erst mal davon überzeugen musste, wie es genau darum stand. Von dem Gespräch mit Florian hatte sie ihr bisher nichts erzählt. Unwillen stieg in ihr auf – gepaart mit Unsicherheit. Was wollte Florian? Was hatte er ihren gemeinsamen Freunden über sie gesagt? Verbarg er etwas vor ihr? Natürlich würde er die Sache mit Hildes Erbe nicht einfach hinnehmen. Das war ihr schon klar gewesen, bevor er davon gesprochen hatte, sich einen Anwalt zu nehmen. Darauf war sie vorbereitet, auch wenn sie hoffte, dass es nicht zu einer gerichtlichen Auseinandersetzung kommen würde. Maike starrte für einen Moment auf die Tagesdecke, fuhr mit den Fingern über das zarte Muster. »Hat er behauptet, dass ich ihm Informationen vorenthalte?«

»Nicht wirklich. Angeblich war er in erster Linie beruflich in Frankfurt. Irgendein neues Projekt. Er hat viel gearbeitet und hatte ein Gespräch in der Kanzlei. Er hat bei uns übernachtet, wenn es dich beruhigt.«

»Hm.« Maike dachte weiter nach. War das eine Anspielung darauf, dass er vielleicht in ihrer Wohnung gewesen war und da herumgeschnüffelt hatte? Natürlich war das möglich. Sie bedauerte zum ersten Mal seit ihrer Trennung, dass sie den Schlüssel damals nicht von ihm zurückgefordert hatte. Sie seufzte. »Okay, danke, dass du so offen bist, Kaja.«

»Ist doch klar, Schatz. Schade, dass wir uns in letzter Zeit nicht mehr so häufig gesehen haben. Und dass es unsere Fünferclique nicht mehr gibt ... Wir waren schon eine lustige Truppe, oder?«

»Ja, stimmt.« Obwohl sie die Oberflächlichkeit ihres alten Freundeskreises immer mal wieder nervte, wusste sie doch auch, dass da mehr sein konnte, wenn man sich nur Zeit füreinander nahm. »Vielleicht besuchst du mich irgendwann einmal hier oben«, sagte sie.

Sie hörte Kaja lachen. »Ja, vielleicht tue ich das.«

»Es ist allerdings wenig los hier. Das nur zur Warnung.«

»Ich weiß.«

»Tschüss, Kaja.«

»Tschüss, Maike.«

Maike saß noch eine Weile da und überlegte, kam aber zu keinem Schluss. Nur eins war ihr klar: Es war wichtiger denn je, dass sie das Testament fand. Sie musste den Notar anrufen, aber davor scheute sie sich. Das Wochenende war vorüber, er war bestimmt in seiner Kanzlei. Schnell verdrängte sie das Vorhaben wieder. Im Verdrängen war sie ziemlich gut geworden in letzter Zeit. Wenn man abwartete, regelten sich die Dinge oft von ganz allein.

Zum ersten Mal überlegte sie, ob sich das Testament gar nicht in Hildes Wohnung befand. Der Notar hatte geschrieben, dass es in ihrem Haus war, aber das Vorderhaus gehörte ja auch zu Hildes Besitz. Wo konnte sie da suchen? In der Werkstatt? Im Laden? Hatte sie dazu das Recht? Maike barg das Gesicht in den Händen.

Wenig später hörte sie endlich ein Geräusch von unten. Tessa verließ ihr Zimmer und tappte durch den Flur zur Toilette. Maike entschied sich, gute Miene zum bösen Spiel zu machen und ihre Tochter mit einem entspannten, fröhlichen Lachen zu empfangen. Trotzdem hätte sie in diesem Moment am liebsten Jariks starke Arme um sich gespürt.

Und was hätte ich ihm sagen sollen?

Sie war auf sich gestellt. Nur sie selbst konnte sich helfen.

An diesem Abend aßen sie zum ersten Mal seit Tessas Ankunft alle gemeinsam auf der Terrasse des Vorderhauses. Famke hatte eine ausgesprochen leckere Pizza gemacht. Auch Nils, dem es offenbar schwerfiel, ruhig sitzen zu bleiben, war dabei. Nachdem er eine halbe Pizza heruntergeschlungen und Jarik ihn mehrfach zurechtgewiesen hatte, verschwand er einfach mit seinem Skateboard unter dem Arm.

»Tut mir leid«, sagte Jarik, nachdem sie eine Weile schweigend weitergegessen hatten.

»Du solltest dir nicht so viele Gedanken darum machen, was andere denken«, mischte sich Famke ein.

»Worum geht es hier?« Maike schaute von einem zum anderen.

»Nils ist Autist«, antwortete Famke und warf Jarik einen scharfen Blick zu. »Ich denke, das hätte er dir schon längst sagen sollen.«

»Autist?«, mischte sich Tessa ein. »Wie der Good Doctor aus der Fernsehserie?«

Famke schüttelte den Kopf. »Nils ist nicht hochbegabt. Er ist ein normaler, nicht neurotypischer Junge.«

»Neurotypisch, das sind wir«, erklärte Jarik.

Maike überlegte, ob sie noch etwas fragen wollte, entschied sich aber vorerst dagegen. Wieder wurde es einen Augenblick still, bis Tessa und Famke anfingen, über Keramik zu reden, und Famke schließlich anbot, sie durch die Werkstatt und den Laden zu führen. Nachdem die beiden verschwunden waren, räumten Jarik und sie das Geschirr, das sie aus Hildes Küche geholt hatte, weg. Schnell waren alle Spuren beseitigt. Etwas unschlüssig standen sie voreinander.

»Gehen wir spazieren?«, fragte Maike.

»Gerne.«

Es war ein warmer, inzwischen dämmriger inseltypischer Sommerabend. Aus den Bäumen flogen immer wieder Vogelschwärme auf. Die ersten Touristen beendeten ihre Restaurantbesuche und machten den Platz für die nächsten Gäste frei. Ein paar Kinder hatten sich noch ein Eis erbettelt, andere schliefen bereits von Sand und Süßigkeiten verschmiert im Bollerwagen.

Jarik räusperte sich. »Jetzt weißt du also noch etwas von mir.«

»Warum hast du nichts gesagt?«

Er zögerte einen Augenblick. »Ich wusste einfach nicht, wie ich anfangen soll. Hallo, ich bin Jarik Martens, bin geschieden und habe einen autistischen Sohn.«

»Aber das macht mir nichts aus.«

»Ja, das weiß ich. Ich wollte uns wohl noch etwas Zeit geben. Viele haben ihre Vorstellungen, wenn man von Autismus spricht. Ich will meinem Kind aber kein Label anhängen, obwohl es ein Teil seines Lebens ist, der sich nicht leugnen lässt.« Er zuckte hilflos mit den Schultern.

»Das verstehe ich gut.« Sie bogen in den Noorderpad ein, der in Bi d'Utkiek überging. Zum zweiten Mal in diesem Urlaub lief sie zum Utkieker hoch. Es ist wichtig, sich nichts zu verschweigen, dachte sie, gleich von Anfang an. »Ich mache mir übrigens immer noch Sorgen wegen des Testaments.«

Jarik schaute sie an. »Du hast es noch nicht gefunden?«

Sie schüttelte den Kopf. »Und ich habe absolut keine Ahnung, wo ich noch suchen soll. Du kennst Tante Hildes Haus, oder? Die Einrichtung ist ziemlich übersichtlich. Meiner Meinung nach habe ich bereits jede Stelle durchsucht, an der man etwas hätte verstecken können. Nirgendwo war es. Ich habe sogar hinter den Bildern nachgeschaut ... Nichts ...«

»Das ist seltsam.«

Maike unterdrückte einen Seufzer. »Was, wenn es nur den Brief an mich gibt, den der Notar mir nach ihrem Tod mit der Todesnachricht zukommen lassen sollte, und sie einfach nicht mehr dazu gekommen ist, das Testament aufzusetzen?«

»Das täte mir leid für dich. Ich hatte den Eindruck, dass es dir guttut, hier zu sein.«

Er legte den Arm um sie und zog sie an sich. Sie genoss den Moment. Es stimmte, sie hatte sich bereits mit dem Gedanken angefreundet, dass diese Insel eine Rolle in ihrem Leben spielen könnte. Sollte das alles vorbei sein? Was würde dann aus Jarik und ihr werden, was aus dem Laden? Er küsste sie sanft.

»Ja, es tut mir gut, hier zu sein«, erwiderte sie, »und ich muss dir sicherlich nicht sagen, was aus dem Strandfliederhaus wird, wenn mein Ex-Mann zum Erben erklärt werden sollte. Er wird Hildes Anwesen so schnell wie möglich verkaufen. Er konnte noch nie viel mit der Insel anfangen. Mit Geld dagegen schon.«

Jarik hielt sie für einen Moment noch fester umschlungen. Sie spürte seine Lippen an ihrer Schläfe. Er küsste sie wieder.

»Gut, was können wir tun?«

»Ich weiß es nicht. Weitersuchen?«

»Ja, wir krempeln einfach alles um, auch die Räume hinter dem Laden, die Werkstatt, das kleine Zimmer, vielleicht sogar den Laden selbst ... den Dachboden ...«

»Bis wir es finden.«

»Bis wir es finden.«

Es tat gut, Jarik an ihrer Seite zu wissen. Arm in Arm gingen sie den Weg vom Aussichtspunkt wieder hinunter.

»Und du erzählst mir jetzt alles, was du über Autismus weißt.«

»Alles, was ich weiß.«

Als sie zurückkamen, war Tessa in ihrem Zimmer und in Hochstimmung. Zu Maikes Überraschung zeigte sie kein Interesse daran, in Erfahrung zu bringen, wo ihre Mutter und Jarik gewesen waren, und sie selbst war darüber erleichterter, als sie erwartet hätte. Tessa erzählte wie ein Wasserfall von der Werkstatt und von der Töpferei. Es war schön, sie so interessiert zu erleben. Sie sprach davon, dass sie ein Praktikum bei Famke machen könne. Es war schon spät, als sie sich schließlich eine gute Nacht wünschten.

Im Bett nahm das Gedankenkarussell in Maikes Kopf kurz darauf wieder an Fahrt auf. Lange konnte sie nicht einschlafen. Was hatte Florian vor? Wie konnte sie das nur in Erfahrung bringen?

DREIZEHNTES KAPITEL

Florian brach der Schweiß aus, als er an diesem Dienstagmorgen den Brief von der Bank im Briefkasten sah. Seit einiger Zeit schon achtete er peinlich darauf, immer als Erster unten zu sein, die Post kam zum Glück sehr früh. Für einen Moment war da ein schreckliches Gefühl in seiner Magengrube, der bittere Geschmack des Scheiterns lag auf seiner Zunge, aber vielleicht hatte er ja die Lösung all seiner Probleme gefunden. Er hoffte es.

In den letzten Tagen hatte er ein wahres Auf und Ab der Gefühle erlebt: Tessas Ein- und Auszug, der Stress in der Firma, seine Finanzspekulationen, bei denen er sich verkalkuliert hatte, und dann Maikes ungerechtfertigte Erbschaft, das Testament. Er hatte so ein Gefühl, dass da nicht alles mit rechten Dingen zuging, was ihm wieder Hoffnung gab. Natürlich konnte er sich nicht sicher sein, dass Maike ihn angelogen hatte, als sie behauptete, es gäbe ein Testament. Das vermutete er nur, weil sie sich so komisch am Telefon angehört hatte ... Was, wenn dieses verdammte Testament doch existierte?

Sicher war er sich nur einer Sache – dass er sich übernommen hatte und dass alles vorbei war, wenn er nicht sehr schnell eine Lösung für seine Probleme fand.

Was würde geschehen, wenn Nathalie feststellte, dass er ihr nicht weiter das Leben bieten konnte, das sie von ihm erwartete? Wenn sie das Loft aufgeben mussten und alles, was ihr gemeinsames Leben ausmachte? Nathalie war niemand, der auch mit weniger Luxus zurechtkam, das war ihm nur zu klar. Ohne Geld war er für sie sicher nur ein alter Knacker.

Er drehte den Brief in den Händen und war für einen Moment nah daran, ihn einfach wegzuwerfen, als könnte er damit aus der Welt schaffen, was dieser Umschlag gewiss beinhaltete: eine neue Mahnung, weitere Schulden, die er mit weiteren Krediten aus der Welt schaffen musste, als versuchte man, ein sinkendes Schiff mit einem einzigen Eimer leer zu schöpfen.

Aber er war kein kleines Kind, das die Augen vor etwas verschließen konnte, um es damit zum Verschwinden zu bringen.

Florian stopfte den Umschlag in die Hosentasche, wo er knisterte und ihn damit zu verspotten schien, schlüpfte in seine Jacke und eilte bald unten aus der Tür. In der Kanzlei arbeitete er den Morgen durch – wie ein Wahnsinniger. Der Stapel an Dingen, die er erledigen musste, wurde kleiner. Auch das beunruhigte ihn. Was sollte er tun, wenn er sich nicht mehr mit Arbeit ablenken konnte? Dann würden die bohrenden Gedanken zurückkommen, die sich nur noch darum drehten, wie er das Leben, wie er es in den letzten Jahren gewohnt gewesen war, retten konnte. Das Leben mit Nathalie. Das Leben als erfolgreicher Anwalt und Teilhaber der Kanzlei. Das Leben, in dem man seinen Urlaub an den exotischsten Orten verbrachte, wobei es nicht immer darauf ankam, ob es einem gefiel, sondern darauf, was es hermachte ...

Mittags stand er allein mit einem Kaffee am Fenster seines Büros. Er war damals stolz auf sich gewesen, dass er auf dem Eckzimmer bestanden hatte, das einen gigantischen Blick auf die Stadt bot, obwohl er zu diesem Zeitpunkt noch hauptsächlich in Frankfurt gearbeitet hatte. Der Kollegin, die sich auch darum bemüht hatte, hatte er schnell klargemacht, wo sie und wo er in der Hackordnung standen. Er hatte ein Anrecht auf ein solches Büro, und er hatte ein Anrecht auf das Leben, das er führte.

Florian sortierte Unterlagen in eine Mappe und legte sie in die Schublade seines Schreibtisches. Dann räumte er die verwendeten Stifte in die Stiftschublade. Er war ein ordentlicher Mensch. Damals in der Wohnung seiner Eltern war sein Zimmer so klein gewesen, dass es ihn zur Ordnung gezwungen hatte. Glücklicherweise hatte er es nicht mit Geschwistern teilen müssen.

Wahrscheinlich musste er einfach selbst nach Spiekeroog reisen, dann konnte Maike ihm endlich das Testament zeigen. Und diesen Notar würde er auf dem Weg dorthin wohl auch noch aufsuchen und ihm die Meinung geigen müssen ...

Plötzlich kam ihm ein Gedanke. Vielleicht ... vielleicht war Spiekeroog Maikes Insel, nicht seine. Er hatte es dort doch immer schrecklich langweilig gefunden.

Zu dumm, dass er die Zeit nicht wenigstens dazu genutzt hatte, mit Hilde darüber zu sprechen, was später sein würde. Er war einfach immer davon ausgegangen, dass sie ihn mal großzügig bedachte. Sie war schließlich ein großzügiger Mensch gewesen.

Er stand auf, schaute auf die Stadt hinunter und spürte, wie noch mehr ungeliebte Erinnerungen zurückkamen. Zuerst war es nur ein kleines unwohles Gefühl, dann ein Schauder, der ihn überzog. Um ihn herum wurde für einen Moment alles grau, der Geruch von früher kam zurück: nach viel zu fettigem Essen, nach der immergleichen billigen Seife, die er heute noch nicht ausstehen konnte, nach schalem Zigarettenrauch, obgleich der Vater immer auf dem Balkon geraucht hatte, ein ständiges Gefühl der Enge. Wie oft hatte er damals sonntags am Fenster gestanden und darauf gewartet, dass die Zeit verging.

Besonders die Sonntage waren schrecklich gewesen. Sie waren immer gleich abgelaufen: gemeinsames Frühstück, gemeinsames Mittagessen mit Oma, die keins ihrer Kinder mochte und ihre Enkelkinder nicht ausstehen konnte, als wären diese persönlich für ihr tristes Leben verantwortlich, Mittagsruhe, in der man es kaum wagte zu atmen, die man aber immerhin auf dem Zimmer verbringen durfte. Danach der immergleiche Spaziergang.

Irgendwann, an einem Novembersonntag mit der Familie, hatte er entschieden, dass er um jeden Preis wegmusste. Um jeden Preis. Von da an hatte er jeden Schritt geplant. Er hatte es durchgesetzt, aufs Gymnasium gehen zu dürfen, obwohl für den Vater die Realschule doch ausreichend gewesen war. Als auch die Lehrer sich für ihn eingesetzt hatten, hatte sein Vater zum ersten Mal im Leben etwas wie einen Hauch von Anerkennung gezeigt, ihm danach aber bei jeder schlechteren Note vermittelt: »Ich hab's dir doch gleich gesagt.«

In diesen Momenten hatte er gewusst, dass er seinen Eltern niemals unter die Arme greifen, dass er immer nur das Nötigste für sie tun wollte, das, was der mindeste Anstand eben gebot. Eines Tages hatte er unabhängig sein wollen, auch unabhängig davon, gezeigt zu bekommen, dass man etwas richtig gemacht hatte.

Und er hatte es geschafft. Er hatte sein Abitur gemacht und Jura studiert. Natürlich hatte er wieder Angst gehabt, aber das Studium war ihm irgendwie leichter gefallen als die Schule. Er hatte wenig von seiner Familie erzählt. Nein, er hatte nicht gelogen. Seine Kommilitonen hatten gewusst, wo er herkam, aber es war eben nicht wesentlich gewesen. Es war auf *ihn* angekommen. Damals hatte er erkannt, dass er auf den höchsten Wellen surfen konnte. Er war intelligent.

Und er hatte immer Kontakt zu Hilde gehabt, die sich als junge Frau ebenfalls von der Familie losgesagt hatte. Als er in die Pubertät gekommen war, hatte sie ihn gerade deshalb interessiert. Es war nicht ganz leicht gewesen, an sie heranzukommen. Hilde hatte zuerst nichts von ihm wissen wollen, wie sie nichts von der Familie, besonders ihrem Bruder, seinem Vater, hatte wissen wollen. Den hatte sie nicht ausstehen können. Doch er, Florian, hatte sie überzeugt, und sie hatte begonnen, Maike und ihn zu unterstützen. Hilde hatte Maike sofort gemocht, und er hatte gefunden, dass die Beziehung zu dem Beamtentöchterchen ein guter Schritt die Karriereleiter rauf für ihn gewesen war. Ja, vielleicht war er ein wenig neidisch darauf gewesen, wie liebevoll Maike und ihre Mutter immer miteinander umgingen, aber er war damit fertiggeworden.

Sie hatten noch vor dem Zweiten Staatsexamen geheiratet, nachdem er den Abschluss und seine erste Stelle in der Tasche gehabt hatte, war Tessa geboren worden. Er war ziemlich zufrieden gewesen mit seinem Leben, bis er Nathalie kennengelernt und festgestellt hatte, dass das noch nicht alles gewesen sein konnte.

Der leise Erinnerungston seines Handys läutete das Ende seiner Pause ein. Er hatte noch einen Außentermin – und sich entschieden: Er würde nach Spiekeroog fahren und sich etwas umschauen. Und wenn er das Testament zu sehen bekam, würde er sich eine Strategie überlegen.

Kurz nachdem sie am Dienstagnachmittag zusammen Tee getrunken hatten, schlug Jarik spontan vor, hinaus zu den Seehundbänken zu fahren.

»Fiete, ein Bekannter von mir, ist Biologe und macht heute noch eine Tour.« Er lächelte Maike und Tessa an. »Wie wär's, ihr beiden, wart ihr schon mal auf einer solchen Fahrt?« Maike schüttelte den Kopf. »Ich denke, es wird euch gefallen.«

Tatsächlich waren sie trotz mehrmaliger Besuche auf der Insel noch nie draußen bei den Seehunden gewesen. Florian hatte solchen Ausflügen nichts abgewinnen können, und sie hatte sich nicht gegen ihn durchsetzen wollen. Mein Gott! Seit sie getrennt waren, fiel ihr immer öfter auf, wie sehr sie sich bei allem nach ihm und seinen Launen gerichtet hatte. Zuerst wollte sie ablehnen – nach dem Gespräch mit Kaja schien es ihr umso dringlicher, endlich den Notar zu kontaktieren –, aber Tessa war zu Maikes Überraschung sofort Feuer und Flamme. Sicher war es gut, mit ihr etwas zu unternehmen.

»Ich hab auf jeden Fall Lust. Komm schon, Mum, du hast den ganzen Morgen nach dem Testament gesucht. Du musst mal auf andere Gedanken kommen. Vielleicht hilft das.«

Maike seufzte. Tessa hatte recht. Tatsächlich hatten sie am Morgen den Flur hinter dem Laden aufgeräumt und einiges zur Entsorgung weggebracht. Sie hatte sich in der Werkstatt, im kleinen Zimmer und auch auf dem Dachboden umgesehen, wo sich allerdings, bis auf die braune Cordcouch, nicht viel fand. Die hatte sie sogar aufgeschlitzt, weil sie so ein komisches Gefühl überkommen hatte – es war wohl nur wieder die Erinnerung an Hilde gewesen. Sicher war es gut, auf andere Gedanken zu kommen. Im Moment war sie ohnehin zu erschöpft. Später musste sie sich dann noch die Gerümpelkammer in Hildes Häuschen vornehmen. Dort fanden sich kleinere Möbelstücke, Klappstühle, Beistelltische, Vasen aus den Sechzigern und Siebzigern. Sie hatte bereits einen Blick hineingeworfen, konnte sich aber nicht vorstellen, wo dort etwas versteckt sein sollte.

»Okay, ich komme auch mit.«

Sie erbat sich etwas Zeit, damit Tessa und sie sich schnell etwas Wärmeres zum Anziehen holen konnten, packte dann kurz entschlossen noch etwas zu trinken und natürlich die Kamera ein. Tessa war nicht umgezogen, als sie sich unten vor dem Laden wiedertrafen. Sie sagte nichts dazu. Ihre Tochter war in dem Alter, in dem sie selbst wissen musste, was richtig war. Sie auf der anderen Seite war in einer Phase des Elternseins, in der sie lernen musste, ihrer Tochter diese Freiheit zu lassen.

Gemeinsam machten sie sich auf den Weg in den Hafen. Nils wollte nicht mit, er hatte die Seehunde wohl schon oft gesehen. Tessa und Jarik gingen etwas voraus, sie ließ ihnen den Abstand. Es war ihr wichtig, dass die zwei sich besser kennenlernten. Auch wenn Tessa etwas ahnte, so hatte sie ihr noch nicht alles über Jarik und sich erzählt. Was war das überhaupt – alles ...?

Jarik und sie hatten bisher nur Spaziergänge miteinander unternommen. Sie hatten über Gott und die Welt geredet. Sie hatten sich geküsst.

Wir haben uns ineinander verliebt, aber wir kennen uns eigentlich kaum.

Sie standen noch ganz am Anfang, so war es doch, und so hatten sie die rechten Worte auch noch nicht gefunden, um über sich zu sprechen.

Tessas und Jariks Unterhaltung war angeregt. Jetzt blieben die beiden plötzlich stehen, drehten sich um und warteten, bis sie aufgeholt hatte.

»Geht's dir gut?«, erkundigte sich Jarik.

»Klar, es gibt nur so vieles, über das ich nachdenken muss.«

»Ich würde mal sagen, du musst nur so viel nachdenken, wie du kannst«, erwiderte er mit einem Lächeln. »Denk mal darüber nach.«

»So kann man es auch sehen, Mum«, pflichtete Tessa ihm bei.

»Jaja, ihr habt ja recht.«

Zu ihrer Überraschung hob sich ihre Stimmung. Sie würde diesen Tag jetzt einfach genießen und die Stärke nutzen, die ihr die Insel gab.

Das Wetter war erneut so gut, dass man eher an Sonnencreme hätte denken müssen als an die Jacke, die sie eingesteckt hatte. Ihr Weg führte sie in den Hafen, dieses Mal an der Stelle vorbei, an der die Fähre anlegte. Fiete war ein kräftiger Rothaariger mit Weihnachtsmannbart, ebenfalls rot, und freundlichem Lächeln. Sein Boot war ein alter Krabbenkutter, den er für seine Bedürfnisse umgebaut hatte. Der Biologe würde sie also zu den Seehundbänken mitnehmen und natürlich darauf achten, dass sie den Tieren nicht unnötig nahe kamen, während er selbst seine Beobachtungen machte.

»Moin«, grüßte er.

»Moin, Fiete.«

»Wo ist Nils?«, erkundigte sich Fiete.

»Zockt heute lieber mit einem Freund im Internet.«

»Schade.«

»Dafür hab ich dir Maike und Tessa mitgebracht.«

Fiete sah sie interessiert an. »Na, ich hoffe, ihr freut euch aber?«

»Unbedingt, wir wollten das schon längst mal machen, nicht, Tessa?« Maike lachte in die Runde.

Tessa kletterte als Erste an Bord. Als Maike das schwankende Boot betrat, musste sie voller Vorfreude grinsen. Sie war gerne auf dem Wasser, weitab von allen Sorgen. Die wenigen Male, in denen sie bisher Gelegenheit dazu gehabt hatte, waren ihr in guter Erinnerung.

Sie folgte Tessa, die zur Vorderseite des Schiffes gelaufen war, nicht, sondern suchte sich einen Platz auf einer Bank an der Reling.

Jarik sah nach Tessa und kam dann zu ihr zurück.

»Es geht ihr gut«, sagte er und setzte sich neben sie. »Mach dir keine Gedanken.«

Bald darauf wurde es geschäftig an Bord, die Leinen wurden gelöst, und Maikes Aufmerksamkeit richtete sich auf das Boot. Es fuhr mit Motorkraft aus dem Hafen. Fiete hatte sich gleich nach der Begrüßung in die Führerkabine zurückgezogen. Sehr gesprächig war er nicht. Ein typischer Ostfriese eben. Als hätte er ihre Gedanken gelesen, versprach Jarik ihr grinsend, dass Fiete ganz anders würde, wenn es um sein Thema ging.

Eine Zeit lang fuhren sie in sanftem Schaukeln voran. Maike beobachtete, wie sich die Insel entfernte, und sah dann wieder übers Meer.

Was für ein wunderbarer, friedlicher Ort.

Hier und da passierten sie andere Boote, etwas weiter entfernt war die Fähre zu sehen. Ein Ausflugsschiff kam näher heran. Man winkte einander zu. Die Wellen wurden größer, sodass ihnen Meerwasser ins Gesicht spritzte. Maike spürte, wie sie tief durchatmete und sich immer mehr entspannte. Jetzt hatte sie doch wieder den Eindruck, alles schaffen zu können.

Sie fuhren noch eine ganze Weile, bis sie ihr Ziel endlich erreicht hatten. Behutsam tuckerte Fiete immer näher an die Sandbank heran. Die Seehunde, die dort dicht an dicht lagen, waren zuerst nur als dunkle Punkte zu erkennen, dann konnte man ihre Körper immer deutlicher ausmachen. Jarik verließ seinen Platz und winkte sie herbei. Sie stellte sich an seine Seite. Am Bug stand Tessa. Sie sahen alle zur Sandbank hinüber. Maike meinte, gut dreißig Tiere zu zählen, die dort schliefen, sich in der Sonne räkelten, auf dem Weg vom oder ins Wasser waren. Fiete kam zu ihnen und machte sie auf zwei Tiere aufmerksam, die etwas weiter entfernt von den Seehunden lagen.

»Kegelrobben«, erklärte er, »gehören zu den größten in Deutschland in Freiheit lebenden Raubtieren.«

Maike schaute zur Sandbank hinüber, kniff die Augen zusammen und bemühte sich, mehr zu erkennen. »Wie kann man Seehunde und Kegelrobben eigentlich voneinander unterscheiden?«, fragte sie. »Außer dass Kegelrobben größer sind.«

Fiete stützte sich auf die Reling. »Nicht ausgewachsene Robben sehen auf die Entfernung manchmal tatsächlich aus wie Seehunde. Da wird es also schwierig. Zuerst einmal gehören sowohl Kegelrobben, Seehunde als auch Walrösser zur Familie der Robben. Insgesamt gibt es fünfunddreißig verschiedene Robbenarten. Kegelrobbe und Seehund sind Hundsrobben. Jetzt zurück zu deiner Frage: Seehunde haben einen runden Kopf, Kegelrobben eine lange Schnauze. Die Fellfarbe ist kein hundertprozentig sicheres Bestimmungsmerkmal, dafür unterscheiden sich die Nasenlöcher. Beim Seehund bilden sie ein V, bei Robben stehen sie eher parallel. Außerdem haben Kegelrobben kegelförmige Zähne, daher übrigens auch ihr Name, mit dem Kopf hat das nichts zu tun. Die Zähne von Seehunden ähneln dagegen denen von Hunden. Sie haben pro Zahn drei kleine Spitzen.«

»Um das überprüfen zu können, müsste ich aber relativ nah herankommen«, bemerkte Maike mit einem Schmunzeln.

Fiete lachte. »Näher jedenfalls als die vorgegebenen mindestens hundert Meter. Allerdings sind beide Raubtiere. Das ist also nicht ratsam. Nimm das hier, wenn du sie genauer sehen möchtest.«

Er hielt ihr ein Fernglas hin. Maike nahm es dankbar an und hängte es sich um. Es war schön, die Tiere genauer betrachten zu können.

»Kannst du ihre Schnurrbarthaare sehen?«, fragte Fiete.

Maike strengte sich an. »Ein bisschen vielleicht.«

»Diese Haare sind ein sehr empfindliches Tastorgan. Zahlreiche Nervenenden sitzen daran, sodass die Tiere sich auch im dunkelsten Wasser orientieren können. Sie können damit Fische aufspüren, die das Wasser aufwirbeln. Selbst blinde Tiere können auf diese Weise weiterhin Nahrung finden.«

»Das ist beeindruckend.« Maike ließ das Fernglas sinken. »Sie scheinen nicht viel zu machen.«

»Nein, nach einer anstrengenden Jagd ruhen sie sich einfach gerne aus. Teilweise schwimmen sie sehr weit aufs Meer hinaus. Die Beutezüge dauern oft mehrere Tage. Seehunde können übrigens bis zu dreißig Minuten unter Wasser schlafen.«

»Beneidenswert. Wovon ernähren sie sich eigentlich?«

»Wie alle Robben von Fischen und Kleinkrebsen.«

Maike stützte sich auf die Reling. Es machte Spaß, Fiete zuzuhören.

»Darf ich?« Jarik nahm auf ihr Nicken hin ihre Kamera und machte ein paar Fotos. Als sie sich ihm zuwandte, merkte sie, dass er sie ins Visier genommen hatte.

»Hey!«, beschwerte sie sich.

»Komm schon, du siehst so hübsch aus.«

Sie wollte cool bleiben, musste aber lächeln und hoffte gleichzeitig, dass sie nicht rot geworden war. Früher hatte sie gedacht, dass das mit dem Rotwerden vorbei war, wenn man erwachsen wurde, doch sie hatte sich geirrt. Vielleicht sah es ja wenigstens so aus, als hätte der Seewind ihre Wangen rosig werden lassen.

Sie bemerkte, dass ihre Tochter sie beide beobachtete. Im

nächsten Moment zog Fiete wieder ihre Aufmerksamkeit auf sich.

»Guckt mal dort!«

Sie folgten seinem Fingerzeig. Jarik legte wie selbstverständlich seinen Arm um sie. Erst war nichts zu sehen. Dann tauchte ein Kopf aus dem Wasser und wippte mit den Wellen. Ein neugieriges Tier hatte das Boot und seine Menschen in den Blick genommen. Ein zweiter runder Kopf tauchte aus dem Wasser auf. Tessa jauchzte. Weiter hinten, an der Sandbank, robbte ein Tier an Land. Es sah putzig aus. Maike dachte an die schwarzen Knopfaugen, die man auf diese Entfernung kaum sehen konnte.

Fiete wies auf ein paar Jungtiere. Sie hob das Fernglas wieder und beobachtete die Kleinen.

»Kann ich auch mal, Mum?« Tessa stand auf einmal neben ihr, sie nickte und gab das Fernglas an ihre Tochter weiter.

»Kegelrobben kommen übrigens mit diesem weißen Flaum zur Welt«, erklärte Fiete, »habt ihr sicher schon mal auf Fotos gesehen. Sie werden im Winter geboren, an ruhigen Plätzen, die nicht überspült werden, und wiegen bei der Geburt zwischen zehn und fünfzehn Kilogramm. Das Muttertier stillt sie zwei bis drei Wochen lang. Danach bleiben sie bis zum Fellwechsel allein am Strand zurück und machen sich schließlich selbstständig auf den Weg zu den Jagdrevieren in der Nordsee.«

»Und Seehunde?«, fragte Maike.

»Die kommen mit Schwimmfell zur Welt«, erklärte Fiete. »Bei der ersten Flut müssen sie gleich ins kalte Wasser. Die Wurfzeit beginnt aber erst Ende Mai. Seehunde werden bei

Ebbe auf abgelegenen Sandbänken geboren. Bei der Geburt wiegen sie zwischen sieben und zehn Kilogramm. Sie werden ungefähr sechs Wochen gestillt und sind danach auf sich gestellt. Der Fettgehalt von Robbenmilch liegt bei fünfundvierzig Prozent. Die Tiere nehmen also anfangs eine ganze Menge zu, aber das muss auch sein.«

»Beeindruckend.«

»Ich würde euch raten, mal die Seehundstation in Norddeich zu besuchen. Das lohnt sich immer.«

»Das machen wir.«

Zwei Seehunde näherten sich ihnen.

»Die sind ganz zutraulich«, sagte Fiete. »Die kommen immer, wenn ich hier bin.«

Maike wurde warm ums Herz. Sie war sich sicher, dass sie Stunden ausharren und den Tieren beim Schwimmen, Abtauchen und Auftauchen zusehen könnte, bis sie sich dann irgendwann wieder an den Strand zum Sonnen und Ausruhen begaben.

»Kann ich das Fernglas wiederhaben?«

»Och Mann, Mum!« Tessa gab es ihr widerwillig zurück und verschwand wieder um die Führerkabine herum zum Bug.

Maike nahm einen der Seehunde auf der Sandbank in den Blick. Sie konnte jetzt sogar die Schnurrbarthaare des Tieres sehen und die Flecken in seinem Gesicht, die sie an Sommersprossen erinnerten.

Jarik legte ihr erneut den Arm um die Schultern. Sie lehnte sich gegen ihn, legte den Kopf zurück und genoss seine Nähe.

Dann war es Zeit zurückzufahren. Sie überlegte, ob sie zu Tessa gehen und die Zeit an Bord für ein Gespräch über die

Beziehung zwischen ihr und Jarik nutzen sollte. Musste sie überhaupt mit ihr reden? Diesen friedlichen Moment stören? Sie entschied, es nicht zu tun.

Vielleicht bin ich ja nur zu feige ...

Sie fuhren nicht direkt zurück, Fiete nahm einen großen Bogen in Richtung Hafen. Er war ganz in seinem Element. So wie Jarik versprochen hatte, war er nicht wortkarg, wenn es um seine Themen ging.

Am frühen Abend legten sie wieder an. Tessa sprang als Erste von Bord. Maike beeilte sich, hinter ihr herzukommen, doch als sie sich mit ein paar kurzen Worten von Fiete verabschiedet hatte, war ihre Tochter verschwunden. Suchend schaute sie sich um.

»Wo ist Tessa?«

Jarik zuckte mit den Schultern. »Ich weiß nicht. Sie hat uns zugewinkt und war weg ...«

Maike war überrascht. Gut, sie würden sich bestimmt zum Abendessen sehen.

Tessa sah, dass ihre Mutter sich nach ihr umschaute. Es war nur zu klar, dass sie mit ihr über diesen Jarik reden wollte, aber sie hatte keine Lust darauf. Wieso wollten Erwachsene eigentlich immer über Tatsachen sprechen, über die es ja doch nichts mehr zu besprechen gab?

VIERZEHNTES KAPITEL

Es war tatsächlich schon einige Zeit her, dass er zuletzt auf Spiekeroog gewesen war. Der Himmel war bewölkt wie so oft auf der Insel. Wegen eines Staus wäre er fast zu spät zur Fähre gekommen. Vom Dauerparkplatz aus hatte er mit seiner Reisetasche über der Schulter sogar rennen müssen, wobei ihn die Lederschuhe mit ihren glatten Sohlen fast zu Fall gebracht hätten. Er fragte sich, warum er keine Turnschuhe trug. Während sein Anzug ihm anfangs wie eine schützende Rüstung vorgekommen war, bedauerte er es inzwischen, sich nicht passender gekleidet zu haben. Aber er hatte Nathalie gesagt, dass er auf Geschäftsreise ging, und das hätte sie ihm kaum abgenommen, wenn er in Freizeitklamotten losgefahren wäre.

Als einer der Letzten kam Florian an Bord und stieg gleich hinauf auf das oberste Deck, wo sich noch ein Platz für ihn fand, obgleich es ziemlich voll war. Das Geplapper der Touristen, die voller Vorfreude auf ihren Urlaub waren, nervte ihn. Er versuchte, es auszublenden und sich auf das zu konzentrieren, was vor ihm lag. Auf dem oberen Deck war es kühl. Gut, dass er seine Burberry-Jacke dabeihatte.

Ob Maike überrascht sein würde? Er hatte ihr nicht gesagt, dass er vorhatte zu kommen, und sie nach dem letzten Gespräch auch nicht mehr angerufen. Er war sich inzwischen sicher, dass seine Tante ein Testament verfasst hatte. Wenn er es fand und es verschwinden ließ, würden die Karten vielleicht zu seinen Gunsten neu gemischt. Maike hatte dann keinen Anspruch auf irgendetwas. Er hatte noch einmal mit Jo darüber gesprochen, der ihm die Nummer eines Freundes gegeben hatte, weil er sich, auch nach neuerlicher, reiflicher Überlegung, nicht selbst um die Sache kümmern wollte.

Der empfohlene Anwalt und er hatten ein erstes Sondierungsgespräch geführt, aber noch war nichts entschieden. Er wusste noch nicht, welchen Weg genau er einschlagen wollte.

Halt! War das etwa ein Gewissen, das ihn da quälte? Aber ein Gewissen war etwas für Schwächlinge, die nicht den Mumm hatten, für sich einzutreten.

Für einen Moment schaute er in die Ferne. Sogar Jo hatte ihn von seinem Vorhaben abbringen wollen. Er hatte sich doch ziemlich verändert. Früher bist du mehr Raubtier gewesen, hatte er dem Freund vorgeworfen. Jo hatte nur mit den Schultern gezuckt.

Florian runzelte die Stirn. Irgendwie hatte er den Eindruck, dass sich alle um ihn herum veränderten, dass vielen mittlerweile der Biss fehlte. Aber vielleicht hatten sie auch nie wirklich kämpfen müssen wie er. Alles hatte er sich allein erarbeitet. Seine Eltern hatten ihm nach ihrem Tod rein gar nichts hinterlassen. Außer einer Wohnung voller geschmackloser Möbel und anderem Inventar, die er in kürzester Zeit hatte ausräumen müssen. Er hatte den Aufstieg allein geschafft. Und weil er den Ort, an den er nie wieder zurückwollte, nur allzu gut kannte, würde er alles dafür tun, einen Abstieg zu vermeiden. Er bekam das schon hin – er hatte ja nie Eltern gehabt, die ihn auffingen, die ihre Beziehungen spielen ließen und ihn unterstützten, wie es bei Jo gewesen war und bei Sven.

Er fragte sich, ob Maike ihn wohl bei sich übernachten lassen würde? Wenn nicht, hatte er womöglich ein Problem. Es war Sommer, und er hatte keine Unterkunft gebucht. Allerdings war er sich ziemlich sicher, dass er sich auf sie verlassen konnte. Seine Ex war weichherzig. Wenn er es richtig anstellte, würde sie sich an die gemeinsamen Tage auf der Insel erinnern. Sie sprach gerne von der Zeit, die sie bei Hilde verbracht hatten, auch noch nach der Trennung.

Und es war definitiv schön gewesen. Das war es doch, oder hatte er das falsch abgespeichert?

Egal, die Zeiten waren vorbei. Und er hatte keine Probleme damit, etwas hinter sich zu lassen, hatte er nie gehabt. Das machte einen Teil seines Erfolges aus. Maike dagegen ... Sie war so nachgiebig, so harmoniebedürftig ... sah überall das Gute ... Herrje, wie ihn das immer genervt hatte.

Die Fähre hatte bereits zwei Drittel der Strecke zurückgelegt, die Insel näherte sich. Der weite nördliche Sommerhimmel breitete sich über ihm aus. Die Wolken hatten sich verzogen. Ihm wurde das Herz weiter. O ja, sie hatten schöne Urlaube hier verlebt, zumindest ganz früher. Hier hatte er Hilde erst so richtig kennengelernt, und sie hatte sein Leben verändert. Hilde, die er bis dahin nur von den wenigen Fotos aus dem Familienalbum gekannt hatte und von sehr seltenen Verwandtentreffen. Hilde, die sich von der Familie abgewandt hatte und ihm gerade deshalb ein Vorbild gewesen war.

Bald legte die Fähre an. Die Touristen strömten vom Schiff. Florian folgte ihnen als einer der Letzten, erstaunt darüber, dass ihm die Willkommensgrüße, die anderen entgegenschallten, einen Stich versetzten. Für einen kurzen Moment sah er Hilde in der Menge vor sich, die zierliche Hilde samt ihrem altertümlichen Bollerwagen. Kurz hatte er den Eindruck, dass ihm der Kampf doch zu viel war, nur leider steckte er schon viel zu tief in der Scheiße, um sich darüber Gedanken zu machen.

Maike war auf dem Balkon eingedöst. Wenig später riss eine Stimme sie aus einem unruhigen Traum. Florian? Das war doch Florian?

»Maike? Maike, bist du das?« Sie richtete sich desorientiert auf, war sich für einen Moment im Unklaren darüber, wo sie sich befand. Auf dem Balkon ... auf Hildes Balkon. Vor ihr standen eine Tasse Tee und ein Teller mit ein paar Apfelstücken. »Maike?«

Doch, das war Florian, und sie war wach und träumte nicht mehr.

»Ja?«

Sie stand auf und schaute über die Brüstung nach unten. Der Anblick, der sich ihr bot, war irritierend: Florian stand da in einem maßgeschneiderten Anzug und eleganten Lederschuhen, die Wachsjacke von Burberry über dem Arm, seine kleine Reisetasche über der Schulter, als wäre er gerade einem Schaufenster für exklusive Herrenbekleidung entstiegen.

»Puh, Gott sei Dank, dachte schon, du wärst abgereist.«

»Was machst du hier?«

Sie runzelte die Stirn. Ihr letztes Gespräch kam ihr in den

Sinn, sie hatte keine guten Erinnerungen daran. Florians Lächeln jetzt wirkte dagegen einnehmend, als hätte er das längst vergessen.

»Willst du mich nicht erst mal begrüßen?«

Wollte sie? Na ja, so machte man das wohl.

»Hallo, Florian!«

»Hallo, Maike!« Für einen Moment schauten sie sich abwartend an. »Ich hab nachgedacht«, er hob etwas unbeholfen die Schultern, »und bin zu dem Schluss gekommen, dass ich all das hier doch noch mal wiedersehen will. Tut mir leid, was da kürzlich zwischen uns war. Lässt du mich rein?«

Maike zögerte. Sprach etwas dagegen? Konnte sie ihm trauen?

»Ist offen«, rief sie dann.

Auf dem Weg nach unten schaute sie sich rasch überall mit prüfendem Blick um. Sie hatte keine Ahnung, wonach sie schaute und was sie vielleicht verbergen wollte. Sie hatte keine Idee, was er wollte, aber sie war sicher, dass er nicht einfach so gekommen war. Sie war nicht so dumm zu glauben, dass ihr Ex hier war, um in Erinnerungen zu schwelgen. Die Jahre der Trennung und die letzten Wochen hatten sie wahrscheinlich mehr über ihren Mann gelehrt als alle Ehejahre vorher.

Als sie unten ankam, stand Florian bereits im Flur. Unschlüssig standen sie voreinander, dann küsste er sie sehr zurückhaltend auf beide Wangen und musterte sie eingehend. Sie kannte diesen prüfenden Blick, mit dem er alles Wesentliche in sich aufnahm. Das war eines der ersten Dinge, die ihr an ihm aufgefallen waren, aber damals hatte sie das nicht negativ gesehen: Sie hatte sich gesagt, dass er eben gerne alles im Blick hatte. Später hatte er sie damit verunsichert. Auch jetzt tat er das, aber sie würde sich nichts anmerken lassen.

»Das ist aber echt eine Überraschung.«

»Bitte, ich hab wirklich viel nachgedacht, seit wir zuletzt miteinander gesprochen haben.«

»Tatsächlich?«

»Vielleicht hab ich mich nicht richtig verhalten. Ich mochte Hilde, es tat mir weh, zu erkennen, was sie offenbar zum Schluss in mir gesehen hat ...«

Er hielt inne, als wüsste er nicht recht, was er noch sagen sollte. Maike schwieg. Sie musste vorsichtig sein. Es gab nichts Spontanes bei Florian, nichts, was er sich nicht gut überlegt hatte. Sollte sie ihm sagen, dass sie mit Kaja gesprochen hatte, und versuchen, eine Reaktion hervorzulocken?

»Lass uns nach oben gehen.«

»Bist du sicher? Wir können auch woanders hingehen. Ich will mich nicht aufdrängen.«

»Nein, ist in Ordnung. Komm schon.«

Er warf noch einen Blick in Richtung Gästezimmer.

»Schlaft ihr wieder dort?«

»Tessa schläft dort.«

»Aha.«

Es war, als gäbe er sich einen kleinen Ruck, dann eilte er auf ihren Wink hin vor ihr her die Treppenstufen hinauf, sie folgte ihm langsam. Oben angekommen schaute Florian sich um.

»Die komische Cordcouch ist weg«, stellte er fest.

»Ja, das ist mir ebenfalls als Erstes aufgefallen.«

»Es war aber auch ein ziemlich altes Ding.«

»Ich mochte es. Es passte besser zu Hilde als das neue

Sofa.« Sie nickte wie zur Bestätigung. »Ich mache uns was zu trinken«, sagte sie dann.

Auf dem Balkon räumte sie rasch ihr Geschirr beiseite. Florian stand derweil einen Moment unschlüssig in der Mitte des großen Wohnzimmers, bevor er begann, die neuen Bilder zu begutachten.

»Tee oder Kaffee?«

»Kaffee.«

Sie verschwand noch einmal und stellte die Kaffeemaschine an, erwärmte Milch in einem Topf. Als sie mit zwei Bechern zurückkam, stand Florian auf dem Balkon und ließ den Blick über die Umgebung schweifen.

»Ich vergesse doch jedes Mal, wie schön es hier ist«, sagte er leise.

Zu ihrer Überraschung klang es ehrlich.

»Ich hatte nie den Eindruck, dass es dir hier gefällt«, erwiderte sie dennoch.

»Wie kommst du darauf?« Er lächelte sie an. »Natürlich ist es schön hier. Du kannst dich glücklich schätzen, dass *meine* Tante dir das Anwesen überlassen hat.«

Meine Tante ...

Das war es also doch, was ihn hergebracht hatte, daher wehte der Wind. Sie hatte es gewusst, er hatte es nicht lange verbergen können. Sie nahmen in den Korbsesseln Platz. Florian sah sie über den Rand seines Bechers hinweg an.

»Wir sollten ein paar Dinge zwischen uns klären«, sagte er dann. »Ich will gleich zum Punkt kommen. Zeig mir zuallererst das Testament.«

Jarik wollte gerade den Rasen mähen, als er auf die zwei Gestalten auf dem Balkon von Hildes Häuschen aufmerksam wurde. Eine davon war Maike, die andere ein Mann in einem schicken Anzug, bei dem er sich überrascht fragte, ob es sich wohl um einen Makler handelte. Dann aber schien ihm der Umgang der zwei miteinander doch zu vertraut.

Wer war das also? Sein Magen krampfte sich unwillkürlich zusammen. Konnte das Florian sein, Maikes Ex-Mann?

Er starrte weiter reglos zu den beiden hoch, dann forderte Nils seine Aufmerksamkeit. Der stand nämlich plötzlich hinter ihm im wieder mal viel zu hohen Gras. Er musste sich regelmäßiger um den Garten kümmern. Da war eben immer was zu tun.

»Papa?«

»Ja.«

Sehr detailreich schilderte sein Sohn ihm eine Szene seiner Lieblingsserie, die er sich unbedingt gleich auch ansehen müsse. Jarik musste sich anstrengen, ruhig zu bleiben. Ungeduld stieg in ihm auf. Lieber hätte er das Pärchen auf dem Balkon weiter beobachtet. Andererseits wusste er, dass es nichts bringen würde, Nils auf später zu vertrösten, also ging er mit ihm rein. Als der Junge ihn endlich freigab, beeilte er sich, wieder hinauszukommen. Maike und der Mann waren verschwunden, dafür kam Tessa des Weges.

»Hat deine Mutter Besuch?«, fragte er sie direkt.

Tessa bedachte ihn mit jenem halb genervten Blick, zu dem nur Teenies in der Lage waren. Maike hatte ihm erzählt, dass sie am vergangenen Abend noch mit ihrer Tochter geredet hatte, über ihn und sich. Tessa hatte laut Maike ruhig zugehört und dann ganz relaxt gesagt: »Ist euer Leben.«

Als Erwachsener, hatte er während des Gesprächs gedacht, ist es manchmal nicht so einfach, zu erkennen, in welchem Zustand einer Beziehung man sich befindet, nicht so leicht jedenfalls wie in Zeiten, als man sich Zettel mit Botschaften à la »Willst du mit mir gehen? Kreuze bitte an: Ja/Nein« zustecken konnte.

»Kann schon sein. Ich hab was gehört und bin lieber unten geblieben.«

»Ist das ein Makler?« Jarik nickte zum Balkon hin, wo der Mann im Anzug gerade wieder auftauchte.

Tessa folgte seiner Bewegung und verdrehte die Augen. »Nee, das ist mein Vater.«

»Willst du ihn nicht begrüßen?«

Tessas Gesichtsausdruck sagte sehr eindeutig, dass ihn das nichts anging.

»Sorry«, entschuldigte er sich. »Geht mich nichts an.«

»Stimmt, geht dich nichts an.«

Hinter ihnen war ein Rumpeln zu hören, dann kam erneut Nils heraus, das plärrende Tablet in der Hand.

»Willst du das nicht erst mal ausmachen?«, fragte Jarik ungehalten.

Die Situation zerrte an seinen Nerven. Eine Melodie bekundete das Ende der aktuellen Folge. Nils schaute Tessa kurz an, dann wandte er sich seinem Vater zu.

»Ich will ein Eis.«

»Ich möchte gern, heißt das. Aber ich hab leider zu tun«, gab er zurück. »Ich geb dir Geld, dann kannst du dir eins holen.«

»Ich will nicht allein gehen.«

Nils Stimme klang scharf. Er konnte spüren, wie die Situation drohte zu eskalieren. Jarik wusste, dass er seine nächsten Worte mit Bedacht wählen musste, aus Nils' Sicht tat er es natürlich nicht.

»Nils, du bist alt genug. Du musst das lernen.«

»Ich will aber nicht. Nicht jetzt.«

»Nils. Ich muss den Rasen mähen und dann wieder in den Laden. Famke braucht mich.«

Sie brauchte ihn wirklich, am Morgen war eine größere Bestellung eingegangen. Sicherlich wartete sie schon auf ihn.

Tessa räusperte sich. »Ich kann mit ihm gehen.«

Jarik war überrascht. »Würdest du das wirklich tun?«

»Hab ich doch gerade gesagt.«

Sie klang schon wieder genervt. Ihre Stimmung wechselte beeindruckend schnell.

Jarik sah rasch zu seinem Sohn. »Okay, Nils, du gehst mit Tessa.«

Er versuchte, entschlossen zu klingen, und keinesfalls so, als gäbe es da eine Option. Zu seiner Überraschung funktionierte es. Tessa und Nils zogen mit dem Geld ab. Jarik stand noch einen Moment da und schaute ihnen hinterher, dann hörte er, wie die Eingangstür von Hildes Häuschen sich öffnete. Er zog sich schnell in den Schuppen zurück, wo der Mäher stand, und beobachtete die Vorgänge draußen von drinnen weiter. Maike und ihr Ex-Mann kamen heraus. Er sagte etwas, das auf die Entfernung nicht zu verstehen war. Sie nickte.

Jarik konnte den Blick einfach nicht von ihnen nehmen. Das war also Florian. O ja, sie hatte von ihm erzählt. Sie hatte ihm allerdings nicht gesagt, dass ihr Ex so verdammt gut aussah. Eigentlich hatte sie gar nicht viel über ihn gesagt. Er hatte gedacht, dass sie das tat, weil er ihr nicht mehr viel bedeutete, aber vielleicht war der Grund ja ein ganz anderer ... Gerade wirkten sie sehr vertraut miteinander. Florian berührte Maikes Arm. Sie lächelten beide. Verdammt. War das Eifersucht, die da in ihm aufstieg?

Auf dem ersten Stück des Weges lief Nils hinter ihr her, dann überholte er sie, und sie folgte ihm. Mehrfach hatte sie ihn bereits darauf hinweisen müssen, dass er jemandem in den Weg lief, was sie erstaunte. Sie schätzte ihn auf elf oder zwölf, aber in diesem Moment achtete er kaum mehr auf seine Umgebung als ein Vierjähriger. Natürlich wusste sie, was mit ihm los war, auch Famke hatte einiges erklärt, dennoch nervte sie sein Verhalten. Sie würde ihm sagen, dass sie umkehren würde, wenn er nicht besser aufpasste. Allerdings hatte sie nicht wirklich Lust darauf, zurückzugehen und ihren Eltern über den Weg zu laufen ...

Nils blieb abrupt stehen und drehte sich zu ihr um. »Was ist dein Lieblingseis, Tessa?«

»Hm, ich muss mal überlegen, es ist ...«

»Mein Lieblingseis ist Zitrone«, unterbrach er sie. »Wenn es kein Zitrone gibt, nehm ich Erdbeere. Wenn es kein Erdbeere gibt, dann Mango. Aber es gibt meistens Erdbeere. Und du? Erdbeeren sind Sammelnussfrüchte.«

»Und ich ...«

Tessa versuchte es noch einmal, kam aber nicht weit, denn Nils ratterte als Nächstes alle Eissorten herunter, die der Laden anbot, und dann noch alle, die es je gegeben hatte. Es schien überhaupt nicht wichtig zu sein, ob sie auch etwas sagen wollte.

»Krieg ich eine Extrawaffel?«

»Wenn dein Dad uns dafür Geld gegeben hat.«

»Warum nennst du ihn Dad?«

»Das ist englisch für Papa.«

»Das weiß ich. Warum machst du das?«

»Ich weiß nicht. Muss ich das begründen?«

Tessa spürte, dass sie ärgerlich wurde. Wenigstens hatten sie den Eisladen inzwischen erreicht und gliederten sich ans Ende der Schlange ein. Dann konnte es bald zurückgehen. Besser bei Mum und Dad zu sein als hier bei diesem kleinen Klugscheißer. Sie konnte sich auch in ihr Zimmer zurückziehen. Wieso war sie nur auf die Idee gekommen, Nils zu begleiten?

Er begann, auf der Stelle zu hüpfen. Tessa beobachtete ihn kurz dabei.

»Hör auf«, forderte sie ihn dann auf. »Das sieht albern aus.«

Nils stoppte nur sehr kurz, fing dann aber wieder an und ließ sich im Weiteren auch nicht mehr davon abbringen. Tessa war froh, als sie das Eis endlich hatten. Während des Wartens hatte sie entschieden, vorerst doch nicht zu Hildes Haus zurückzugehen. Und dieser peinliche Nils konnte sehen, wo er blieb ...

Anstatt sich also auf den Rückweg zu machen, ging Tessa mit ihrem Eis in der Hand stracks an der Buchhandlung Inselzauber vorbei in Richtung Kogge. Sie ging schnell und musste aufpassen, dass sie sich nicht vollkleckerte. Zu ihrer Überraschung zögerte Nils nur kurz und hüpfte ihr dann hinterher.

»Gehst du nicht nach Hause, Tessa?«

»Nein, siehst du doch. Dein Eis hast du, also zisch ab!«

»Aber ich geh nicht ohne dich. Wir sind zusammen hergekommen. Papa hat gesagt, dass du bei mir bleiben musst.«

»Hat er nicht.«

»Du musst aber bei mir bleiben.«

»Echt?« Sie blieb stehen und musterte ihn langsam von oben bis unten. »Sag mal, wie alt bist du eigentlich? Ich bin nicht dein Babysitter, kapiert?«

»Dreizehn.«

»Echt jetzt?« Es sah nicht so aus, als ob er mit ihrem Tonfall etwas anfangen konnte.

»Ja.«

»Merkt man aber nicht. Du verhältst dich wie ein Baby.« Sie ließ ihn stehen und ging wieder los, beschleunigte ihre Schritte noch. »Also, ich geh spazieren und esse in Ruhe mein Eis«, warf sie über die Schulter zurück.

Es dauerte einen Augenblick, bevor er sich wieder in Bewegung setzte. Ein paar Schritte lang blieb er stumm an ihrer Seite.

»Ich bin Autist«, sagte er dann.

»Das weiß ich, und es interessiert mich nicht.«

»Ich bin anders.«

»Schön für dich.«

Wieder schwieg er. Sie erreichten die nächste Querstraße. Nils war immer noch an ihr dran. Er war hartnäckiger, als sie erwartet hätte. Es war nicht so einfach, ihn loszuwerden.

Wenn Mum und Jarik richtig etwas anfangen, dann hab ich den ständig an der Backe.

Tessa bog wieder ab. Nils trabte beharrlich an ihrer Seite. Jetzt war sie sicher, dass er nicht die Absicht hatte, nach Hause zu gehen. Sie ging etwas langsamer.

»Warum läufst du so langsam?«

»Weil ich mein verdammtes Eis in Ruhe essen will, darum.« Sie schaute ihn an. Nils' Eis drohte gerade abzustürzen. Sie half ihm spontan, das Schlimmste zu vermeiden. Dann reichte sie ihm ein Taschentuch. »Mach dir mal den Mund sauber.«

»Will ich nicht.«

»Du willst, oder ich bin weg.« Er überlegte einen Moment, dann tat er, wie ihm geheißen. »Geht doch.«

Sie wusste nicht, warum, aber sie musste lächeln. Er lächelte zurück. Sie musste zugeben, dass er ein nettes Lächeln hatte.

»Wo gehst du hin?«, fragte er.

Sie wies ihn an, vom Eis abzulecken, bevor er sich wieder vollschmierte. »Weiß nicht.«

Sie biss ein großes Stück von ihrem Eis und musste die Luft anhalten, weil es so kalt war.

»Ich könnte dir das Inselmuseum zeigen oder das Muschelmuseum im Haus des Gastes«, schlug er vor.

Tessa hob die Schultern und ließ sie wieder sinken. Irgendwie hatte sie gerade ohnehin nichts Besseres zu tun.

Er hatte sich von Maike draußen auf dem Weg verabschiedet und war losgelaufen. Sie hatte gesagt, dass sie noch etwas zu erledigen habe. Natürlich hatte sie nicht gesagt, was, und er wollte nicht weitere dumme Fragen stellen. Es war ohnehin nicht sehr schlau gewesen, sofort zu fordern, das Testament zu sehen. Es war ihm einfach rausgerutscht, und er hatte gleich hinterhergeschoben, dass das ja auch noch ein bisschen Zeit hätte.

Immerhin durfte er übernachten. Das war schon mal geklärt. Den Spaziergang hatte er allerdings nicht geplant, der kam ihm vor wie verlorene Zeit. Irgendwie fühlte es sich aber auch gut an, zu laufen. In Ruhe über alles nachzudenken.

Solange sie im Haus ist, sind mir die Hände gebunden.

Florian schaute zu Boden. Feiner Sand und etwas, das von den Bäumen heruntergefallen war – er hatte keine Ahnung von so was –, bedeckte die Pflastersteine. Er sah Kinder, die sich gegenseitig in Bollerwagen hin und her zogen, und fein gekleidete ältere Damen und Herren. Die Urlaubsstimmung war allgegenwärtig. Zwei Jungen überholten ihn auf ihren Rollern. Er lief einfach weiter. Dachte nach. Immer wieder entglitt ihm, was er dachte, und er musste die losen Fäden suchen. Irgendwann gelangte er an den Strand. Irgendwann erreichte man auf Spiekeroog immer das Meer.

Er blieb einen Moment stehen und schaute auf die Strandkörbe hinunter, die sich wie zufällig angeordnet auf der vor ihm liegenden Fläche verteilten. Es war viel Betrieb. Etwas abseits sausten ein paar Lenkdrachen über den mittlerweile strahlend blauen Himmel. Zwei Familien bauten eine Sandburg. Er versuchte spontan, sich Nathalie hier vorzustellen, und scheiterte. Wenn er an sie dachte, an ihre Ansprüche, dann fühlte es sich erschreckend an, wie wenig es auf der Insel gab, das er ihr bieten könnte – nichts als das Notwendige: ein paar Geschäfte, das Meer, den Strand, in ihren Augen sicherlich einfache Unterkünfte ... Keine Shoppingmeilen, keine Megagolfplätze.

Er hatte einen Besuch der Insel kürzlich einmal erwähnt, einfach wie einen Warnschuss, um zu sehen, wie sie reagierte. Zu seinem Erstaunen wusste Nathalie sogar ganz gut

Bescheid: Dünensingen und eine Papierbootregatta als sommerliches Highlight? Du meine Güte! Er hatte ihr kehliges Lachen noch im Kopf. Er konnte sie verstehen. Vielleicht war er auch deshalb verunsichert. Diese kleine Insel warf einen auf eine unheimliche Art und Weise auf sich selbst zurück. Man erkannte, wo die Verletzungen lauerten, ob man es wollte oder nicht. Er erinnerte sich an das Gefühl der Hilflosigkeit, das so viele Jahre seiner Kindheit geprägt hatte. Nie wieder wollte er sich so schwach fühlen, so fühlen, als hätte er auf nichts einen Einfluss. Ja, vielleicht lief es gerade schlecht, aber er würde sich aus dem Sumpf ziehen, einfach, weil er dazu in der Lage war.

Er schaute sich noch einmal um. Nein, er konnte sich Nathalie hier nicht vorstellen. Hier konnte man weder seine Schuhe, seine Designerkleidung, sein neuestes Parfüm noch sonst etwas präsentieren. Hier gab es nur Natur ... Und er stand immer noch da und sah sich um. Er mochte es eigentlich nicht, nichts zu tun zu haben. Er mochte sein verplantes Leben voller Arbeit und Unternehmungen und Events. Er mochte es, wenn er keine Zeit hatte, über sich nachzudenken.

»Florian!«

Maikes Stimme. Himmel, war sie ihm etwa gefolgt? Er schaute sich um. Sie kam auf ihn zu.

»Ich hab mich gefragt, ob du hier bist. Hier waren wir immer mit Tessa. Weißt du doch?«

»Wirklich?«

Klar, er wusste das. Bei früheren Besuchen hatten sie immer gemeinsame Runden gedreht. Hin und wieder hatten sie sich vorgestellt, wie es wäre, wenn ihnen das Anwesen auf Spiekeroog gehören würde. Aber Maike hatte jede Überlegung damit unterbrochen, dass Hilde doch sicherlich hundertfünfzig Jahre alt werden würde, und ihn hatte es nicht wirklich interessiert. Spiekeroog war der letzte Ort, an dem er länger als ein paar Tage sein wollte. Nur einmal hatte er Maike gegenüber erwähnt, wie viel Geld ein Verkauf einbringen könnte und dass sie sich dann etwas auf Sylt leisten konnten. »Was denn?«, hatte sie ihn geneckt. »Eine Hundehütte?«

Er hatte patzig auf ihre Bemerkung reagiert, aber damals hatten sie sich schnell wieder versöhnt und einander die Dinge nicht nachgetragen.

Sie sahen sich an. Sicherlich wusste sie nicht, was er dachte. Er wusste auch nicht, was sie dachte.

»Ich dreh doch noch eine Runde«, sagte sie. »Ich bin jeden Tag unterwegs, seit ich hier bin, und es tut so gut. Es ist einfach wunderschön hier, oder?«

»Hm, ja.«

Er fragte sich, ob sie ein schlechtes Gewissen hatte. Oder fand sie es richtig, dass Hilde, *seine* Tante, ihn außen vor ließ? Möglicherweise konnte er versuchen, den Weg über ihr Gewissen zu nehmen – sie musste zumindest mit ihm teilen. Andererseits reichte das nicht, und das war ihm durchaus klar. Seine Schulden wurde er so nicht los. Das Ziel war alles oder nichts.

Am besten alles.

Maike hob den Blick, den sie ein paar Schritte lang in Gedanken auf den Boden gerichtet hatte. Es war seltsam, Florian an diesem Ort wieder vor sich laufen zu sehen. Dazu in dem Outfit. Seine langen Beine steckten immer noch in Anzughosen, sein Hemd war weiß und hochgeschlossen, als hätte er sich auf dem Weg zu einem offiziellen Gespräch am Strand verlaufen. Er hatte noch nie so fehl am Platz auf sie gewirkt. Immerhin hatte er sein Jackett ausgezogen und die Schuhe. Die trug er an den Schnürsenkeln baumelnd. Jetzt drehte er sich zu ihr um. Sie griff spontan die Hand, die er ihr entgegenstreckte, ließ sich am Rand der Dünen ein Stück nach oben ziehen.

Erinnerte er sich? Hier hatten sie früher manchmal gesessen, ganz sicher schon bei ihrem ersten Besuch. Damals waren seine Haare noch länger gewesen, wuschelig und ohne Haarschnitt, und sie hatte ihre sehr lang getragen. Ab dem dritten Semester war Florian dann regelmäßig Kunde bei einem guten Friseur gewesen. Das mache mehr her, hatte er behauptet. Und sie solle ihr Haar doch mal hochstecken, das sähe seriöser aus. Damals hatte Florian viel mit Jo zu tun gehabt, dessen Vater er nachgeeifert hatte – insbesondere nach dem Sommerjob im Anwaltsbüro Metzler.

Florian lächelte sie an. Sie lächelte zurück. Auf vieles, was er tat, reagierte sie immer noch ganz automatisch. Sie waren einmal ein Paar gewesen, solche Dinge steckten wohl in einem drin. Man ließ sie nicht einfach so hinter sich.

»Da ist Maike«, rief Nils plötzlich.

Jarik fuhr zusammen. Nach dem Eisessen waren Tessa und sein Sohn überraschend eine Weile unterwegs gewesen. Im Muschelmuseum, wie ihm von Maikes Tochter berichtet worden war, bevor sie sich in ihr Zimmer zurückgezogen hatte. Jarik konnte nicht sagen, ob es ihr gefallen hatte. Teenies waren schwer zu durchschauen.

»Was habt ihr gemacht?«, hatte er seinen Sohn auszufragen versucht.

»Ich hab ihr die Muscheln gezeigt.«

»Alle dreitausend?«

Nils hatte gegrinst. Er liebte die Muscheln mit ihren Fantasienamen. Natürlich kannte er auch alle wissenschaftlichen Bezeichnungen.

»Gehst du noch mal an den Strand mit mir?«, hatte sein Sohn gefragt.

Er hatte gezögert, doch dann zugestimmt. In letzter Zeit kam es nicht mehr so oft vor, dass Nils mit ihm unterwegs sein wollte. Also waren sie vom Hundestrand im Osten hinüber zum Damenstrand gelaufen, wie schon so oft. Nils hatte schon immer eine ziemliche Ausdauer gehabt. Manchmal hatte er den Eindruck, dass Nils einfach immer weiterlaufen würde, wenn man ihn nicht aufhielt. Er schaffte jede Strecke, zugleich hatte er kein Gefühl dafür, wann ihn die körperliche Erschöpfung überkam. Als er zum ersten Mal mit Nils von Harlesiel aus übers Watt nach Spiekeroog gelaufen war, war der Junge knapp elf Jahre alt gewesen, und alle hatten ihm gesagt, dass das zu viel sei für sein Alter. Nils hatte die Strecke bewältigt. Er lief gerne. Besonders gut tat es ihm, draußen auf dem Watt zu sein, wo selbst die Stille eine andere war.

Wir sollten uns öfter für so etwas Zeit nehmen.

Jarik schaute sich um. Maike war hier?

»Wo?«, fragte er.

Nils streckte die Hand aus. »Da oben, wo die Dünen anfangen.«

Jetzt sah er sie. Sie stand oben am Rand der Düne, und sie war natürlich nicht allein. Ihr Ex-Mann war bei ihr. Auf die

Entfernung sahen die beiden partout nicht aus wie Ex-Mann und Ex-Frau. Nein, eben hielt dieser Florian ihr die Hand hin, und nun standen sie verdammt nah beieinander.

Jarik kniff die Augen zusammen. Er wollte sich abwenden und konnte es nicht. Als er ihren Ex oben auf dem Balkon gesehen hatte, hatte er sich noch damit getröstet, ihn irgendwie steif zu finden. In seinem feinen Anzug hatte er ausgesehen, als gehörte er nicht dorthin. Hier draußen wirkte er anders, dabei trug er immer noch die Bügelfaltenhose. Jarik hatte keine Ahnung, wie er das machte, aber die Art, wie er sich bewegte, ließ einen völlig anderen Mann vor ihm aufscheinen, einen, den man als Konkurrenz sehen konnte.

Nils bewegte sich unruhig neben ihm. »Gehen wir hin?«, fragte er dann. »Sagen wir Hallo?«

Er machte Anstalten, sich in Bewegung zu setzen. Jarik hielt ihn an der Schulter fest.

»Lass sie.«

Nils sah ihn irritiert an. »Warum?«

»Ich will sie nicht stören«, erwiderte er.

Er war froh, dass Nils seine Berührung nicht abgewehrt hatte. Er ging nicht immer so entspannt damit um. Manchmal – und er verstand nicht, weshalb – schrie er los, wenn man ihn anfasste, oder er machte sich ganz steif.

»Aber wir sind ihre Freunde. Wir sollten sie begrüßen. Du sagst immer, dass man Freunde begrüßen muss.«

»Ja, schon, aber ab und zu brauchen Freunde auch ihre Ruhe. Lass uns weitergehen.«

Florian aß gemeinsam mit ihr und Tessa zu Abend – am Esstisch bei geöffneten Balkontüren. Es gab Fisch und Gemüsereis. Tessa hatte ihren Vater freundlich begrüßt, war aber überwiegend schweigsam. Ja, der Nachmittag sei okay gewesen, hatte sie gesagt. Ja, sie sei unterwegs gewesen. Wo? Überall. Mit wem? Mit Nils.

Florian hatte es irgendwann aufgegeben, seine Tochter in ein Gespräch zu verwickeln, und lobte sie, Maike, stattdessen für das Essen. Sie bedankte sich abwesend.

Am Strand hatten sie überraschend Jarik und Nils getroffen, die ebenfalls noch eine Runde gedreht hatten. Zugegebenermaßen war die Situation etwas angespannt gewesen, aber daran wollte Maike nicht denken. Sie schob sich eine Portion Reis in den Mund. Auf die Entfernung, dachte sie, könnte man uns für eine glückliche Familie halten. Es waren die Gespräche, die einem anderes verrieten. Ungeklärtes hing wie eine Wolke zwischen ihnen. Sie fragte sich, ob Jarik sie schon auf dem Balkon gesehen und was er sich dabei gedacht hatte?

»Danke, dass ich hier übernachten darf«, sagte Florian nicht zum ersten Mal.

Sie hörte seine raue Stimme, die etwas fremd auf sie wirkte, aber er meinte es wirklich so. Er war ihr dankbar dafür, dass er nicht in eine Pension musste.

FÜNFZEHNTES KAPITEL

Tessa kroch für diese Nacht zu ihr ins Bett und überließ ihrem Vater das Gästezimmer. Eine Treppe Distanz war das richtige Sinnbild für das, was zwischen ihnen stand. Bevor sie einschlief, bedauerte sie es noch einmal, dass sie den ganzen Tag nicht mit Jarik hatte sprechen können. Vor dem Einschlafen hatte sie versucht, Tessa noch ein wenig nach Nils auszufragen, war aber nicht viel weitergekommen.

»Er ist seltsam, aber okay, Mum.«

»Was heißt seltsam?«

»Seltsam eben. Er wollte sich ein Eis holen, aber nicht allein. Er ist dreizehn!«

»Hm. Und wie ist er sonst so?«

»Weiß nicht.« Tessa überlegte. »Komisch normal.«

»Er ist Autist, hab ich dir ja schon gesagt.«

»Trotzdem, Mum.«

Mehr war aus ihrer Tochter nicht herauszubringen gewesen.

Früh am Morgen erwachte Maike wieder einmal als Erste, setzte sich auf und betrachtete mit einem Lächeln Tessa, die noch zusammengerollt auf ihrer Bettseite lag. Früher hatten sie oft das Bett geteilt. Als kleines Kind hatte Tessa lange nicht allein schlafen wollen, und nach der Trennung war diese Phase noch einmal zurückgekehrt.

Maike beobachtete ihre Tochter noch einen Augenblick und zog dann vorsichtig ihre Decke höher. Tessa regte sich nicht. Ihr Schlaf war heute wirklich beneidenswert fest.

Im Bad schlüpfte sie in ein legeres Kleid und Sandalen. Es war warm genug, sodass sie ihre Sweatjacke gleich über dem Stuhl hängen ließ. In der Küche machte sie sich einen Kaffee, trank ihn aus und schlich dann nach unten. Die Tür zum Gästezimmer war geschlossen. Maike war froh darum. Sie wollte nicht mit ihrem Ex-Mann reden. Sie hatten es am Tag zuvor versucht, und am Abend war ihr Kopf erneut schmerzhaft voll gewesen mit Gedanken, die sie am Einschlafen gehindert hatten.

Sie öffnete vorsichtig die Haustür und lief über den Gartenweg nach vorne. Es war verdammt früh, gerade mal sieben Uhr. Ein Blick in die Schaufenster sagte ihr, dass Jarik und Famke neu dekoriert hatten. In den Geschäftsräumen regte sich natürlich noch nichts, die Türen waren geschlossen. Der Laden öffnete unter der Woche erst am Nachmittag. Demnächst wollte sie sich noch einmal der Buchhaltung widmen. Vorerst hatte sie eine Ordnung in die Unterlagen gebracht und einen Termin mit einem Steuerberater ausgemacht. Ihre Kollegin hatte den Kontakt hergestellt.

Maike drückte ihre Nase an die Scheibe. Hatte sie darauf gehofft, dass Jarik da war? Ja, hatte sie. Sie spürte, dass sie dringend mit ihm reden musste. Für einen Moment stand sie unschlüssig da, dann lief sie los.

Es tat gut, am frühen Morgen durch den Ort zu gehen.

Trotz ihrer schweren Gedanken übte die Insel ihren Zauber aus, und bald wurde es ihr leichter ums Herz. Es war so früh, dass der Dunst noch in den Straßen hing und die Sonnenstrahlen jedes kleine Wassertröpfchen glitzern ließen. Auch wenn sie keine ausgesprochene Frühaufsteherin war, war sie gerne um diese Zeit unterwegs, dann, wenn es sich anfühlte, als gehörte die Welt noch sich selbst.

Sie erreichte bald das kleine Friederikenwäldchen mit seinen knorrig gewachsenen Bäumen. Diese Strecke mochte sie ganz besonders. Ihre Spaziergänge führten sie oft zu den hundertjährigen Kiefern, Eichen, Erlen, Moorbirken und Zitterpappeln, von denen die ersten gepflanzt worden waren als Schutz gegen den Wind, der die Erde forttrug.

Danach ging es erst einmal eine ganze Strecke einfach geradeaus. Immer noch waren nur Frühaufsteher unterwegs und solche, die es vielleicht nicht waren, die aber Kinder hatten, die es einfach nicht mehr im Bett hielt, oder Hunde.

Maike machte einfach einen Schritt nach dem anderen. Wenn sie etwas beschäftigte, dann musste sie laufen, dann lief sie und löste ihren Gedanken die Zügel, und oft hatte sie am Ende eine Entscheidung getroffen. Sie hoffte sehr, dass das auch an diesem Tag so sein würde.

Und weiter ging es in Richtung Oststrand. Sie war allein, aber die Einsamkeit war nicht bedrohlich. Sie fühlte sich gut an. Ein Fasan flatterte eilig über den Weg, dann war es wieder still. Als sie endlich da war, schaute sie über die weite Fläche hinweg, auf der um diese Zeit nur ein Spaziergänger mit einem Hund zu sehen war. Eine ganze Weile stand sie einfach nur da.

Florian hörte, wie die Haustür vorsichtig geöffnet und geschlossen wurde. Er sprang aus dem Bett und verfolgte durch das Fenster, wie sich Maike vom Haus entfernte. Das war seine Chance, seine einzige, da war er sich sicher.

Er schlüpfte rasch in seine Kleidung und horchte, ob inzwischen von oben irgendetwas zu hören war. Alles blieb still, Tessa schlief noch. Kein Wunder, es war ja noch sehr früh am Morgen. Dennoch zögerte er einen Moment, bevor er behutsam nach oben schlich.

Wo konnte Maike das Testament hingelegt haben? Nachdenklich schaute er sich um. Sollte er alles durchsuchen? Vielleicht sogar ihre Sachen durchwühlen, weil sie das Testament dort aufbewahrte?

Was half es, irgendwo musste er anfangen ...

Er ging zum Sofa, nahm die Sitzkissen hoch und überprüfte den Unterbezug. Danach nahm er sich die Lehnen vor, öffnete die Reißverschlüsse an den Kissen und tastete auch hier alles ab. Als er gerade einen Bilderrahmen abnehmen wollte, hörte er ein Geräusch aus dem Schlafzimmer. Er zwang sich dazu, ruhig stehen zu bleiben, und tat so, als würde er mit dem Handy eine Aufnahme von dem Bild machen, vor dem er gerade stand.

Der Wecker auf dem Nachttisch zeigte erst halb acht an, als Tessa sich entschied aufzustehen. Gefühlt war es noch mitten in der Nacht, aber seit geraumer Zeit schon hörte sie ein Rumpeln aus dem Wohnzimmer. Irgendjemand machte sich da an irgendetwas zu schaffen. Als sie aus dem Schlafzimmer kam, stand sie ihrem Vater gegenüber. Er war dabei, eins der großformatigen Aquarelle vom Meer mit seinem Handy aufzunehmen. Jedenfalls tat er so. Tessa runzelte die Stirn. Sollte sie misstrauisch sein? Sie schaute sich um.

»Wo ist Mum?«

»Hey, Liebes!« Ihr Vater wirkte überrascht. »Bist du endlich wach? Wollen wir frühstücken?« Er zeigte ihr ein Foto auf seinem Handy. »Wie findest du das?«

Tessa warf einen kurzen Blick darauf. Ja, er hatte das Aquarell aufgenommen ... Ich liebe dich, Dad, dachte sie, aber ich trau dir nicht. Du quatschst zu viel so früh am Morgen. Unter anderem. »Wo ist Mum?«, wiederholte sie, seine Fragen ignorierend.

»Keine Ahnung«, erwiderte er. »Sie ist offenbar unterwegs. Geweckt hat sie mich jedenfalls nicht. Dich auch nicht, oder?« Er lächelte sie einnehmend an. »Vielleicht wollte sie uns Zeit zusammen gönnen.« Sie fand seinen Gesichtsausdruck seltsam verstörend. Irgendetwas stimmte nicht.

»Lass uns miteinander frühstücken, ja?«

Tessa gab sich einen Ruck.

»Geschirr ist in der Küche.« Sie nickte in Richtung Küchentür.

»Super! Ein Vater-Tochter-Frühstück also? Hab mich schon drauf gefreut.«

Tessa gähnte. »Der Kühlschrank ist voll. Such dir was aus.«

»Okay.«

Er lächelte wieder. Sie war sich sicher, dass er mit irgendwas hinterm Berg hielt. In der kurzen Zeit, in der er auf der Insel war, und auch in Berlin schon hatte sie mehrfach den Eindruck gehabt, dass etwas nicht stimmte mit ihm. Sie wusste nur nicht, was. Aber sie freute sich auch, dass ihr

Dad da war. Mit Nathalie gemeinsam war es einfach nicht dasselbe.

Sie wandte sich abrupt ab, weil es plötzlich wehtat, ihn da immer noch stehen zu sehen und an ihm zu zweifeln.

»Na gut, ich mach uns was«, murmelte sie.

»Danke, Große.«

In der Küche bereitete sie einen Teller mit Wurst und Käse vor, stellte Butter und Marmelade dazu und schnitt Brot, während der Kaffee durchlief und die Milch warm wurde. Dann rief sie ihren Vater, und er half ihr, das Geschirr und die Frühstücksutensilien nach draußen auf den Balkon zu tragen. Sie fragte sich, was er wohl wirklich gemacht hatte, als er allein im Wohnzimmer gewesen war. Es hatte ausgesehen, als würde er etwas suchen.

Sie aßen, redeten über dies und das, nichts Wesentliches. Eigentlich gab es nichts, über das sie hätten reden können. Dennoch wirkte er zufrieden.

Irgendwann verabschiedete er sich und ging nach unten. Sie hörte seine Schritte im Flur, hatte den Eindruck, dass er nicht ins Gästezimmer ging, aber sie entschied sich, sich nicht weiter um ihn zu kümmern, sondern ihr Buch weiterzulesen, das sie am Tag zuvor im Garten hatte liegen lassen. Sie holte es, kurz darauf kündigte ein Signalton eine Nachricht an. Arwen schrieb ihr aus dem Urlaub. Tessa schrieb zurück, dass sie sich auf Spiekeroog befinde. Sie texteten ein paarmal hin und her. Sie musste immer wieder grinsen. O Mann, wie sie sich freute, die Freundin wiederzusehen. Sie musterte ein Foto, das Arwen von sich am Strand aufgenommen hatte, und schickte ein Selfie von sich auf dem Balkon.

Sieht chillig aus.

Ist sehr chillig, schrieb sie zurück und dachte bei sich, dass es auf Spiekeroog gar nicht so schlimm war, wie sie befürchtet hatte.

Wenig später verabschiedeten sie sich mit unzähligen Emojis voneinander. Tessa hatte gerade ihr Buch wieder aufgeschlagen, als Nils' Stimme sie zusammenzucken ließ. Offenbar war er einfach ins Haus gekommen und stand jetzt im Wohnzimmer. Ihr Dad hatte den Eindringling wohl auch nicht bemerkt.

Sie starrte ihn an. Er schaute auf einen Punkt oberhalb ihres Kopfes.

»Gehen wir spazieren, Tessa?«

Spazieren gehen? Was dachte der Kleine sich? Dass sie nichts Besseres zu tun hatte, als gemeinsam mit einem Dreizehnjährigen die Zeit totzuschlagen? Wieso hatte er sich eigentlich so leise angeschlichen?

»Du kannst allein gehen.«

Sie drehte ihm den Rücken zu und tat so, als ob sie läse. Irgendwie fiel es ihr schwer, sich auf den Text zu fokussieren, wenn Nils da rumstand, aber sobald er weg war ...

»Mit dir, Tessa, bitte. Ich will nicht allein gehen.«

»Du kennst dich hier ja wohl aus.« Sie hob den Kopf dieses Mal nicht.

»Aber ich will mit dir gehen. Bitte, Tessa!«

Sie blieb demonstrativ mit dem Rücken zu ihm sitzen, während sie auf die Buchseite starrte. Irgendwie musste sie ihm ja deutlich machen, dass sie ganz sicher nicht daran interessiert war, etwas mit ihm zu machen. Sie hatte ihre eigenen Probleme. Leider kapierte er gar nichts. Als sie kurz prüfend über ihre Schulter blickte, stand er immer noch da.

»Kommst du?«, nervte er sofort.

»Geh doch mit deinem Vater, wenn du nicht allein willst.«

Sie konnte nicht glauben, dass sie jetzt auch noch mit ihm diskutierte. Über die Balkonbrüstung hinweg sah sie, wie sich ihr Vater entfernte.

»Der ist weg.«

»Wie, weg? Arbeiten?« Sie drehte sich erneut zu ihm hin.

»Ja.« Nils sah ihr wieder nicht in die Augen, sondern irgendwo in die Weite. »Famke ist in der Werkstatt. Sie entwirft neue Tassen. Papa räumt im Laden rum.«

»Aha.«

»Kommst du also?«

Tessa schluckte einen Seufzer herunter, dann stand sie kurz entschlossen doch auf. Sie überlegte sich, dass es dafür verschiedene Gründe gab. Zum einen hatte sie nicht den Eindruck, dass Nils aufgeben würde. Zum anderen spürte sie, dass sie sich nicht auf ihr Buch würde konzentrieren können. Es gab zu viele Gedanken in ihrem Kopf. Zu viele Dinge, die sie stutzig machten. Möglicherweise würde es ihr guttun, sich zu bewegen. Außerdem konnte sie ein paar Fotos für Arwen machen. Das hatte sie ihr versprochen.

»Okay, wo willst du hin? Wieder auf ein Eis?«

»Nee. Weiß nicht. Laufen erst mal.«

»Tolles Ziel.«

»Wir könnten zum Friedhof der Ertrunkenen gehen.«

»Noch toller.« Er wirkte an diesem Morgen noch unruhiger, als er sonst war, auf sie. Kurz schaute er sie doch an. Sie zuckte mit den Schultern. »Na gut, okay.«

Vielleicht hatte sie sich vorgestellt, dass Nils sich irgendwie bedanken würde, dass sie doch mitkam. Aber er drehte sich einfach um und sprang vor ihr her die Treppe hinunter. Sie folgte ihm. Okay, okay, irgendwann musste sie die Insel ja ohnehin weiter erforschen. Vielleicht würde sie dann auch nach und nach die Orte besuchen, an die sie sich von früher erinnerte. Nils drehte sich zu ihr um.

»Komm schon, wir gehen zum Drinkeldodenkarkhoff.«

Das war wohl Plattdeutsch, also wirklich ... »Na super!«

»Willst du nicht dorthin? Er liegt auf einem der Wege zum Oststrand.«

»Das weiß ich.«

Sie liefen schnell. Es dauerte nicht lange, bis sie das kleine eingezäunte Gelände erreichten. Für einen gemeinsamen Spaziergang war es dennoch ein seltsames Ziel.

»Ich geh oft hier vorbei, wenn ich auf der Insel bin«, sagte Nils unvermittelt. Läuft ja bei dir, wollte sie gerade anmerken, aber sie schluckte die schnippische Bemerkung herunter. Auf dem Weg zum Strand waren sie und ihre Mum früher immer mal wieder an diesem Friedhof vorbeigekommen. Ganz bestimmt auch mit Tante Hilde, aber daran konnte sie sich nicht erinnern. »Der Ort erinnert an ein Unglück vor Spiekeroog, da ist ein Auswandererschiff untergegangen«, erklärte Nils.

»Hab ich gehört.«

Zum ersten Mal nahm Tessa sich Zeit, alles genau anzusehen. Zwei Bänke standen da. Zum Gedenken an die Toten hatte man einen kleinen Hügel aus Findlingen mit einer Schrifttafel errichtet. Auf diesem stand ein von einer Ankerkette aus Metall umgebenes Holzkreuz. Der Anker war an die Steine gelehnt. Nils stand plötzlich dicht neben ihr.

»Das war ein großes Unglück. Damals gab's keine Rettungsboote auf der Insel hier. Siebenundsiebzig Menschen sind ertrunken.«

»Hm.« Tessas Magen zog sich unwillkürlich zusammen. Sie zeigte gern, dass sie nichts berührte, aber das war so nicht. Sie wollte nur nicht verletzt werden. Sie schaute Nils von der Seite an. »Woher weißt du das alles so genau?«

»Ich mag Geschichte.« Nils bewegte den Kopf wie ein Reh, das Gefahr witterte. Dann sprach er weiter. »Nach dem Unglück sind immer wieder Leichen angespült worden: achtzehn Männer, vierunddreißig Frauen, achtzehn Kinder unter zehn Jahren und sieben Säuglinge. Die haben sie hier beerdigt. Und später hat man noch Fremde am Strand gefunden. Damals war das ein Dünental. Es lag außerhalb des Dorfes, weißt du?«

»Okay, Professor.« Nils machte sie auf einen Gedenkstein für sieben durch das Unglück getötete auswanderungswillige Bewohner von Kaufungen bei Kassel aufmerksam. Dann drehte er sich auf einmal im Kreis. Schlecht wurde ihm offenbar nicht. Sie hatte ihn eigentlich nichts mehr fragen wollen, tat es aber doch. Irgendwie hatte sie den Eindruck, dass man so an ihn rankam. »Weißt du noch was über das Unglück?«

Nils hielt inne. »Die *Johanne* war eine hölzerne Bark, etwa dreißig Meter lang und fünfeinhalb Meter breit, mit Auswanderern an Bord. Gestrandet ist sie am 6. November 1854 hier vor Spiekeroog.«

Seine Stimme klang zwar monoton, aber wenn man ihm zuhörte, war es schon interessant. Er schien jedes Detail der Geschichte zu kennen.

»Was du alles weißt.« Tessa wollte nicht überheblich klingen, aber sie hatte das Gefühl, dass sie es tat, und obwohl Nils es vielleicht gar nicht mitbekommen hatte, schämte sie sich mit einem Mal. Sie lächelte ihn an. Er erwiderte ihr Lächeln, sah dann wieder woandershin. Ich mag ihn irgendwie, fuhr es ihr durch den Kopf. Anfangs hatte sie ihn nur nervig gefunden, und das war er ja auch, aber da war noch was anderes, etwas, das sie plötzlich wie eine Verbindung empfand. Er hatte bestimmt nicht viele Freunde, so altklug, wie er sich anhörte. Sie hatte zwar Freunde, aber oft fühlte sie sich nur wie eine Beobachterin, und ihre Eltern ...

Ich schweife ab ...

»Wohin wollten sie denn auswandern?«

»Nach New York. In der Schule haben wir seit diesem Jahr Geschichte, aber wir sprechen nicht über das Unglück. Es gibt zu viele andere wichtige Themen. Ich möchte darüber sprechen. Ich wüsste gerne alles über die *Johanne.* Es waren vierundneunzig Männer, siebenundsiebzig Frauen, zweiunddreißig Kinder unter zehn Jahren und dreizehn Säuglinge an Bord, dazu fünfzehn Besatzungsmitglieder und der Kapitän. Am 2. November 1854 ging die Reise los.«

Tessa musste schmunzeln. Es war inzwischen ganz offensichtlich, dass Nils Zahlen liebte. Er wusste zu allem irgendeine Zahl, jedenfalls kam es ihr so vor. Bei ihrem Eisspaziergang hatte er ihr über die Anzahl der Brötchen, Hörnchen und Croissants Bericht erstattet, die sie in der vergangenen Woche gegessen hatten. Sie ließ den Blick wieder über den Platz schweifen.

»Es war sicher eng auf diesen Schiffen.«

»Ja, die Passagiere mussten sich meist unter Deck aufhalten. Da war es nicht nur eng, sondern auch dunkel. Nicht jeder konnte sich Kojen leisten. Und dann war da natürlich noch das Gepäck, mit dem man sich den begrenzten Platz teilte. Das kam nämlich auch auf die Passagierdecks.«

»Das war wohl kein Vergnügen.«

Nils schaute sie einen Moment lang an, als müsste er über das nachdenken, was sie gesagt hatte.

»Nein«, gab er dann zurück.

»Und warum ist dann das Unglück passiert?«

Nils blieb einen Moment stehen, jede Faser seines Körpers angespannt.

»Das Wetter war schlecht. Ein Sturm kam auf.« Er begleitete seine Erklärungen heftig gestikulierend. »Der Sturm wurde stärker. Beim Festmachen des Bramsegels ist ein Matrose über Bord gegangen. Er konnte nicht gerettet werden. In drei Grundseen hat das Schiff die Stagsegel verloren.«

Tessa runzelte die Stirn. »Was zum Teufel sind denn Grundseen?«

»Du kommst vom Land. Du bist echt 'ne Landratte.« Er lachte. »Grundseen sind Wasserwellen bei starkem Seegang. In seichten Küstengewässern werden sie höher und damit steiler, ehe sie brechen. Grundseen können in flachen Gewässern doppelt so hoch werden wie in tiefen. Sie wühlen den Meeresgrund auf und bringen von dort Sand hoch. Sie sind gefährlich. Schiffe können querschlagen, kentern und sinken, oder sie schlagen auf dem Grund auf und gehen kaputt.«

Tessa stützte sich mit den Händen auf den Zaun, der die Gedenkstätte begrenzte. Nils tat es ihr gleich. Er lächelte sie schief an. Sie lächelte schief zurück. Dann lachten sie beide. Weil sie sich einander nahe fühlten?

»Klingt gefährlich«, sagte sie.

»Das *ist* gefährlich. Hab ich ja schon gesagt.«

Wenn er so redete, kam er ihr nicht vor wie ein Dreizehnjähriger, obgleich sie eigentlich nicht wusste, wie ein Dreizehnjähriger klang.

Er ist wirklich ungewöhnlich.

»Und wegen der Grundseen ist das Schiff vor Spiekeroog also gestrandet?«

»Die Grundseen haben sicher dazu beigetragen. Das Unglück ist etwa drei Stunden vor Einsetzen der Flut passiert.«

Nils' Gesicht zuckte leicht. Sie hatte das schon an ihm beobachtet. Er zappelte herum.

Tessas Blick wanderte über den Friedhof. »Wie ging es weiter?«

»Der Sturm hatte die *Johanne* manövrierunfähig gemacht. Sie ist zur Seeseite gekentert, die Wellen haben das Schiff hin und her geschleudert. Die ersten Passagiere sind über Bord gegangen und ertrunken. Andere wurden vom herabfallenden Großmast erschlagen.«

Tessa schauderte. Es war schrecklich, sich vorzustellen, was mit diesen armen Menschen geschehen war.

»Das Wasser der Nordsee war natürlich eisig im November«, fuhr er fort. »Und einmal auf Grund gelaufen gab es auch keine Rettung mehr. Die Leute von Spiekeroog konnten nicht helfen, weil sie keine geeigneten Boote hatten, und die Passagiere konnten das Schiff nicht mehr verlassen – der Sturm hat die Rettungsboote zertrümmert. Man musste dem Unglück hilflos zusehen. Der blanke Hans hat gewütet und alles verschlungen.«

»Der blanke Hans? So nennt man die See bei Sturmfluten?«

»Ja, genau. Erst bei Niedrigwasser konnten die Überlebenden gerettet werden. Die Inselbewohner haben sich um sie gekümmert. Damals lebten gerade mal hundertfünfunddreißig Menschen auf der Insel, die haben hundertfünfzig Gestrandete aufgenommen. Es wurden sogar Sonderfahrten zum Festland organisiert, weil die Vorräte nicht reichten. Ein Arzt kam aus Carolinensiel, um die Verletzten zu versorgen. Das Wrack ist danach allmählich im Mahlsand versunken, und bald war von dem prächtigen Dreimaster nicht mehr als der Rumpf übrig. Die Schiffsglocke der *Johanne* hängt heute im Inselmuseum. Du kannst sie dir ansehen.«

»Das werde ich.«

Ja, das würde sie. Es fühlte sich gut an, etwas vorzuhaben.

Nils stand wieder still, dann sagte er: »Die Glocke wird jedes Jahr nach Carolinensiel überführt, damit erinnert man an die Menschen, die auf den Meeren dieser Welt ertrunken sind. Für jeden Toten ein Glockenschlag.«

Tessa runzelte die Stirn. »Und nach dem Untergang? Was war da? Haben sie dann Rettungsboote gebaut, falls noch mal was passiert?«

»Es gab Zeitungen, die über das Unglück berichtet haben, aber das hat nicht wirklich etwas verändert. Bis am 10. September 1860 die hannoversche Brigg *Alliance* vor Borkum gestrandet ist und es wieder keine Möglichkeit zur Rettung gab.«

»Menschen machen wohl gerne die gleichen Fehler.«

Nils nickte. »Immerhin wurden danach die ersten Rettungsstationen an der deutschen Nordseeküste gegründet und 1865 schließlich die Deutsche Gesellschaft zur Rettung Schiffbrüchiger. Auf Spiekeroog gab es dann auch eine Rettungsstation. Das war da, wo heute der Islandponyhof ist.«

»Aha.« Tessa stieß sich vom Zaun ab. »Danke, dass du mir das erzählt hast. Komm, lass uns jetzt ein Eis essen. Ich geb dir eins aus.«

»Okay.«

Zu Maikes Überraschung wünschte Tessa sich, ihren Vater am späten Nachmittag zur Fähre zu begleiten. Ihr erster Impuls war, sich herauszuhalten, aber dann begleitete sie die beiden. Sie waren immer noch Eltern, auch wenn sie nie wieder ein Paar sein würden. Sicherlich tat es Tessa gut, wenn sie gemeinsam mit ihr unterwegs waren.

Zu dritt fiel es ihr leichter, mit Florian zu reden, es ging um nichts Wesentliches. Und das war gut so, denn sie wusste, dass sie ihm keinesfalls vertrauen durfte, wenn es ihr auch noch so schwerfiel.

Als die ersten Passagiere an Bord gingen, wandte er sich ihr noch mal zu.

»Vermisst du uns manchmal? Ich meine unsere Beziehung?«

Sie war verblüfft, dass er ausgerechnet das fragte. Schließlich war er es gewesen, der den ersten Schritt in die Trennung gemacht hatte. Sie sah sich rasch nach Tessa um. Dieses Gespräch musste ihre Tochter nicht unbedingt mitbekommen. Zum Glück stand sie etwas abseits und sah zu, wie die Container geladen wurden. Nein, dachte sie dann, ich bin nicht mehr böse darum, dass du gegangen bist. Er hatte eine Beziehung beendet, die es längst nicht mehr gegeben hatte, und sie hatte kürzlich jemanden kennengelernt, mit dem sie sich ein neues Leben vorstellen konnte: Jarik.

Sie schüttelte den Kopf. »Nein.«

Dieses Mal war es an ihm, überrascht zu sein. »Ich hoffe, du verstehst aber, weshalb ich kommen musste?«, fragte er.

»Klar.«

Er fühlte sich übervorteilt. Ihr Ex-Mann konnte es nicht ertragen, nicht zu gewinnen. Hatten sie das Problem gelöst? Eher nicht ... Das hatte das Gespräch nach ihrem Spaziergang am Morgen gezeigt. Es war dumm gewesen, Florian gegenüber zu behaupten, es gebe ein Testament, obwohl das gar nicht sicher war. Das war ihr in der vergangenen Nacht klar geworden. Und sie hatte ihm die Wahrheit gesagt. Dass sie das ganze Haus samt Dachboden und Gerümpelkammer auf den Kopf gestellt hatte und dann mit Jarik die gesamte untere Etage des Vorderhauses – ohne Ergebnis. Eigentlich war sie erleichtert, ihm die Wahrheit gesagt zu haben. Sie war keine gute Lügnerin. Es fühlte sich nicht richtig an.

Florian hatte ihr Geständnis relativ ruhig aufgenommen, vielleicht hatte er das auch längst geahnt. Er war gut darin, Menschen zu durchschauen.

»Wir rufen beim Notar an«, hatte er gesagt.

»Ich ...«

»Das wolltest du doch bestimmt auch als Nächstes tun, oder? Es wäre logisch, die angemessene Vorgehensweise.«

»Ja, ich ...«

O Gott! Wie lange hatte sie diesen Anruf nun schon vor sich hergeschoben, ohne sagen zu können, weshalb. Bei der Arbeit musste sie viele unangenehme Anrufe tätigen, privat tat sie das nicht so gern. Vielleicht lag es dieses Mal daran, dass sie sich davor ängstigte, was in dem Testament wirklich stand ...

Sie hörte wieder Florians Stimme, als würde das Gespräch eben jetzt stattfinden.

»Du oder ich?«

Und schon hatten sich seine Finger in rasender Geschwindigkeit über das Display seines Handys bewegt. Offenbar hatte er die Nummer des Notars bereits recherchiert. Aber wie?, hatte sie gedacht. Er kennt doch nicht mal dessen Namen.

»Du bist ja schon dabei«, hatte sie zurückgegeben.

Ihr war nur zu klar gewesen, dass *er* diesen Anruf tätigen wollte. Sie hatte sich auf den Balkon zurückgezogen und nach draußen gesehen. Sie hatte ihn reden hören. Eigentlich hatte sie zuhören wollen, aber es waren ihr plötzlich so viele Gedanken durch den Kopf gegangen. Einen Moment später war Florian bereits zu ihr rausgekommen.

»Leider umsonst. Eigentlich wollte ich ihm auf dem Hinweg schon einen Besuch abstatten, gut, dass ich das nicht getan habe. Der Herr Notar ist im Urlaub. Vierzehn Tage noch, dann können wir wieder anrufen. Sein Vertreter tut, was er kann, kann sich so kurzfristig aber nicht in die Sache einarbeiten. Wir müssen also noch warten.«

»Okay.« Es war seltsam zu spüren gewesen, wie ihre Knie kurzzeitig vor Erleichterung nachgegeben hatten, dabei war das wieder keine Lösung, nur ein Aufschub. Sie hatte sich bemüht, nicht zu hörbar durchzuatmen. Sie hatte nur zu gut gewusst, dass Florian sie gerade genauestens im Blick hatte. Das war einfach seine Art, es machte sicherlich auch einen Teil seines Erfolges aus.

»Wie lange wirst du eigentlich bleiben?«, hatte sie gefragt und damit das Thema gewechselt.

»Ich muss heute fahren. Tut mir leid. Ich hab vorhin eine Nachricht bekommen. Man braucht mich morgen früh in der Kanzlei.«

»Versteh ich.«

Man braucht mich. Vielleicht stimmte das, vielleicht nicht. Es war so typisch für ihn, es so zu formulieren ...

Langsam tauchte Maike aus den Erinnerungen auf. Eine größere Menschenmenge war inzwischen an der Abfahrtsstelle versammelt: Stimmengewirr, Lachen, ein Kind weinte, Sachen wurden vermisst. Jemand eilte noch einmal in Richtung Dorf, wahrscheinlich war etwas vergessen worden. Man verabschiedete sich voneinander, bedauerte es, schon wieder fahren zu müssen.

Tessa stieß zu ihnen, zu Maikes Erstaunen gab sie ihrem Vater einen Abschiedskuss auf die Wange, bevor sie einen Schritt zurücktrat und die Hände in den Taschen ihres Hoodies verschwinden ließ.

Sie fragte sich, was Florian als Nächstes tun würde. Sie fragte sich auch, was er getan hatte, als sie am Morgen unterwegs gewesen war. Tessa hatte ihr erzählt, dass sie mit ihm gefrühstückt hatte, in aller Herrgottsfrühe. Vielleicht hätte sie ihn nicht allein lassen sollen in Hildes Haus. Dass er die Nummer des Notars kannte, deutete darauf hin, dass er ihre Sachen durchstöbert hatte – den Brief vom Notar hatte sie auf Hildes kleinem Sekretär liegen lassen. Überrascht war sie nicht darüber – auch wenn es sie ärgerte. Sollte sie ihre Tochter fragen, ob sie ihn beim Herumschnüffeln gesehen hatte? Aber durfte sie ihre Tessa in diese Sache hineinziehen?

»Es tut mir auch leid, wie das gelaufen ist«, fuhr er fort.

»Hm.«

Nichts tut dir leid, dachte sie. Hätte Hilde dir alles vererbt, hättest du keine Sekunde darüber nachgedacht, mit mir zu teilen.

»Und dir ist klar, dass ich jetzt doch noch mal einen Rechtsanwalt über die Sache schauen lassen muss? Du würdest sicherlich das Gleiche tun.«

Nein, das würde ich nicht, fuhr es Maike durch den Kopf. Sie nickte trotzdem. Es war interessant, wie er versuchte zu suggerieren, dass sie auf einem Level waren. In der Trennungsphase hatte sie so viel über ihn gelernt, jetzt tat sie es wieder.

Sie verabschiedeten sich sehr distanziert voneinander.

Als die Fähre ablegte, drehte sich Tessa unvermittelt um und lief los.

»Hey, Tessa!«, hielt Maike sie auf. Ihre Tochter schaute unwillig zurück. »Gehen wir nicht gemeinsam? Ich wollte dich was fragen.«

»Über Dad? Nee. Ich war heute schon mit Nils unterwegs. Ich brauch mal Zeit für mich.«

»Mit Nils? Schon wieder?«

»Ja, interessiert's dich?«

Maike schaute noch einmal in die Richtung, in der sich die Fähre entfernte. Als sie zurückblickte, war Tessa bereits wieder losgelaufen. Es war in Ordnung. Sie sollte Tessa nicht zwingen, über ihren Vater zu reden.

Ihr Rückweg führte Maike an den Richelwiesen entlang. Sie konnte es kaum abwarten, Jarik endlich wiederzusehen, dennoch entging ihr die Schönheit ihrer Umgebung nicht. Die tiefer stehende Sonne tauchte die grünen Wiesen, das Heidekraut und den Strandflieder in ein berauschend weiches Licht und ließ sie immer wieder innehalten. Vom Meer kam eine leichte Brise herüber.

Als sie am Haus ankam, erzählte Famke ihr, dass Jarik mit Fiete aufs Festland gefahren war, um einem Kumpel zu helfen.

»Und Nils?«

»Auf den passe ich auf.«

»Okay.« Maike zögerte. »Jarik kommt heute also nicht zurück?«

Famke wusste es nicht. Maike knabberte an ihrer Enttäuschung. Und war da etwas Lauerndes in Famkes Blick? Ja, es sah so aus, als würde sich plötzlich wieder eine Mauer zwischen ihnen aufbauen. Warum? Sie konnte sich das nicht erklären.

SECHZEHNTES KAPITEL

Jarik war schon früh am Morgen am Fähranleger in Neuharlingersiel. Die Sonne betupfte den Himmel mit blassen Blau-, Grau- und Rosatönen. Menschen warteten am Kai, letzte Container wurden verstaut. Als er am Tag zuvor spontan auf Fietes Kutter die Insel verlassen hatte, um seinem Freund Joss zu helfen, hatte er nur Famke Bescheid gesagt. Maikes Ex-Mann war zu Besuch, und, ganz ehrlich, er tat sich schwer damit, die beiden gemeinsam zu sehen.

Warum hat Maike mir nicht gesagt, dass er kommt? Ich dachte, wir sind uns schon nähergekommen. Habe ich das, was zwischen uns läuft, überbewertet?

Er runzelte die Stirn.

Vielleicht ging es ihn auch nichts an. Vielleicht hatte er sich falsche Vorstellungen gemacht ... Wenn sie von früher erzählt hatte, war er sich immer sicher gewesen, dass da nichts mehr zwischen den beiden war. Andererseits waren sie und dieser Florian lange zusammen gewesen, und als er ihn auf dem Balkon entdeckt hatte ... Es war so unerwartet gewesen. Und heftig. Er hatte sofort das Vertraute zwischen ihnen erkannt, das, was sich wohl niemals ganz verlieren würde, wenn man einmal ein Paar gewesen war. Außerdem hatten sie eine Tochter. Sie würden immer Eltern sein. Nils verband Jette und ihn auch auf eine besondere Art und Weise, und das würde sich nie ändern. Nils war ihr Bindeglied.

Jarik hielt für einen Moment inne. War es richtig, so zu denken? Er erwartete schließlich, dass Maike sich auch nichts aus Jette machte ... Ach, verdammt, er hatte keine Ahnung. Er wusste nur, dass er sie vermisste, sobald sie getrennt waren. Einen Teil der letzten Nacht hatte er sich um die Ohren geschlagen, weil er ständig an sie denken musste.

Ich muss mit ihr reden. Ich brauche Klarheit.

Endlich war es möglich, an Bord zu gehen. Er ließ den aufgeregt durcheinanderplappernden Touristen den Vortritt, bevor er selbst folgte und rasch ganz nach oben ging. Er mochte diesen Platz, den weiten Blick, auch wenn es noch frisch war so früh am Morgen. Er liebte den Wind in seinen Haaren. Trotzdem spürte er seine Ungeduld, die Zeit verging ihm einfach nicht schnell genug. Aber wer nach Spiekeroog wollte, war eben von der Tide abhängig. Das machte ihm nie etwas aus, nur an diesem Morgen passte es nicht.

Die Fähre legte endlich ab und fuhr langsam aus dem Hafen heraus. Im flachen Watt sah Jarik eine Gruppe Löffler, Austernfischer staksten durchs Wasser, Möwen segelten über den Himmel. Er beobachtete sie eine Weile, bevor er wieder in die Weite sah. Die fünfundvierzig Minuten Fahrt wurden ihm so lang wie niemals zuvor.

Maike kam gerade vom Bäcker zurück und winkte nach oben zum Balkon, wo Tessa im Schlafanzug saß, als sie fast mit Jarik zusammengeprallt wäre.

Für einen Moment starrten sie einander an, dann sagte er unvermittelt: »Hast du etwas Zeit für mich?« Natürlich hatte sie Zeit. Weil sein Auftauchen so überraschend war, konnte sie nur nicken, aber ihr Herz klopfte, als ob es ihr aus der Brust springen wollte. Er sah aus, als ob sie ihm mit ihrer Zustimmung eine Last von den Schultern nähme. »Machen wir einen Spaziergang?«

»Gerne, ich bring nur schnell die Brötchen hoch und zieh mir feste Schuhe an.«

»Okay. Nimm dein Schwimmzeug mit.«

Oben angekommen erklärte sie ihrer Tochter, was sie vorhatte. Sie war froh, dass Tessa Bescheid wusste und dass sie sie nicht mehr schonen musste. Vielleicht war das ja nie anders gewesen.

»Iss was«, riet Tessa ihr.

»Ich hab keinen Hunger. Kaffee hab ich schon vorhin getrunken.«

»Du wirst beim Spazierengehen Hunger bekommen, und du weißt, dass du unausstehlich bist, wenn du Hunger hast. Ich kenn dich doch.«

Tessa steckte das Brötchen, das sie sich während des Gesprächs geschmiert hatte, in die Bäckertüte.

Maike nahm es mit einem Lächeln entgegen. »Danke.« Sie war schneller wieder unten bei Jarik, als sie gedacht hätte. »Gehen wir?«

Er nickte. »Gehen wir.«

Florian hörte Nathalies Stimme aus dem Nachbarzimmer. Mit einem Mal durchströmte ihn Kälte. Das Gefühl, dass er sie verlieren könnte, war überwältigend. Er wollte sie nicht verlieren. Er musste das unbedingt verhindern. Offenbar sprach sie mit einer Freundin, er hatte keine Ahnung, mit welcher. Manche Freundinnen stufte er als gefährlich ein, die meisten eigentlich. Mit denen ging sie gerne shoppen. Es gab nur eine, mit der sie lieber herumphilosophierte. Das war weniger schlimm, wenn er an seinen Geldbeutel dachte. Er hatte Angst vor dem Tag, an dem man seine Karten bei einem ihrer Einkäufe zurückwies. Er wusste nicht, ob sie bei ihm bleiben würde, weil sie ihn doch liebte. Er fürchtete, dass sie nicht mit ihm durch dick und dünn gehen würde, wenn es hart auf hart kam.

Er hörte sie wieder lachen. Mit wem sprach sie, verdammt? Er hatte den Eindruck, dass ihm einfach alles entglitt.

Er gab sich äußerste Mühe, ungehört hinüber in sein Arbeitszimmer zu schleichen. Als er es betrat, schaute er sich um. Manchmal konnte er erkennen, ob Nathalie da gewesen war. Er wusste, dass sie hin und wieder hier saß. Manchmal kam sie herein, um sich Briefmarken zu nehmen, manchmal schrieb sie Briefe. Sie mochte das komischerweise, obwohl es altmodisch war.

Er holte das Handy hervor und wählte die Nummer seines Freundes. Er hatte sich entschlossen, Jo anzurufen und die neusten Informationen mit ihm auszutauschen. Während er auf das Freizeichen lauschte, horchte er immer wieder in das Loft hinein, aber von Nathalie war nichts zu hören.

»Jo Metzler.«

Endlich ...

»Hallo, Jo!«

Einen winzigen Moment lang war es still, dann sagte Jo:

»Flo, bist du das? Irgendwie hab ich mit deinem Anruf gerechnet. Nathalie sagte, du bist auf Spiekeroog?«

Florian versuchte zu hören, ob da etwas in Jos Stimme war, aber er war sich nicht sicher. Früher war das anders gewesen, früher hatten sie einander gekannt. Er atmete durch.

»War ich. Hättest ruhig anrufen können.«

Da war eine kleine, kaum wahrnehmbare Pause. Dann war da noch ein Geräusch, für das er keine Erklärung hatte. Er fragte sich unwillkürlich, wo Jo in diesem Moment war. Auf der Ranch? Ganz entspannt bei seinen Tieren? Er war neidisch bei der Vorstellung, dass Jo sich entspannen konnte. Weil er eben aus einer Familie stammte, als deren Mitglied einem einfach alles in den Schoß fiel. Im Hintergrund war eine Frauenstimme zu hören, dann ein Geräusch, als legte Jo seine Hand über den Lautsprecher. Ein Murmeln folgte, kurz darauf war wieder Jos Stimme zu hören.

»Ja, ja ... Wollte dich da aber nicht stören. Bist du zufrieden mit meiner Empfehlung? Hast du den Anwalt kontaktiert? Flo, ich ...« Jo zögerte. »Willst du wirklich gegen deine Frau vorgehen?«

»Ex-Frau.«

»Ja, aber ihr habt euch doch einmal etwas bedeutet. Ihr habt euch geliebt.«

»Alles gut, Jo, lass die Romantik. Ich werde mir das nicht bieten lassen.« Hilde war mein Goldtopf, fügte er im Stillen hinzu, versteh das doch endlich.

»Ihr habt eine gemeinsame Tochter, Flo.«

»Ich frage dich als Anwalt, Johannes, nicht als Eheberater. Ich brauche keine Lebensratschläge, auch wenn sie freundschaftlich gemeint sind, okay?«

Es war wieder still. Dann konnte Florian hören, wie Jo durchatmete. Sicherlich war ihm nicht entgangen, dass er seinen vollständigen Vornamen benutzt hatte.

»Okay. Hast du das Testament denn inzwischen gesehen? Das wäre mal ein Start, auch für den Kollegen, der dir in der Sache helfen will.«

»Nein.« Florian schaute vor sich auf den Boden und vollführte einen Halbkreis mit seiner rechten Schuhspitze. »Es ist nicht auffindbar. Das hat Maike mir inzwischen gestanden. Ich hab's geahnt. Ich hatte die ganze Zeit so ein komisches Gefühl. Ich hab auch Freunde beim Finanzamt nachprüfen lassen. Nein, frag nicht nach. Ich hab meine Kontakte. Es gibt da einen Laden im Vorderhaus von Hildes Anwesen. Ich wollte wissen, wie es damit aussieht, ob da auch ordnungsgemäß Steuern bezahlt werden ... Das halt ich mir im Hinterkopf.«

»Du denkst an eine Anzeige?« Jo räusperte sich.

»Ja, eine Anzeige, so was in der Richtung.«

Auf der anderen Seite der Leitung raschelte es, dann meinte Florian ein Wiehern zu hören. Jo war also auf seiner Ranch. Saß er etwa auf einem Pferd? Für einen Moment war er sauer darauf, dass sich Jo aus allem raushielt, dass er das einfach konnte, weil sein Leben von Anfang an auf Rosen gebettet gewesen war, weil er sich nie wirklich Gedanken hatte machen müssen. Er hatte sein Studium mit Auszeichnung abgeschlossen, war beliebt gewesen, der Anführer der Clique – und er, Florian, eigentlich nicht mehr als sein Adjutant. Aber Jo hätte auch scheitern können, nichts hinkriegen, und da wäre doch immer noch das sichere Auffangnetz seiner Familie gewesen. War das gerecht? Nichts im Leben war gerecht. Warum sollte er es sein?

»Ich finde es trotzdem schade, was da zwischen Maike und dir läuft«, sagte Jo.

Wieder diese kurze Pause, dann ein Geräusch, als leiste Jo körperliche Arbeit. Saß er auf einem Pferd? Das sähe ihm ähnlich.

»Dachte nicht, dass du dein Handy beim Reiten dabeihast«, entschlüpfte es Florian.

»Was? Ach so ... Ist Gewohnheitssache, fürchte ich. Ich versuche, davon loszukommen. Meine Frau hasst es und findet es außerdem gefährlich. Warte einen Moment ...«

Es gab ein paar Geräusche, die Florian nicht ganz einordnen konnte. Dann ein dumpfer Tritt, als ob jemand nach einem Sprung auf dem Boden aufkäme. Jo sprach mit irgendwem.

»Jo?«, fragte er vorsichtig.

»Bin wieder dran. Hab die Zügel dem Stallburschen übergeben.« Jo lachte. Florian versuchte, auch zu lachen und sich nicht darüber zu ärgern, dass es so etwas tatsächlich in Jos Leben gab: Haushälterinnen, Stallburschen ... »Bist du noch da?«, fragte Jo.

»Klar.«

»Okay, ich bin auf deiner Seite, und die Hauptsache ist sicherlich, dass es anscheinend gar kein Testament gibt, nur diesen Brief ... Und dass du der einzig verbliebene Verwandte bist. Das ist doch so, oder?«

Er atmete kurz durch. »Ja. Du weißt doch, dass meine Eltern schon lange tot sind. Mein Vater und Hilde hatten keine weiteren Geschwister. Hildes Mann ist recht jung gestorben, er hinterlässt auch niemanden.«

Florian starrte für einen Augenblick gegen die Wand

und dachte an seine Eltern. Seine Mutter war während einer Kreuzfahrt ins Meer gestürzt, und sein Vater war hinterhergesprungen, er hatte vergeblich versucht, sie zu retten. Beide hatten nur noch tot geborgen werden können. Seine Mutter hatte auf ihre alten Tage gerne mal ein Gläschen zu viel getrunken, das war ihr wohl zum Verhängnis geworden. Es war ihr erster Urlaub gewesen, den sie nicht auf ihrem Dauercampingplatz verbracht hatten. Seine Mutter hatte seinen Vater damals durch ein erstaunlich konsequentes Dauergenörgel dazu gebracht, die Reise zu buchen. Es war irgendwie absurd, auf diese Weise zu sterben, wenn man doch so ein langweiliges Leben geführt hatte. Ob sie einander wohl Vorwürfe gemacht hatten, während sie im Wasser ums Überleben gekämpft hatten? Zuzutrauen wäre es ihnen gewesen. Vielleicht waren sie auch schon beim Aufprall umgekommen. So ein Sturz aus großer Höhe, selbst auf Wasser, war nicht ohne. Manchmal stellte er sich vor, dass er sie hätte retten können, wenn er dabei gewesen wäre, aber nicht, weil er sie vermisste, sondern nur des Gefühls wegen, dass er es besser gemacht hätte.

»Mach dir keine Sorgen, solange es kein Testament gibt, bist du als letzter direkter Verwandter der Erbe. Das steht außer Frage.«

»Na, das ist mal ein Wort von einem guten alten Freund.«

Auf der anderen Seite blieb es einen Moment still, dann sagte Jo: »Und es ist wirklich überhaupt nicht von Bedeutung für dich, dass ihr beide ein Paar wart?« Florian blieb kurz die Luft weg. Es war einfach, solche Reden zu schwingen, wenn man alles hatte. »Na, geht mich vielleicht nichts an«, fügte Jo an, als er nicht antwortete.

»Ich versteh dich schon«, zwang er jetzt hervor, »aber im Moment ist es etwas schwierig, weißt du ...?«

Jo sagte eine Weile gar nichts, dann murmelte er: »Tut mir leid. Irgendwie tut es weh, dass ihr nicht mehr zusammen seid.«

»Hm«, brummte er ins Handy. Er wurde ungeduldig. Jo kapierte wahrscheinlich gar nichts, noch nicht mal, wie dringend er dieses Erbe brauchte. Sie kamen einfach aus unterschiedlichen Welten. Das würde immer so bleiben. »Demnächst fahr ich noch mal hin«, sagte er ins Blaue hinein. »Und spreche mit ihr.«

»Okay«, das Lachen in Jos Stimme klang erleichtert. »Na ja, vielleicht lässt sich da ja was klären. Wäre schade um alles, was wir mal gehabt haben.«

»Du warst eifersüchtig?« Maike wusste nicht, was sie davon halten sollte.

Jarik verschränkte die Arme vor der Brust. »Dein Mann ist ziemlich attraktiv, weißt du?«

Der Blick, den er ihr zuwarf, wirkte fast vorwurfsvoll.

»Findest du?« Maike tat, als müsste sie überlegen. »Ja, stimmt wahrscheinlich«, fügte sie dann mit einem Grinsen hinzu. »Er ist ein ganz schön gut aussehender Typ, deshalb war er ja mein Mann.«

Es kam ihr so vor, als huschte bei diesen Worten eine zarte Röte über Jariks Gesicht. Sie kostete seine Hilflosigkeit spitzbübisch aus und schmiegte sich dann in seinen Arm.

»Ich hab mich für dich entschieden«, sagte sie. »Ich dachte, das ist dir klar. Es stand doch nie zur Debatte, wieder mit meinem Mann zusammenzukommen. Wir sind geschieden!«

Und dass wir im Bett harmonieren, daran hab ich keinen Zweifel.

Jarik errötete. »Das hab ich gehofft«, murmelte er dann. »Eigentlich weiß ich es. Keine Ahnung, warum ich so fühle.«

Maike schlang die Arme um seinen Hals. »Bitte, hör auf, mir zu misstrauen, okay?«

Er zögerte einen Augenblick, dann legte er vorsichtig die Arme um sie, und sie schmiegte sich erneut an ihn.

»Versprochen.«

Sie machten einen sehr ausgiebigen Spaziergang und redeten über alles, was bisher keinen Platz gefunden hatte. Der Strand leerte sich nach und nach. Einige hatten wohl genug Sonne gehabt, andere wollten mittagessen. Erst gingen die Familien mit ihren Kindern, dann die Paare und Singles. Sie setzten sich in den warmen Sand und teilten sich das Brötchen. Später, dachte Maike, werde ich ein Mammut verspeisen. Die frische Luft machte so hungrig.

»Gehen wir schwimmen?«, fragte Jarik.

»Ich weiß nicht«, sagte sie mit einem prüfenden Blick aufs Meer hinaus. Tatsächlich war sie während all der Tage auf der Insel, bis auf die Füße, erst zweimal im Wasser gewesen. »Ich find's heute recht frisch.«

»Ist es nicht. Du wirst sehen. Komm schon.«

Jarik sprang auf und schlüpfte aus Hose und T-Shirt, stand dann in Badehose vor ihr. Sie hatte ihn noch nie mit so wenig Kleidung gesehen. Doch, er sah gut aus. Seine Muskeln waren schön definiert und sahen nicht unnatürlich aus, wie es bei vielen durchtrainierten Typen der Fall war. Gegen seinen Körper wirkte ihrer weich. Sie hatte schon viel zu lange keinen Sport mehr gemacht. In letzter Zeit hatte sie sogar ein

Bäuchlein angesetzt. Wie eine griechische Statue, versuchte sie sich zu trösten, altgriechische Frauenstatuen hatten auch kein Sixpack.

»Das Wasser ist bestimmt kälter als sonst«, beharrte sie, während sie ihren Badeanzug hervorholte.

»Bestimmt nicht.«

»Herrje, es ist die Nordsee, Jarik«, widersprach sie ihm.

Er schüttelte lachend den Kopf. »Das heißt aber nicht, dass das Wasser kalt sein muss. Es ist Sommer. Jetzt zieh dich aus und komm endlich.« Er grinste.

Ihr Zögern belustigte ihn offenbar, sie fühlte sich wie ein Teenager, der seinem Schwarm im Schwimmbad begegnete. Langsam schnürte sie ihre Turnschuhe auf. Dann stand sie auf, öffnete die Hose und streifte sie rasch über die Beine herunter. Sie kam ein wenig ins Schwanken, als sie den ersten Fuß aus dem Hosenbein ziehen wollte, aber Jarik war sofort zur Stelle und hielt sie. Sein Körper war warm und glatt. Für einen Moment lehnte sie sich rücklings gegen ihn, dann schlüpfte sie ganz aus der Hose und zog ihr Shirt über den Kopf, drehte sich rasch um und schlang die Arme um ihn.

»Wir müssen ja nicht ins Wasser.«

»Mhmm«, machte er genüsslich. »O doch, das müssen wir! Danach werden wir noch genügend Zeit für anderes haben.«

Das Wasser war wirklich nicht so kalt, wie sie befürchtet hatte. Rasch gewöhnte sie sich an die Temperatur und genoss es bald, ihre Schwimmzüge an Jariks Seite zu machen. Eine Weile ließen sie sich von den Wellen schaukeln, immer wieder küssten sie sich. Es dauerte einige Zeit, bis sie zurück an Land gingen. Sie ließen sich von der Sonne trocknen, zogen sich wieder an, dann liefen sie über den weiten Strand auf die Dünen zu.

»Lass uns noch ein bisschen bleiben. Es wartet doch niemand auf uns«, hörte sie sich auf einmal sagen.

»Wahrscheinlich nicht«, erwiderte Jarik.

»Tessa wollte Famke im Laden aushelfen. Sie wird bei ihr ein Praktikum machen.«

»Das hab ich schon mitbekommen.«

Ihre Tochter war ein sehr kreativer Mensch. Die Insel schien sie zu inspirieren.

Sie liefen ein Stückchen an den Dünen entlang, suchten sich einen Platz in einer Mulde und legten sich nebeneinander. Maike schaute nach oben in den Himmel. Sie musste die Augen zusammenkneifen. Es war sehr hell. Nach einer Weile stützte sich Jarik auf seinen Ellenbogen und beugte sich über sie.

»Was ist?«, fragte sie. Obwohl die Sonne sie blendete, konnte sie sein strahlendes Lächeln erkennen.

»Du bist schön.«

Sie drehte den Kopf zur Seite und tat so, als sähe sie zum Meer hinüber. Im nächsten Moment zog Jarik sie zu sich hoch. Er tat es behutsam, ließ ihr Zeit zu reagieren, aber sie wollte nicht. Sie genoss es, ihn zu spüren. Plötzlich wurde ihr bewusst, wie lange sie schon niemand mehr auf diese Weise im Arm gehalten hatte. Ihr wurde auch bewusst, wie sehr sie es vermisst hatte und wie viel Kraft es sie gekostet hatte, ohne Berührungen zu leben. Sie küssten sich, hielten sich in den Armen. Dann klingelte Jariks Handy.

Er gab einen unwilligen Laut von sich, während er es aus der Hosentasche zog und darauf schaute.

»Verdammt«, entfuhr es ihm. »Ich habe vergessen, dass ich versprochen hatte, Nils heute zu seiner Mutter zu bringen. Sein Opa hat Geburtstag, Nils soll mit auf die Feier. Er muss die nächste Fähre erwischen. In einer Dreiviertelstunde.«

»Dann beeilen wir uns.«

Sie sprangen beide auf. Am Anfang des gepflasterten Wegs, der durch die Dünen führte, blieben sie noch einmal stehen und küssten sich.

»Ich bin froh, dass endlich alles klar ist zwischen uns«, sagte Jarik.

Maike nickte. Ein lange vermisstes Glücksgefühl durchströmte sie.

Auf der kleinen Straße in Richtung Dorf herrschte reger Verkehr. Mütter und Kinder auf Fahrrädern passierten, die sich entweder vom oder auf dem Weg zur Mutter-Kind-Klinik befanden. Einmal kreuzte ein Fasanenweibchen mit seinem Nachwuchs ihren Weg. Bald darauf durchquerten sie das Wäldchen und erreichten den Rand des Dorfes. Maike schaute auf die Uhr.

Das könnte knapp werden, dachte sie und fragte dann: »Reist du ohne Gepäck?«

»Meine Tasche ist noch gepackt. Nils muss nichts mitnehmen, er ist bei seiner Mutter gut versorgt. Ich muss ihn nur abholen.«

»Ich könnte euch zum Hafen begleiten.«

Es war einfach so, sie wollte sich noch nicht trennen, nicht nach dem, was an diesem Morgen geschehen war.

»Gut.«

»Ich könnte sogar mitkommen«, überlegte sie weiter, »dann kehren wir morgen gemeinsam auf die Insel zurück.«

»Denkst du, das geht? Was ist mit Tessa?«

»Natürlich geht das.« Maike grinste. »Tessa wird froh sein, mich mal wieder los zu sein.«

»Na dann.«

Sie beeilten sich, zum Haus zu kommen, wo Nils schon ungeduldig auf sie wartete. Maike warf eilig Nachtwäsche, Wechselkleidung und den Kulturbeutel in ihren Rucksack und sagte Tessa Bescheid. Dann rannten sie los.

Tessa saß in der Werkstatt und konzentrierte sich darauf, was Famke mit dem Klumpen Ton anstellte, den sie vor sich liegen hatte. Sie war am Morgen früh aufgewacht. Irgendwie wurde das auf Spiekeroog zur Gewohnheit. Vielleicht lag es auch am strahlenden Sonnenschein, der an diesen Sommertagen morgens sehr verlässlich in ihr Fenster fiel.

Sie war noch etwas liegen geblieben und hatte beobachtet, was draußen vorging. Eine Taube war an ihrem Fenster vorbeigeflogen. Ein Gurren war zu hören gewesen, dann Famkes Stimme. Sie verstand sich gut mit Famke. Bis zum Ende der Ferien würde sie ein Praktikum in ihrer Werkstatt machen. Wenn alles passte, trat sie im nächsten Jahr eine Lehre an. Ihre Mutter war erst überrascht gewesen, als sie ihr mitgeteilt hatte, dass sie nach der zehnten Klasse mit der Schule aufhören und ihr Abitur erst mal nicht machen wollte, sie hatte sich aber schnell an den Gedanken gewöhnt.

Ihr Blick war durchs Zimmer geschweift. Anfangs hatte sie nichts geändert im Gästezimmer. Sie hatte sich an frühere Besuche bei Tante Hilde erinnert und daran, dass ihr Rosarot und Pink einmal gefallen hatten – so war das Zimmer gestrichen. Es war ein bisschen so gewesen, als könnte sie in die Vergangenheit eintauchen, als könnte sie sich die vielen schönen Dinge in ihre Gedanken zurückholen, die ihr aus dem Blick geraten waren. Sie hatte gar nichts ändern wollen. Das war jetzt anders. Nach und nach würde sie die altmodischen Möbelstücke entsorgen und die Wände blau streichen. Eine Kiste mit Spielzeug, das hatte sie entschieden, würde sie für die Ferienwohnungen zur Verfügung stellen, aber es gab auch Dinge, die sie behalten wollte.

Zuerst hatte es ihr nicht gefallen, dass ihre Mutter vielleicht auf Spiekeroog bleiben wollte, doch sie hatte sich mit dem Gedanken angefreundet. Sie hatte selbst einen Plan für ihre Zukunft entworfen, und das fühlte sich gut an. Vielleicht würde sie später wieder auf die Schule gehen und ihr Abi nachmachen. Sie mochte Schule eigentlich.

Tessa holte sich in die Gegenwart zurück.

»Ich war mir sicher, dass das hier dein Ding sein würde. Du warst schon so begeistert, als ich dir den Laden und die Werkstatt gezeigt habe«, sagte Famke.

»Stimmt.« Tessa lächelte.

Famke wandte sich wieder dem Tonklumpen zu. Tessa sah, wie ihre Hände den Ton kneteten, wie sie ihn betasteten, ihn hin und her bewegten, um dann etwas daraus zu formen. Und dann war da plötzlich eine Katze, die sich die Pfoten leckte. Tessa lächelte unwillkürlich. Famke lächelte ebenfalls, bevor sie den Ton rasch wieder zusammenknetete. Bedauern stieg in Tessa auf, aber sie hatte gar keine Zeit, sich dem Gefühl hinzugeben, denn im nächsten Moment drückte Famke ihr den Klumpen in die Hand.

»Jetzt du. Denk dir was aus. Du hast gesehen, dass eine Katze drinstecken könnte.«

Tessa nahm den Tonklumpen und begann zögerlich, ihn zu bearbeiten. Viel Sinnvolles machte sie wahrscheinlich nicht, andererseits sagte Famke auch nichts, sondern schaute ihr einfach zu.

»Wolltest du eigentlich nie hier weg, Famke?«, fragte sie.

Famke verzog keine Miene. »Doch, irgendwann mal«, sagte sie nachdenklich, »als es nicht so aussah, als würde sich hier etwas für mich ergeben.« Sie machte eine Pause und fügte dann hinzu: »Bis Hilde auf mich zukam ... Aber in Wirklichkeit wollte ich nie weg, weißt du. Ich hab studiert, und ich kam freiwillig zurück. In der Saison hab ich immer bei meinen Eltern gearbeitet. Sie haben Grundbesitz auf dem Festland. Hier auf der Insel vermieten sie Wohnungen mit Halbpension. Ich helfe auch heute noch hin und wieder.«

Tessa schaute auf das, was sich langsam aus dem Ton heraus entwickelte – eine Schlange, vielleicht eine Kobra, die ihren Kopf nach oben reckte. Dann versuchte sie kurzerhand doch, eine Katze zu modellieren. Sie sah natürlich viel klobiger aus als Famkes, aber sie fand sie ganz okay. Es war ihr erster Versuch. Es würde bessere geben.

In Neuharlingersiel holte sie Jariks Kumpel Joss ab, der Nils zuerst zu seiner Mutter fuhr. Jarik brachte seinen Sohn zur Haustür, wo eine schmale Frau auftauchte, die ihr langes blondes Haar ein wenig im Stil der Siebzigerjahre trug. Maike winkte ihr zu. Sie war sich sicher, dass sie noch Zeit hatten, sich kennenzulernen. Danach ging es zu Jariks Bude, wie er seine Wohnung nannte.

Sie war klein und recht dunkel, bestand aus einem Wohnschlafzimmer, einer Art Flur mit Küchenzeile und einem kleinen Bad mit Dusche, das so eng war, dass man nur vorwärts hineingehen konnte und rückwärts wieder raus. Die Einrichtung war spartanisch. Neben einer ausziehbaren Couch gab es einen Klapptisch mit Stühlen. Die Terrasse hatte Jarik sich, anders als den nüchternen Innenraum, wohnlich eingerichtet. In jedem Fall sahen die Korbsessel mit den gestreiften Kissen, der kleine Tisch und der große Blumenkasten mit den Heckenrosen, die einem nicht böse waren, wenn man mal vergaß zu gießen, sehr einladend aus. Wenn Jarik nicht da war, kümmerte sich eine Nachbarin darum.

Sie schaute sich noch einmal drinnen um. An einer Wand befand sich ein großformatiges Aquarellbild vom Meer. Maike suchte nach Hildes Signatur, fand sie und musste lächeln. Auf einem Tischchen neben dem Sofa stand ein Bild seiner Familie: Jette, Jarik und Nils. Maike blieb einen Moment davor stehen und betrachtete es. Sie fand, dass die drei glücklich aussahen. Trotzdem hatten auch sie es nicht geschafft. Warum eigentlich nicht? Offenbar gingen sie sehr entspannt miteinander um.

Willst jetzt du *eifersüchtig werden? Das ist doch albern.*

Sie riss sich von dem Bild los und setzte sich aufs Sofa. Wenig später kam Jarik mit Tee, Kandis, Sahne und zwei Tassen zu ihr. Er gab den Kandis in die Tassen, und sie lauschte dem Knistern, als er den Tee einschenkte. Sie ließ etwas Sahne hineinfließen und sah zu, wie sie sich in zarten Wirbeln im Tee verteilte.

Jarik stellte seine Tasse behutsam ab. »Du bist plötzlich so schweigsam«, sagte er. Sie sah ihn an, wusste nicht, wie sie ihre Gefühle in Worte fassen sollte. Jarik wartete noch einen Augenblick, dann fragte er: »Machst du dir um Jette

Gedanken?« Natürlich, sie hatte Jette an diesem Tag zum ersten Mal gesehen, wahrscheinlich rechnete er damit, und er hatte ja durchaus recht ... Maike senkte den Blick wieder auf die Tasse und zuckte mit den Schultern. Jarik wartete noch einen Augenblick, dann räusperte er sich. »Es ist so, Maike: Jette und ich haben uns nicht getrennt, weil wir uns gestritten haben, vielleicht hast du so etwas geahnt. Wir haben einfach irgendwann festgestellt, dass wir überhaupt nicht zueinander passen. Manche dachten, dass Nils daran schuld war, weil er so ein schwieriges Kind ist, aber so ist das nicht. Wenn man sich trennt, dann ist es nie nur so etwas. Es ist nie nur eine Sache, die etwas zum Scheitern bringt. Es ist ein Zusammenspiel aus vielen Dingen, es ist ein Puzzle, das nur einen Sinn ergibt, wenn man alle Teile zusammennimmt. Als wir jünger waren, da hatten Jette und ich eine andere Beziehung. Wir waren viel zusammen unterwegs. Später verstanden wir eben irgendwann, dass wir einfach kein Paar sind und dass wir auch nie eins sein wollen. Dennoch sind wir immer noch Eltern. Verstehst du, was ich sagen will?«

Maike war sich nicht sicher, aber sie nickte.

»Und jetzt koche ich uns was«, sagte Jarik unvermittelt. »Machst du mal die Terrassentür auf? Ich hab leider keine Abzugshaube.«

»Klar.« Maike tat, wie ihr geheißen, und trat dann kurz entschlossen auf die Terrasse hinaus, setzte sich mit ihrem Tee in einen der Korbsessel. Auf dem Kanal hinter dem Haus schaukelte eine blau gestrichene Jolle im Wasser. Der Zugang zur Anlegestelle erfolgte über einen handtuchgroßen Garten. Sie sah einen Schwarm Mücken im Abendsonnenlicht tanzen. Es sah sehr friedlich aus, die Abendstimmung verstärkte diesen Eindruck noch. »Ist das dein Boot?«, rief sie nach drinnen.

Jarik steckte den Kopf raus. »Nein, das ist das meiner Vermieterin.«

Er verschwand wieder. Es begann schon sehr bald, einladend zu duften. Sie sah zur Couch, die ihnen in der kommenden Nacht wohl als Bett dienen würde. Sie war nicht besonders groß. Sie würden eng beieinanderliegen müssen. Ihr wurde warm bei dem Gedanken, aber sie blieb gelassen.

»Bin gleich fertig«, war kurz darauf Jariks Stimme zu hören. Als sie wieder hineinging, war der Tisch gedeckt, ein Teller mit zart gebratenem Fisch, gebutterten grünen Bohnen und Bratkartoffeln stand in der Mitte. Jarik schenkte Wein ein. Maike war verblüfft. »Mein Kumpel Joss füllt mir den Kühlschrank, bevor ich komme, und heute hab ich ihm rasch Bescheid gegeben, dass ich vielleicht nicht allein bin.«

»Ah, warst du dir da so sicher?«

»Nein«, sagte er einfach. »Aber ich hab's gehofft.«

SIEBZEHNTES KAPITEL

Er hatte lange nachgedacht und beschlossen, gleich am Samstagmorgen noch einmal auf die Insel zu fahren. Nathalie wollte ihn dieses Mal begleiten, vielleicht, weil er ihr versprochen hatte, dass es direkt nach Spiekeroog zu einer Party von Freunden nach Sylt gehen würde. Nathalie mochte Sylt. Sie waren in aller Herrgottsfrühe losgefahren und so gut durchgekommen, dass sie die Fähre am späten Vormittag noch erwischt hatten. Auf der Strecke hin zur Küste hatte Nathalie zumeist geschlafen. Die Umgebung interessierte sie nicht. Auf der Fähre bestand sie darauf, im Inneren des Schiffes zu bleiben, und machte mit jedem Blick deutlich, wie gewöhnlich sie doch alles fand. Während die anderen Gäste sofort bei der Ankunft erwartungsvoll von Bord strömten, blieb sie sitzen.

»Du hättest nicht mitfahren müssen«, rutschte es Florian heraus. Er hörte den Ärger in seiner Stimme. Eigentlich hatte er das vermeiden wollen.

Nathalie schaute ihn unbeeindruckt an. »Ich wollte es eben mal sehen. Es gibt genügend Leute, die davon schwärmen. Und nachdem du dich so häufig damit beschäftigst, fragt man sich ja schon, was dich hierherzieht. Ich fürchte nur ...«

Sie vollendete ihren Satz nicht, und sie musste das auch nicht. Es war nur zu deutlich, was sie von ihrer Umgebung hielt. Sein Blick fiel unvermittelt auf ihre Füße. Natürlich hatte sie nicht auf Schuhe mit hohen Absätzen verzichtet, immerhin trug sie Wedges. Die waren für ihre Verhältnisse auf jeden Fall geländegängig. Er musste neidlos zugeben, dass sie auf absolut jedem Untergrund gut mit hochhackigen Schuhen zurechtkam.

Es dauerte nicht lange, bis sie den Dorfkern erreichten. Zu seiner Überraschung bestand Nathalie darauf, sich etwas umzusehen.

»Ist ja irgendwie doch ganz niedlich«, sagte sie und kaufte dann eine Regenjacke, auch wenn er hätte schwören können, dass sie genügend Jacken für jeden Anlass hatte. Bei Regen ging sie ohnehin kaum vor die Tür.

»Lass uns an den Strand gehen«, schlug er endlich vor. Eigentlich hatte er direkt zu Hildes Anwesen gehen wollen. Doch jetzt wollte er sich lieber noch etwas Zeit lassen. Er hatte sich einfach noch keine rechte Vorgehensweise überlegt. Würde Maike Nathalie und ihn überhaupt reinlassen? Er beugte sich zu ihr hinunter und küsste sie sanft. »Okay?«

»Ist gut.«

Sie klang nicht sehr enthusiastisch, aber auch nicht komplett ablehnend. Ihm war es in diesem Moment gleich. Er wollte an den Strand. Irgendetwas zog ihn dorthin. Der Strand war ein guter Ort auf Spiekeroog.

Er führte Nathalie durch den Friederikenwald und verlor ein paar Worte zu dessen Besonderheit. Sie erkundigte sich gelangweilt, ob sie bald da seien.

»Sind wir«, gab er zurück und ging etwas schneller.

Was hatte er sich eigentlich gedacht? Er wusste doch, dass es ihr hier keinesfalls gefiel. Er wollte ja auch nicht bleiben.

Sie erreichten den Strand. Zu seiner Überraschung setzte Nathalie sich spontan, zog ihre Schuhe aus und reichte sie ihm. Sie hatte die Zehen fliederfarben lackiert, passend zu ihrer schmal geschnittenen violetten Dreiviertelhose und dem lavendelfarbenen Markensweater. Florian blieb noch einen Moment stehen, während Nathalie bereits in Richtung Meer lief. Er schaute zum Horizont. Es waren nur wenige Schiffe zu sehen. Rasch zog er ebenfalls seine Schuhe aus und folgte ihr. Das Gefühl des feinen Sandes unter seinen Füßen erinnerte ihn an seine ersten Aufenthalte auf der Insel.

Als er sechzehn geworden war, hatte er seine Eltern nicht mehr auf den immergleichen Zeltplatz am immergleichen See begleiten müssen und seinen ersten eigenen Urlaub gemacht – auf Spiekeroog. Die Zeit war nicht ganz einfach gewesen. Josef, Hildes Mann, war kurz vorher gestorben, und in ihrer Wohnung hatten sich mehr liebevolle Erinnerungen gefunden, als es von seinen Eltern jemals gegeben hatte. Hilde hatte ihm das Geld für die Reise geschickt. Ihr Geld stand ihm zu, verdammt. Er würde sich nicht mit einem Pflichtteil abspeisen lassen, gewiss nicht, und wenn Maike das Testament nicht vorweisen konnte, würde es ihr auch kaum gelingen, das durchzuziehen.

Dann bin ich am Zug.

Seine Fäuste ballten sich unwillkürlich. Hilde war *seine* Verwandte, er war der Einzige aus der Verwandtschaft, mit dem sie nach dem Bruch mit der Familie Kontakt hatte halten wollen.

Nathalie rief ihm etwas zu, das er nicht verstehen konnte.

Sie stand mit den Füßen im Wasser. Er schloss zu ihr auf. Der Wind verwehte ihre Haare, dennoch sah sie perfekt aus, wie immer. Während er sich ihr näherte, ließ er ihre Wedges leicht hin und her schaukeln. Natürlich waren sie von Louboutin, darunter machte es Nathalie nicht. Er erreichte sie, sah das Meerwasser, das ihre lackierten Zehennägel überspülte.

»Die Bank hat angerufen«, sagte sie unvermittelt. »Der Mitarbeiter durfte mir keine Auskunft geben, aber ich hab mir meinen Teil gedacht.«

Sie weiß Bescheid, fuhr es ihm durch den Kopf. Er schluckte.

»Warum bist du dann überhaupt noch bei mir?«

Sie musterte ihn prüfend. »Vielleicht bist du ja immer noch meine beste Option.« Er runzelte die Stirn. Sie lachte. »Ich hab mit Kaja gesprochen.«

»Okay.«

»Es ist ganz einfach. Ich bin hier, weil ich finde, dass wir uns das nicht bieten lassen dürfen.«

Sie drehte sich abrupt um und ging in Richtung Land zurück. Er folgte ihr langsam.

»Weißt du was? Wir sollten bald mal wieder wohin, wo man baden kann, ohne zu erfrieren«, rief sie ihm über die Schulter hinweg zu. »Wenn alles durch ist. Wie wär's mit den Seychellen?«

»Gute Idee«, murmelte er.

»Und jetzt statten wir Maike einen Besuch ab.«

Tessa hatte die vor Jahren gesammelten Muscheln vor sich auf dem Tisch ausgebreitet, als jemand ans Fenster klopfte.

Verwirrt drehte sie sich um. Wer war das denn schon wieder? Famke war im Laden, samstags hatte der ja schon vormittags geöffnet. Sie hatten verabredet, dass sie später in der Werkstatt helfen würde. Ihre Mum war mit Jarik und Nils aufs Festland gefahren und über Nacht geblieben. Wer an ihr Fenster klopfte, musste allerdings wissen, was sich hinter der Scheibe befand.

Sie stand auf und schob den Vorhang beiseite.

»Dad!«

Sie starrte die Frau an seiner Seite an und sagte nichts.

Nathalie …

»Lässt du uns rein, Liebes?«

»Mum ist nicht da.«

»Das ist schade. Lässt du uns trotzdem rein?«

Tessa biss die Zähne aufeinander. Es blieb ihr wohl nichts anderes übrig, aber sie hatte kein gutes Gefühl dabei.

Jarik weckte sie mit der Idee, von Harlesiel nach Spiekeroog zu laufen, und obwohl es fast noch Nacht war, gar nicht ihre Zeit, brauchte Maike nicht lange, um zuzustimmen.

»Bist du auch fit genug?«, neckte er sie.

»Natürlich, was denkst du denn?«, gab sie kecker zurück, als sie sich fühlte.

Sie hatte zugestimmt, aber sie hatte eigentlich keine Ahnung davon, was vor ihr lag. Es klang einfach spannend: zehn Kilometer vom Festland über das Watt zur Insel. Zehn Kilometer, das klang nicht viel, aber es waren eben Kilometer durch Priele, Schlick-, Misch- und Sandwatt. Er hatte sie gewarnt, dass es anstrengend werden würde, aber sie hatte nicht kneifen wollen. Sie war eine gute Läuferin. Sie ging weite Strecken. Sie war viel gelaufen, seit sie auf Spiekeroog angekommen war.

Wahrscheinlich werde ich es doch bedauern ...

Um kurz nach sechs starteten sie. Joss fuhr sie zum Startpunkt der Wanderung. Sie musste mehrfach ein Gähnen unterdrücken. Sie und Jarik hatten weiß Gott nicht nur geschlafen in der Nacht zuvor, aber sie war glücklich. Und wenn man glücklich war, wurden Endorphine ausgeschüttet. War das nicht so?

Jarik bedankte sich bei seinem Freund, der betonte, dass das kein Problem sei. Zum einen sei er Frühaufsteher, zum anderen gebe es auch etwas zu tun. Er wollte die Zeit vor der Flut nutzen, um einiges am Boot und an den Netzen zu reparieren.

»Joss entstammt einer Familie von Krabbenfischern«, erklärte Jarik ihr auf den ersten Metern ihrer Wanderung. »Da gibt es immer was zu tun. Außerdem ist er gerne draußen.«

Vom Strand aus ging es ins Watt. Die Sicht war so gut, dass Spiekeroog in der Ferne bereits zu sehen war. Auf der rechten Seite des Leitdamms erkannte man den Wasserstand. Sie wanderten mit ablaufendem Wasser. Der Anfang lief nicht schlecht, aber wenn sie irgendwann zu denken gewagt hatte, dass eine Zehn-Kilometer-Wanderung ja wohl keine Herausforderung sei, wurde sie bald eines Besseren belehrt. Vor allem das Schlickwatt zeigte sich als tückisch. Hier sank man bei jedem Schritt ein paar Zentimeter ein und musste deshalb dafür sorgen, schnell und ohne stehen zu bleiben, weiterzukommen. An manchen Stellen konnte es auch passieren, dass man mir nichts, dir nichts bis zu den Unterschenkeln versank. Jarik zeigte ihr, wie man die Fußspitzen zuerst aufsetzen musste, damit sich die Füße nicht so festsogen und man sie schnell wieder aus dem Schlick herausbekam. Das erleichterte die Sache, aber es blieb anstrengend. Bald atmete Maike so schnell, dass sie kein Wort mehr herausbrachte. Sie beneidete Jarik, dem ihr kleiner Ausflug nichts auszumachen schien.

Als sie das Schlickwatt endlich hinter sich gebracht hatten, war sie mehr als froh um die Pause, die Jarik vorschlug. Es dauerte eine Weile, bis sich ihre Atmung wieder normalisierte. Jarik beobachtete sie, und sie hätte ihn am liebsten angefahren. Sie hasste es, sich so erledigt zu fühlen. Dann bot er ihr etwas zu trinken an, und sie nahm dankbar einen großen Schluck Wasser.

»Geht's wieder?«

»Hm, eben war ich jedenfalls noch zu fertig, um auch nur irgendetwas anderes zu tun, als zu atmen.«

»Verstehe.« Sie rollte die Augen. Er lächelte sie aufmunternd an. »Hey, du hast das gut gemacht«, sagte er.

Maike verschluckte sich fast an ihrem Wasser. »Hast du gedacht, ich pack das nicht?«

Sie versuchte, die Schultern zu straffen, um größer zu erscheinen. Ihre Stimme klang immer noch verdächtig wacklig, aber sie musste innerlich bereits über sich lachen. Er zuckte mit den Schultern. Sie fühlte sich leider zu schwach, um ihn zu boxen.

»Brötchen?«, fragte er.

»Gerne.«

Sie aßen schweigend und ließen die Umgebung auf sich wirken. Als sie beim Nachtisch, einem großzügigen Stück

Schokolade, angekommen waren, fühlte sie sich wieder fit genug, um weiterzugehen.

»Kommt noch mal so eine schwierige Stelle?«, erkundigte sie sich dennoch vorsichtig.

»Nein, nein.« Jarik lächelte sie beruhigend an. »Aber wir müssen tatsächlich weiter.«

»Ja, okay.« Maike ließ den Blick noch einmal schweifen. »Wie bist du eigentlich auf die Idee gekommen, Wattführer zu werden?«

Sie musste zugeben, dass sie erstaunt gewesen war, als er ihr am Abend zuvor davon erzählt hatte.

»Ich weiß nicht recht.« Jarik überlegte kurz. »Ich dachte irgendwann, ich könnte es ja mal probieren.«

»Einfach so?«

»Einfach so, ja. Na ja, Freunde hatten das schon gemacht, vielleicht deshalb.« Er grinste sie an. »Außerdem hat man hier draußen wirklich seine Ruhe.«

Sie horchte und konnte sofort nachvollziehen, was er meinte. Im Watt war es unglaublich weit und still.

Sie machten sich wieder auf den Weg.

»Wie war es«, fragte sie dann, »das erste Mal jemanden zu führen?«

Jarik musste nicht lange überlegen. »Aufregend, toll. Man wiederholt die Prüfung übrigens regelmäßig. Jedes Jahr muss man von Neuem beweisen, dass man eine Strecke finden und bewältigen kann. Man kann nicht einfach draufloslaufen, das wäre lebensgefährlich. Die Wege im Watt ändern sich immer. Ständig muss man seine Touren neu erkunden. Das ist eine Herausforderung, aber eine schöne.« Er machte eine Handbewegung, die alles um sie beide herum einschloss.

»Das Fahrwasser, die Muschelbänke, die Schlickfelder, alles ändert sich im Jahresverlauf. Alles ist in Bewegung. Da kann es schon Überraschungen geben, sei es, dass man in einem Schlickfeld plötzlich bis zum Po einsinkt oder dass die Priele sich hinsichtlich Strömung und Tiefe verändert haben. Man muss immer vorsichtig sein. Manchmal hat man Glück, ja, aber die Natur verzeiht eigentlich keine Fehler. Das muss man immer bedenken. Das macht es so spannend.«

»Machst du solche Touren oft?«

»Hin und wieder.«

»Lohnt sich das finanziell?«

»Es lohnt sich, hier draußen zu sein.«

Sie verstand sofort, was er meinte. Als sie wenig später auf die Uhr schaute, war sie erstaunt, dass schon gut zwei Stunden vergangen waren. An einer Stelle mit schön festem Untergrund legten sie eine weitere Pause ein. Der Morgen bezauberte mit besonders schönem Licht. Die Ruhe schien geradezu absolut. Sie hörte weder vom Land noch vom Wasser irgendwelche störenden Geräusche. Nur sie waren da, ihre Stimmen, ihre Atemzüge, sie beide, etwas verschlammt, etwas müde – sie jedenfalls ...

Er zog sie in seine Arme. Sie schmiegte sich an ihn. Man konnte kilometerweit sehen, und trotzdem fühlte es sich an, als wären sie allein. Sie küssten sich.

»Etwas zu trinken?«

»Was hast du denn noch dabei?«

Sie hatte es scherzhaft gemeint, aber Jarik zauberte eine Thermoskanne aus seinem Rucksack.

»Tee?«

»Gerne.«

Er holte zwei Becher hervor und füllte geschickt erst ihren und dann seinen.

»Kluntje und Sahne hab ich aber leider nicht«, sagte er scherzend.

»Geht auch mal so.« Maike nippte an ihrem Tee und lächelte ihm zu. »Das tut so gut.«

»Ja.«

Sie schauten gemeinsam nach Osten, wo die Sonne immer höher hinauf in den Himmel stieg. Maike wusste, dass das Zeitfenster für die Durchquerung des Nordfahrwassers nur kurz bemessen war, aber Jarik hatte ihr schon bestätigt, dass sie gut vorangekommen waren. Wenig später mussten sie dennoch aufbrechen. Bald darauf näherten sie sich dem nördlichen Fahrwasser, und Spiekeroog schien bereits zum Greifen nah. Sie durchwateten einen weiteren Priel. Wie immer ging Jarik zur Sicherheit voraus. Auf einer Erkundungstour, wusste er zu berichten, war er schon mal mitten in einem Priel plötzlich bis über die Knie eingesunken und hatte sich nur mit Mühe retten können. An diesem Tag lief alles gut.

Sie hielten ein letztes Mal an. Jarik zeigte ihr einen besonders großen Wattwurm. Dann erreichten sie endlich die Salzwiesen von Spiekeroog, liefen, ohne anzuhalten, bis sie trockenen Sand unter den Füßen spürten. Maike ließ sich fallen und rollte sich auf den Rücken. Jarik setzte sich neben sie.

»Hat es dir gefallen?«

»Das hat es.«

Sie streckte die Hand nach ihm aus, zog ihn an sich und küsste ihn.

»Und ich hoffe«, flüsterte sie mit geschlossenen Augen, »das hier gefällt dir auch.«

Sie waren tief und fest eingeschlafen, eine Lachmöwe hatte sie irgendwann geweckt. Auf dem Weg zurück ins Dorf hielten sie sich bei den Händen. Die Blicke der Einheimischen, die Jarik alle gut kannten, waren ihnen egal.

Dann blieb sie abrupt stehen.

»Was ist? Warum läufst du nicht weiter?« Jarik sah sie fragend an.

»Da sind mein Ex-Mann und seine neue Partnerin.«

Maike duckte sich unwillkürlich, als Nathalie in ihre Richtung schaute. Die beiden saßen vor einem Restaurant und studierten die Karte. Jarik war verwundert.

»Dein Mann war doch erst vor Kurzem hier.«

»Allerdings.«

»Sollen wir zu ihnen gehen?«

Maike schüttelte den Kopf. »Lass uns den Weg hinten herum nehmen. Ich muss Tessa fragen, ob er bei ihr war.«

Tessa sprang von der Decke auf, auf der sie im Garten zwischen den Häusern lesend gelegen hatte, als sie Maike um die Ecke kommen sah. Jarik hatte sich bereits vor dem Strandfliederhaus verabschiedet, um zu duschen und dann zu arbeiten.

»Gut, dass du wieder da bist. Dad ist hier«, platzte ihre Tochter heraus.

»Ja, ich habe ihn gesehen. Er saß mit Nathalie auf der Terrasse vor einem Restaurant.« Es hatte sie überrascht, Florian mit seiner jungen Lebensgefährtin zu sehen. Dann war also davon auszugehen, dass sie Bescheid wusste. »Was hat er gewollt?«, erkundigte sie sich bei ihrer Tochter.

»Wahrscheinlich wollte er sich noch einmal umsehen, aber ich bin den beiden nicht von der Seite gewichen.« Sie grinste. »Vor allem Nathalie war echt genervt. Aber das ist eben nicht ihr Haus.« Maike musste sich beherrschen, nicht auch zu grinsen. Andererseits war die Sache ernst. War Florian so weit gegangen, ihre Abwesenheit abzupassen, um nach dem Testament zu suchen, oder hatte er einfach die zufällige günstige Gelegenheit nutzen wollen? Sie konnte einen Seufzer nicht zurückhalten. »Keine Sorge, Mum, er hatte nicht die Gelegenheit, etwas zu finden.«

»Okay ... Vielleicht kommt er ja noch mal vorbei«, überlegte sie dann.

Tessa zuckte mit den Schultern. »Gesagt hat er das nicht.«

Florian und Nathalie kamen nicht noch einmal vorbei – sie waren ohne ein weiteres Wort abgereist. Maike wurde klar, dass die beiden nicht zu ihr gewollt hatten.

ACHTZEHNTES KAPITEL

Seit Florian abgereist war, konnte sie nicht mehr richtig entspannen. Sie war jetzt gut zwei Wochen auf der Insel und hatte kaum etwas erreicht in der Testamentsangelegenheit. Allerdings war Jarik an ihrer Seite, und das gab ihr Kraft. Sie hatte eine neue Liebe gefunden, ja, so war es. Und diese Liebe bewirkte, dass die Sorgen sie nicht erdrückten.

Mitte der Woche fischte Jarik ein Einwurfeinschreiben aus dem Postkasten vorne am Haus, in den alle Briefe für die Anwohner des Anwesens eingeworfen wurden. Es war an sie adressiert. Maike erstarrte. Auf Spiekeroog hatte sie noch keine Post bekommen, und nun kam ein so wichtiges Schreiben. Jarik schaute auf den Absender.

»Es ist von einer Anwaltskanzlei.« Er runzelte die Stirn.

Sie riss ihm den Brief aus der Hand. »Nicht überraschend, oder?«

»Ist ja gut, wir schaffen das schon. Ich lass dich nicht allein damit.«

»Tut mir leid ... Ich bin nur ...«

Ihr Herz schlug schneller. Ein Anwalt, Florian hatte also wirklich ... Sie riss den Umschlag an einer Ecke vorsichtig auf und schob ihren Finger in die Öffnung. Sie war zu ungeduldig, um erst ins Haus zu gehen. Im nächsten Moment hatte sie den Briefbogen in der Hand und überflog die Zeilen. Ihr Magen zog sich zusammen. Die Enttäuschung, die sie spürte, war überwältigend. Warum tat Florian das? Was versprach er sich davon? Es war ihr unverständlich, und doch kam es nicht unerwartet. Vielleicht war es das, was die ganze Sache so schmerzhaft machte.

»Was ist los?«, fragte Jarik.

»Mein Mann. Er will auf Herausgabe des Erbes klagen.«

»Was würdest du sagen, wenn Jarik und ich zusammenzögen, Tessa?«

Sie hatte schlecht geschlafen nach der Aufregung des vergangenen Tages und beschlossen, Nägel mit Köpfen zu machen. Den ersten Schritt dazu machte sie jetzt. Tessa und sie saßen gemeinsam auf dem Balkon. Während ihre Tochter sich ein Frühstück schmecken ließ, aß sie eine Krabbensuppe als frühes Mittagessen.

Tessa hob den Blick von ihrem Teller und legte dann behutsam Messer und Gabel beiseite. »Was soll ich sagen, Mum? Es ist dein Leben, oder?«

Maike überlegte. Einerseits stimmte das natürlich, andererseits war auch Tessa Teil ihres Lebens. Sie trug Verantwortung dafür, dass es ihrer Tochter gut ging. Sie legte den Löffel zur Seite.

»Na ja, das wären ziemlich große Veränderungen. Das hieße nämlich, dass ich hierherziehen würde.«

»Hierher? Nach Spiekeroog? Krass! Hast du etwa gekündigt?«

»Das werde ich noch tun.«

»Wirklich?«

»Ja.«

Sie nahm den Löffel wieder zur Hand. Es fühlte sich richtig an. Sie würde kündigen und etwas Neues ausprobieren.

»Eigentlich weiß ich das, glaube ich, längst, Mum.«

Sie starrte ihre Tochter an. »Und woher, wenn ich fragen darf?«

Tessa grinste plötzlich. »Famke hat so was mal vermutet, als wir zusammen in der Werkstatt waren.«

»Aha. Hat sie auch gesagt, wie sie das findet?«

Tessa zuckte mit den Schultern. »Sollte dich das kümmern?«

Maike überlegte. »Vielleicht nicht«, erwiderte sie. Tessa schwieg einen Augenblick, dann hakte sie nach: »Und was ist mit der Sache mit Papa?«

Maike antwortete nicht sofort. »Das werde ich klären«, sagte sie dann entschlossen. Keinesfalls würde sie zurückweichen. Nach einer weiteren kurzen Pause fügte sie hinzu: »Könntest du dir vorstellen, hier zu leben?«

»Das muss ich mir noch überlegen.«

»Was ist mit Nils?«

»Der ist ja zum Glück nicht immer da«, gab Tessa zurück. Maike erstarrte. Manchmal fand sie die Unverblümtheit ihrer Tochter schwierig. Tessa schreckte wirklich nicht davor zurück zu sagen, was sie dachte. »O, Mum, guck nicht so. Klar kann ich mit ihm leben. Er ist 'ne irre Type, aber okay.«

»Da hast du aber auch schon anders drüber gedacht.«

»Da kannte ich ihn ja noch nicht so richtig. Außerdem kann man einen ja nicht immer mögen. Aber ich versteh mich mit ihm, falls du das wissen willst.«

Maike seufzte. »Okay, klingt sehr verständig. Manchmal wünschte ich mir, du würdest dich mit *mir* besser verstehen.«

»Du bist erwachsen, Mum, das ist der Unterschied. Und was macht ihr, wenn Dad euch das Strandfliederhaus und alles abnimmt?«

»Ich weiß es nicht. Ich weiß noch nicht, wie ich vorgehen werde.«

Sie beendeten ihr gemeinsames Essen in Ruhe und über dies und das plaudernd. Danach stand Tessa auf.

»Ich bin mit Nils verabredet. Brauchst du mich noch?«

»Nein. Wo geht es denn hin?«

»Geht dich das was an?«

»Nee. Nur Interesse.«

»An den Strand.«

»Habt Spaß.«

»Haben wir, danke.«

Sie saßen schon eine Weile zusammen, als Nils sich ihr zuwandte. »Famke sagt, dass du Asthma hast«, bekundete er.

Sie bemerkte wieder einmal, dass sie bei jedem anderen wütend geworden wäre, aber nicht bei ihm. Ihre Gespräche hatten sich verändert. Sie wusste inzwischen, wie er tickte. Na ja, jedenfalls so ziemlich. Manchmal hatte sie den Eindruck, dass er Informationen nur so in sich aufsog. Zu anderen Zeiten war er überfordert von Kleinigkeiten. Sie antwortete nicht sofort, schaute weiter aufs Meer. Aus den Augenwinkeln sah sie, dass er sich damit beschäftigte, kleine Sandhaufen aufzuschichten. Sie sahen exakt gleich aus, soweit das eben bei Sand möglich war. Tessa wusste, dass er so etwas tat. Sie wusste auch, dass seine Hände fast immer in Bewegung waren, weil er sonst unruhig wurde. Zuhören konnte er trotzdem.

»Ja, hab ich.«

»Nimmst du Medikamente?«

»Manchmal muss ich das. Es gibt Sprays, weißt du.«

»Das hab ich im Fernsehen gesehen. Was passiert, wenn du einen Anfall hast?«

Eigentlich hat mich noch nie jemand so direkt gefragt, fuhr es Tessa durch den Kopf.

»Meine Bronchien reagieren überempfindlich, die Muskeln ziehen sich zusammen, und die Atemwege verengen sich. Die Luft kann dann nicht mehr so leicht ein- und ausströmen. So ist das. Außerdem ist meine Schleimhaut chronisch entzündet, dadurch sammelt sich oft zu viel Schleim an.«

Nils nickte. »War das immer schon so?«

»Meine Mum sagt, ich hatte häufig Bronchitis als Kind.«

Einen Moment war es still. Dann stellte Tessa mit einem Lächeln fest: »Du weißt schon eine ganze Menge darüber, richtig?«

»Ich hab mich informiert. Ich fand das interessant.«

»Interessant, klar.«

Sie konnte inzwischen schmunzeln, wenn er solche Sachen sagte, ohne darüber nachzudenken, was das mit einem machte. Natürlich fand sie ihre Krankheit nicht interessant, oder? Nein, wirklich nicht.

»Und wie fühlt sich so ein Anfall an?«

Sie wusste, dass er noch nicht fertig war mit der Fragerei. O Mann, er war wirklich unbeschreiblich neugierig. Sie überlegte. Früher hatte sie sich nicht damit beschäftigen wollen. Asthma war einfach etwas, das sie nicht in ihrem Leben wollte. Inzwischen hatte sie verstanden, dass es nicht weggehen würde, es war ein Teil von ihr.

»Es kann ziemlich anstrengend sein. Und erschreckend.«

Es fiel ihr nicht leicht, die Erinnerung zuzulassen. Nein, sie mochte das nicht. Da war dieses bedrohliche Gefühl, wenn man es nicht mehr schaffte, tief ein- oder auszuatmen oder zu husten, wenn sich Atmung und Puls verlangsamten. Mehr als einmal hatten ihre Eltern den Arzt holen müssen, bevor sich die Sache eingespielt hatte, dann war es seltener passiert.

Sie begann selbst damit, kleine Sandhügel aufzuhäufeln, dann schaute sie ihn kurz von der Seite an. Sie fand eigentlich, dass sie gut zusammenpassten. Sie hatten beide etwas, das sie niemals wieder loswürden. Bei ihr war es das Asthma, bei ihm der Autismus.

»Man kann Übungen machen.«

»Was sind das für Übungen?«

»Da ist zum Beispiel die Lippenbremse.«

»Wie macht man das?«

Sie wandte sich ihm zu, achtete aber darauf, ihn nicht anzusehen. Sie wusste, dass es ihn irritierte, wenn man ihn ansah. Sie musste das ja nicht tun.

»Ich stütze die Arme auf. So.« Sie machte es ihm vor. »Und dann sorge ich dafür, dass meine Lippen bei der Ausatmung locker aufeinanderliegen.« Sie zeigte ihm auch das. Er starrte auf ihre Lippen. Dann wiederholte er es. Sie schaute ihm zu und begann wieder mit ihren Übungen. Nils musste lachen. Es ist schön, ihn lachen zu sehen, dachte sie. Das dachte sie jedes Mal, wenn er lachte. Er war oft so ernst. Wenn er lachte, wollte man mitlachen. Es war befreiend. Und es verband. »Es gibt übrigens noch etwas«, sprach sie weiter.

»Was denn?«

»Den Kutschersitz. Schau mal ... Ich atme Luft durch die Nase ein und durch den gespitzten, leicht geöffneten Mund langsam und kontrolliert in Sss- oder Pff-Lauten wieder aus.«

Er versuchte auch das. Sie mussten wieder lachen. Eigentlich hatte sie noch nie darüber gelacht. Es war gut, hier auf Spiekeroog zu sein, wo ihr das Atmen kaum Probleme machte – wenn sie so darüber nachdachte, eigentlich gar keine mehr. Sie sah, wie sich die Puzzleteilchen ineinanderschoben, und es fühlte sich gut an.

Maike hatte ihrer Tochter vom Balkon aus hinterhergesehen und sich dann daran gemacht, ein paar Dinge im Haushalt zu erledigen. Dann war sie nach unten auf die Terrasse gegangen, die sie in den Tagen auf der Insel ebenfalls ein wenig auf Vordermann gebracht hatte. Sie hatte die Hecke geschnitten und sich um die Pflanzen gekümmert. Sie waren so ein schönes Andenken an Hilde. Jetzt war es auf der Terrasse richtig gemütlich. Wie früher. Sie freute sich schon auf die kühleren Abende, an denen sie ein Feuer im Außenkamin machen und warm eingepackt Glühwein trinken könnten.

Maike setzte sich. Sie hatte sich ein Buch mit runtergenommen, starrte aber nur vor sich hin. Sie hatte also entschieden, dass sie auf Spiekeroog bleiben wollte, aber so einfach war die Sache nicht. Zunächst einmal waren da Florian und das verdammte Testament ... Sie musste das Erbe zugesprochen bekommen, was ja noch nicht sicher war. Aber mit jedem Tag, den sie auf der Insel verbrachte, hoffte sie es mehr.

Sie verdrängte den schlimmsten Fall – dass sie leer ausgehen würde – und überlegte weiter. Natürlich brachten die Ferienwohnungen Geld ein, aber sie würde zusätzlich etwas verdienen müssen. Sie hatte bereits mit Jarik darüber geredet, und der wollte sich Gedanken machen.

Aus den Augenwinkeln sah sie Famke näher kommen. Maike fand, dass sie mal wieder grimmig aussah. Irgendetwas war da zwischen ihnen immer noch nicht geklärt. Es hatte nicht geholfen, dass sie die Geschäftsbücher auf Vordermann gebracht hatte. Dankbarkeit zeigte Famke jedenfalls nicht

Wenn ich nur wüsste, was sie hat ...

Sie straffte die Schultern und wappnete sich innerlich.

»Hallo, Famke!«

»Maike!«

Famke schien unschlüssig, dann hielt sie ihr einen Zettel hin. Sie zögerte, ihn anzunehmen. »Was ist das?«

»Eine Telefonnummer. Ein Kumpel hat eine Firma. Dreimal die Woche brauchen die jemanden fürs Büro, vielleicht mehr, das wird sich zeigen.«

Maike starrte den Zettel an, dann schaute sie wieder hoch. »Du hast einen Job für mich?«

Famke zuckte mit den Schultern. »Du hast uns auch geholfen. Es ist nur ein kleiner Job, wirklich.« Sie schwieg einen Augenblick. »Jarik sagte, dass du das Strandfliederhaus nicht verkaufen wirst.«

Maike schaute sie perplex an. »Aber das wollte ich nie. Hast du das gedacht?« Famke machte eine Bewegung mit dem Kopf, weder ein Nicken noch ein Kopfschütteln. Maike stand auf. »Lass uns endlich mal richtig über alles reden«, sagte sie dann.

Sie waren schon eine ganze Weile gelaufen, und keine von ihnen hatte zu sprechen begonnen, doch mit jedem weiteren Schritt verfestigte sich Maikes Entschlossenheit. Famke und sie mussten die Differenzen hinter sich lassen – vorausgesetzt natürlich, Hildes Anwesen würde ihr zugesprochen. Aber auch wenn nicht, musste sie Entscheidungen treffen. Sie kannte Jarik kaum drei Wochen und war dennoch sicher, dass sie mit ihm zusammenleben wollte. Und er wollte das Gleiche. Famke würde also Teil ihres Lebens bleiben. Es war verständlich, dass Famke sie als Eindringling empfand, aber keiner von ihnen hatte sich diese Situation ausgesucht.

Inzwischen hatten sie den Strand erreicht und liefen am Meeressaum entlang. Einige Male war Famke vorgelaufen, dann wieder hatte sie ihre Geschwindigkeit angepasst. Sie hatte diesem Spaziergang gleich zugestimmt, ihr Gesichtsausdruck war dennoch abweisend. Auf einmal blieb sie stehen.

»Also, was willst du von mir?« Famke ließ es wie einen Vorwurf klingen.

Maike entschied, nicht darauf einzugehen. »Ich will, dass du mir sagst, was zwischen uns ist.«

»Sag du's mir. War schließlich deine Idee zu reden.«

Sie bemühte sich, weiterhin ruhig zu bleiben. Leicht fiel es ihr nicht. Sie fragte sich langsam, ob sich Famke in ihrer Haltung verrannt hatte ... Warum war sie nur so stur?

Sie schluckte. »Ich will wirklich nicht, dass sich etwas ändert.«

»Dann sag mir, wie das gehen soll.«

»Es ist nun einmal so, dass ich hier vielleicht für immer bleibe«, fuhr sie fort. »Und deshalb müssen wir einen gemeinsamen Weg finden. Das wird natürlich leichter sein, sobald die Erbsache geklärt ist ... Wir können dann gerne den Dachboden ausbauen, das hattest du doch mit Hilde geplant ...«

»Und die Erbsache klärt sich zu deinen Gunsten, ja?« Der Vorwurf in Famkes Stimme war weiterhin unüberhörbar, aber da war auch etwas anderes, etwas, das sich unter die Bitterkeit legte. Oder irrte sie sich? »Vielleicht suche ich mir ja demnächst lieber was Eigenes«, blaffte Famke. »Ein neues Ladenlokal. Oder ich ziehe wieder zu meinen Eltern und mache einen Versandhandel auf. Platz haben sie. Dann werd ich wenigstens nicht mehr enttäuscht.«

Sie irrte sich wohl doch in Famke.

»Aber das Geschäft läuft gut, Famke, und du hast dir bereits einen kleinen Kundenstamm aufgebaut ... Die Buchhaltung kriegen wir auf die Reihe, die ersten Schritte sind gemacht. Wäre zu schade, wenn du aufgäbst«, sagte sie dennoch.

»Und das weißt du, ja? Hast du so viel Erfahrung?«

Maike setzte sich unvermittelt in Bewegung, bevor sie auch ungehalten wurde. Sie brauchte etwas Zeit, um sich zu sammeln. Wieder gingen sie ein Stück, ohne ein Wort zu sagen. Famke stapfte bald einfach voran. Es war nicht ganz leicht, mit ihr Schritt zu halten. Es ging zurück durch das Dorf in Richtung Richelwiesen. Der Abstand zwischen ihnen wurde größer, und Maike lief ebenfalls schneller. Famke sollte nicht glauben, dass sie diesem Gespräch entkommen konnte. Sie hatte genug von ihrer Unfreundlichkeit und ihren Ausweichmanövern. Sie hatten diese Aussprache schon viel zu lange vor sich hergeschoben.

Als sie die Richelwiesen erreichten, drehte sich Famke so plötzlich zu ihr um, dass sie fast ineinandergelaufen wären. Sie konnte gerade noch anhalten.

»Du wolltest doch einmal wissen, wie ich auf den Strandflieder gekommen bin«, sagte sie und vollführte eine Bewegung mit der Hand. »Deswegen.«

Maike überraschte der plötzliche Themenwechsel, aber sie war bereit, ihn zu akzeptieren. Vielleicht war das der Weg, den sie gehen mussten. Sie betrachtete die Wiesen mit ihren violetten Tupfern. Es war wunderschön anzusehen und nicht schwer zu verstehen, was Famke meinte.

»Es ist herrlich.«

»Der Sommer ist Strandfliederzeit.« Famke wirkte für einen Moment nachdenklich. Dieser Ton, den sie eben schon herauszuhören geglaubt hatte, schwang in ihrer Stimme mit. »Und der Strandflieder ist eine der Futterquellen für unsere Spiekerooger Bienen«, fügte Famke hinzu. Man hörte ihr an, dass sie gerne über diese Dinge sprach. »Es gibt viele seltene Pflanzen bei uns, weißt du? Stranddisteln, Salzastern ... Vielleicht hat Jarik dir davon erzählt. Ich weiß nicht, warum, mir hat es jedenfalls der Strandflieder besonders angetan, und als Hilde mir vorschlug, die Ferienwohnung im Erdgeschoss als Ladenlokal zu nutzen, da wusste ich sofort, wie es heißen würde: Strandfliederhaus.«

»Das ist ein schöner Name.« Famke wirkte skeptisch. »Ich meine das so, wie ich es sage«, fügte Maike ernst hinzu. »Die Nachricht von Hildes Tod kam völlig unerwartet«, sprach sie dann weiter. Sie sah, wie Famke die Arme vor der Brust verschränkte, als ob sie unangenehm berührt wäre, versuchte das jedoch zu ignorieren. »Ich war sehr traurig, gleichzeitig freute ich mich darüber, Spiekeroog wiederzusehen. Das ist nicht so emotionslos gemeint, wie es klingt, aber es fühlte sich an, als hätte Hilde eine Tür für mich aufgestoßen, die ich bis dahin einfach nicht hatte sehen können ...«

Sie setzten sich unvermittelt wieder in Bewegung. »Ja«, sagte Famke nach ein paar Schritten, »sie war so ein Mensch. Sie hat Türen geöffnet.«

Sie nahmen den Weg über den Deich durch die Wiesen. Jetzt liefen sie fast mit gleicher Geschwindigkeit.

»Am Tag bevor ich die Nachricht erhielt, war ich auf der Party einer Arbeitskollegin und ihres Mannes gewesen, und ich merkte, wie mir die Protzerei über ihr Penthouse, die nichtssagenden Gespräche der Gäste und ihr Gehabe zuwider waren. Wer ist erfolgreicher im Job, wer hat das größere Auto, die teuersten Klamotten, die stylischste Wohnung ... Außerdem hatte mir meine Tochter eröffnet, dass sie zu ihrem Vater ziehen wolle ...« Maike bemerkte, dass Famke sie von der Seite ansah. »Rückblickend war es, als wäre der Boden unter meinen Füßen plötzlich uneben, als wüsste ich nicht mehr, wie ich weitergehen soll, ohne den Halt zu verlieren. Mein ganzes Leben fühlte sich nicht mehr richtig an.«

Famke grinste plötzlich. »Verstehe ... Na ja, für mich warst du einfach ein Eindringling.«

»Das hab ich gemerkt.« Zu ihrer Überraschung musste sie lachen.

Famke lachte tatsächlich mit. »Wahrscheinlich sollten wir wirklich einen Neustart machen.«

»Ich würde mich freuen.«

»Bist du immer so förmlich?«, fragte Famke, aber sie

lachte schon wieder. Maike ging nicht auf diesen letzten Seitenhieb ein. Sie bogen in den Süderloog ein und befanden sich wieder auf dem Weg in Richtung Dorfzentrum. »Die Inseln verändern sich übrigens stetig, weißt du«, sagte Famke plötzlich. »Spiekeroog entstand beispielsweise vor langer Zeit aus den Vorgängerinseln Lütgeoog und Oldeoog. Noch heute wandern alle Ostfriesischen Inseln durch Gezeitenströmungen und starke Westwinde stetig von Nordwest nach Südost. Nichts bleibt, wie es ist. Das hätte vor allem mir Inselkind klar sein müssen, verstehst du?«

Nicht nur dir, dachte Maike und nickte. O ja, sie verstand.

Es klopfte an der Eingangstür, und Maike hörte ein zögerliches Hallo.

»Famke!«, rief sie. »Bist du das?« Der gemeinsame Spaziergang hatte gutgetan. Sie hatte den Eindruck, Famke nähergekommen zu sein, und wunderte sich jetzt, dass sie wieder so zurückhaltend wirkte. »Komm doch herein, wir bereiten gerade unsere Abendmahlzeit vor. Du kannst mitessen.«

Maike wandte sich wieder dem Gemüse für das Ratatouille zu.

»Nein, nein ...« Famke kam die Treppe herauf, sie wirkte, als würde sie lieber zwei Schritte zurückgehen als einen vor. Jarik begrüßte sie ebenfalls. »Wo ist Tessa?«, fragte sie.

»Mit Nils unterwegs.«

»Ah ...«

Famke zögerte. »Setz dich doch«, forderte Jarik sie auf. Sie blieb stehen.

»Ich ...«, sagte sie, dann griff sie kurz entschlossen in die Gesäßtasche ihrer Jeans, zog einen Umschlag hervor und warf ihn auf den Tisch. Mit verschränkten Armen blieb sie danach stehen und schwieg.

Jarik regte sich als Erster. »Was ist das?«, fragte er vorsichtig und zog die Augenbrauen hoch.

Für einen Moment sah es so aus, als wüsste Famke nicht, was sie sagen wollte. »Hilde hat mir den Brief hier gegeben«, stieß sie dann aus. »Bevor sie gehen musste.« Sie klang wie ein bockiges Kind, im nächsten Moment atmete sie tief durch.

»Was ist das?«, fragte jetzt auch Maike, während sie den Umschlag an sich nahm und neugierig daraufschaute.

Für Maike. Sie erkannte Hildes schöne schwungvolle Schrift sofort. Der Anblick ließ Erinnerungen in ihr hochkommen: Hilde am Strand. Hilde mit Tessa auf dem Schoß. Hilde, die sich auf irgendetwas konzentrierte, um es dann zu fotografieren ...

Ich weiß jetzt, was zwischen uns gestanden hat, Famke.

Sie drehte den Umschlag um. Er war sehr sorgfältig verschlossen. Famke hatte offenbar nicht versucht, ihn zu öffnen.

Maike hob den Kopf wieder und schaute Famke an: »Du gibst mir den Brief jetzt erst? Wolltest du denn nicht wissen, was darin steht?«

Famke wich ihrem Blick aus. Maike zögerte noch einen Augenblick, holte dann ein Messer, um den Umschlag zu öffnen. Das feine Geräusch zerreißenden Papiers war zu hören, eine von Hildes selbst gemalten Grußkarten fiel heraus. Maike zog mehrere handgeschriebene Seiten hervor.

»Das Testament«, flüsterte sie. »Wir haben es endlich.«

NEUNZEHNTES KAPITEL

Maike sah sich in Florians Loft um. Nachdem ihnen das Testament vorlag, hatten sie schnellstmöglich den Vertreter des Notars informiert und die Dinge ans Laufen gebracht. Neben dem Anwesen hatte sie ein hübsches Sümmchen Bargeld geerbt. Sie würde das Geld gut investieren. Es hatte keine Schuldzuweisungen Famke gegenüber gegeben. Darüber, weshalb sie Hildes letzten Willen so lange zurückgehalten hatte, würden sie später, wenn die Zeit dafür reif war, reden. Florian hatten sie gesagt, das Testament hätte sich überraschend bei den Buchhaltungsunterlagen in Famkes Laden gefunden.

Florian und sie hatten sich also wieder einmal beim Rechtsanwalt getroffen – in Berlin. Danach hatte er Tessa und sie spontan zu sich nach Hause eingeladen. Sie wusste nicht, was ihn dazu gebracht hatte. Vielleicht war es die gemeinsame Vergangenheit, vielleicht war es Tessa. Sie mussten noch klären, wo ihre Tochter das nächste Jahr verbrachte – bis sie ihren Realschulabschluss in der Tasche hatte. Tessas Wunsch war es, bei ihrer Großmutter zu wohnen, die damit einverstanden war. Sie hatte genug Platz. Danach wollte sie tatsächlich eine Ausbildung bei Famke machen. Die ersten paar Tage Praktikum hatten ihr schon gut gefallen.

Maike war noch nie in Florians Berliner Wohnung gewesen. Tessa hatte sich gleich auf den Balkon zurückgezogen, der an ihr Zimmer grenzte.

Das Beste an meinem Zimmer …

Sie und Florian standen in der Küche, die sehr exklusiv war. Tessa hatte ihr natürlich schon alles detailliert beschrieben, aber sie hatte es sich doch nicht recht vorstellen können. Sie gab sich einen Ruck. Während der gemeinsamen Zeit mit ihrer Tochter auf Spiekeroog war einiges herausgekommen, das Florian sicher gerne verborgen hätte. Er hasste die Position des Schwächeren. Vielleicht würde er ihr nie verzeihen, dass Hilde sie bedacht hatte und nicht ihn. Seine Tante hatte ihm nicht mal eine Art Pflichtteil vermacht, wogegen er allerdings vorzugehen gedachte. Sie würde zukünftig vorsichtig sein müssen.

»Warum hast du mir nichts von deinen Schwierigkeiten gesagt?«, fragte sie unvermittelt.

Florian stand an dem protzigen Vollautomaten und machte sich einen Cappuccino, obwohl er schon einige Espressi getrunken hatte. Seine Antwort fiel knapp aus: »Wir sind kein Paar mehr, Maike, das ist doch nichts, was man mit Fremden bespricht!«

Mit Fremden?

Sie musste zugeben, dass sie seine Antwort traf, trotz allem, was in letzter Zeit zwischen ihnen gewesen war.

»Aber wir sind doch keine Fremden, Florian, wir waren jahrelang verheiratet. Wir haben eine gemeinsame Tochter. Wir haben Strecken unseres Lebens geteilt. Wir können uns doch so weit zusammenreißen, dass … Wir werden niemals Fremde sein. Das ist unmöglich.«

Florian schüttelte heftig den Kopf. »Denkst du wirklich, meine Probleme gehen dich noch irgendetwas an? Du meine Güte!«

Sie spürte, wie er versuchte, die Oberhand über die Situation zu gewinnen. Es wollte ihm nicht gelingen, und das ärgerte ihn sichtlich.

Gut, wenn du es so willst …

Sie sah zum Fenster. *Ich muss aufhören, etwas zwischen uns zu suchen, was es nicht mehr gibt.* Sie dachte an die Insel. Sie freute sich darauf, bald wieder dort zu sein. Sie würde sich, so schnell es ging, auf den Weg zurück machen.

Jarik holte sie am Hafen ab. Er kam mit nachdenklichem Gesichtsausdruck auf sie zu, sah sie an und lächelte. Im nächsten Moment hielt er sie auch schon in den Armen und küsste sie.

»Ich hab dich vermisst«, sagte er.

Er küsste sie noch einmal, dieses Mal zärtlich auf die Lippen. Sie erwiderte den Kuss, drückte sich enger an ihn.

Sie war froh, wieder auf der Insel zu sein, und hoffte, ihren Ex-Mann zum letzten Mal für längere Zeit gesehen zu haben. Sie brauchte Abstand von ihm. Sie hatte viel darüber nachgedacht, wie Florian sie als junge Frau beeindruckt hatte mit seiner Energie und seiner Zielstrebigkeit. Wie er sie aber auch oft erschreckt hatte durch diese Rücksichtslosigkeit, mit der er immer wieder versucht hatte, seine Ziele zu erreichen. Daran hatte sich nichts geändert.

Sie würde in Frankfurt ihre Zelte abbrechen und musste dort noch einiges in die Wege leiten. Einen Teil ihrer Möbel würde sie zu einem guten Preis an Famke verkaufen, die nach dem Ausbau des Dachbodens dort einziehen wollte. Das war Hildes ausdrücklicher Wunsch gewesen. Sie war im Büro gewesen, um ihre Kündigung einzureichen, und hatte die Umstände erklärt – sie würden sie tatsächlich fristlos gehen lassen, und so hatte sie sich gleich von den Kollegen und Kolleginnen verabschiedet. Sie hatte gedacht, dass es ihr schwerer fallen würde, aber alles fühlte sich richtig an, einfach nur richtig.

Auf der Fähre war ihre Sehnsucht so stark geworden, dass sie den Eindruck gehabt hatte, es kaum mehr aushalten zu können. Es fühlte sich an, als würde sie nach Hause kommen auf eine Art und Weise, die sie lange nicht, vielleicht nie, gespürt hatte. Es war ein Gefühl, das tief aus ihrem Inneren kam. Es war ein Gefühl, das ihr einmal mehr sagte, dass sie hier sie selbst sein konnte.

»Ich habe dich auch vermisst.«

»Aber ich wusste, dass du zurückkommst.«

»Warst du dir da wirklich so sicher?«

»Natürlich. Ich weiß, dass du diesen Ort liebst.«

»So viel weißt du also schon über mich«, neckte sie ihn. »Nach so kurzer Zeit?«

Er grinste nur. »Gehen wir los?«

Sie gingen zum Oststrand. Eine Gruppe Reiter kam ihnen entgegen, ein Hund sprintete in weiten Sprüngen an der Wasserlinie entlang. Eine Familie mit Kindern verschönerte mit Muscheln und Strandgut eine Sandburg. Über den Dünen schaute das Windrad hervor, der Leuchtturm von Wangerooge wirkte mit einem Mal zum Greifen nah.

»Wo hast du Tessa gelassen?«

»Sie verbringt ein paar Tage mit ihrer besten Freundin

und kommt dann nach bis zum Ende der Ferien. Ich bin froh, dass ich erst mal allein zurückkommen konnte. Es gab ganz schön viel zu tun.«

»Das kann ich mir denken.«

»Das Anwesen gehört jetzt offiziell mir.« Sie verbesserte sich. »Uns.«

»Hm. Erzähl mir später alles.«

Sie musste schmunzeln, als sie daran dachte, wie eifersüchtig sie auf ihre jeweiligen Ex-Partner gewesen waren, aber Florians Verhalten hinsichtlich der Erbschaft hatte ihr gezeigt, dass es absolut nichts mehr zwischen ihnen gab, und das Wissen darum, dass Jette und Jarik sich freundschaftlich getrennt hatten, machte es noch einfacher.

Als hätte er bemerkt, dass sie etwas beschäftigte, legte Jarik den Arm fester um sie. Wie gut war es, ihn zu spüren. Sie wusste jetzt, dass es das war, was sie wollte. Sie wollte ihn spüren, mit jeder Faser ihres Körpers, und sie wollte nie wieder damit aufhören. Sie küssten sich, liefen noch ein Stückchen eng umschlungen, bevor sie in den sonnenwarmen Sand sanken.

Natürlich waren sie nicht allein, aber der Strand war so groß, dass es sich doch so anfühlte. Jarik stützte sich auf den linken Arm hoch, sein Kopf verdeckte die Sonne, sodass sie nicht geblendet wurde. Da war ein Funkeln in seinen Augen. Sie reckte sich ihm entgegen.

Das hier war die Zukunft.

Freuen Sie sich auf die Fortsetzung ...

Das Strandfliederglück erscheint in Kürze.

Ein Roman wie ein leckeres Schokotörtchen: macht einfach glücklich!

Sandra Poppe
LIEBE BEGINNT,
WO PLÄNE ENDEN
Roman

416 Seiten
ISBN 978-3-404-18516-0

Kristin entdeckt beim Brötchenholen, dass ihr Mann eine Geliebte hat. Um sich zu sortieren, nimmt sie kurz entschlossen an dem Projekt „Gelebte Geschichte" teil und zieht mit ihren zwei Töchtern für die Sommerferien ins Freilichtmuseum. Sechs Wochen leben wie im 18. Jahrhundert – Einschränkungen und harte Arbeit inklusive. Dafür kein Termindruck, kein Stress, kein Handy. Kristin gewinnt eine ganz neue Perspektive auf ihr Leben. Zudem sorgen ihre Mitbewohner:innen im Museum für emotionalen Tapetenwechsel und machen den historischen Alltag viel bunter als erwartet, vor allem ein Mann, der ihr Herz höher schlagen lässt. Obwohl die Liebe nun wirklich nicht in Kristins Pläne passt …

Lübbe